Die

Die Se

Rezensionen

Ich habe das Buch über den Weißen Drachen so sehr geliebt, dass ich mir gleich den Karmesinroten Drachen bestellt habe; die Autorin/ der Autor hat eine so besondere Schreibkunst!

- *Cora Schwindt*

Ich liebe dieses Buch! Es hat mich dazu gebracht, mehr als nur diese 3D-Realität zu erforschen. Ich habe seit dem Lesen so viele persönliche Abenteuer erlebt. Ich habe sogar Quan Yin getroffen! Absolut magisch, bezaubernd und inspirierend! Danke, Eriqa Queen!

- *Sheri Reece*

Die Seele des weißen Drachens ist ein lebendig geschriebener Roman, in dem die physische und die nicht-physische Dimension ineinander fließen, während die Protagonistin neues Terrain in ihrem Leben und auch die Ränder ihres Bewusstseins erkundet. Durch Luzi erfahren wir, wie das alltägliche Leben inmitten eines spirituellen Erwachens aussieht und sich anfühlt. In dem Maße, in dem Luzi mit ihrer inneren Weisheit vertrauter wird - oft durch die Führung des weißen Drachen und anderer feinstofflicher Wesen - verändert sich ihr Leben und spiegelt ihre innere Landschaft wider. Wir lernen die Freude kennen, die jenseits einer mental konstruierten Welt liegt: Eine andere Welt, in der Phantasie, Magie, Sinnlichkeit und Wunder so natürlich sind wie die Natur selbst. Eine wunderschöne Geschichte von Drachen, Elfen und neugierigen Menschen, besonders empfehlenswert für alle, die sich für spirituelles Erwachen interessieren.

- *Kim Seppälä*, Schriftsteller und Bewusstseinserforscher

Die Abenteuer von Luzi Cane
Buch Eins

Die Seele des weißen Drachen

von Eriqa Queen

Serientitel: Die Abenteuer von Luzi Cane
Titel: Die Seele des weißen Drachen
Nummer in Serie: 1

Aus dem Englischen von Verena Rangk

Herausgegeben von IngramSpark
Fonts: Palatino and Adobe Fangsong
ISBN: 978-87-94110-23-5

Original Serientitel: The Adventures of Luzi Cane
Original Titel: The Soul of the White Dragon

Buch eins

Genre: Fantasie

Erik Istrup Publishing
Jyllandsgade 16 stth, 9610 Nørager, Danmark
www.erikistrup.dk/publishing/ • eip@erikistrup.dk

Inhaltsverzeichnis

Elfental

Ich muss geschlafen haben. Ich wache zu der schönsten Musik auf, die ich jemals gehört hatte. Ich versuche, die verschiedenen Instrumente zu unterscheiden, bis ich herausfinde, dass es alles Stimmen sind, Stimmen, die wie Instrumente klingen, nicht wie ein Lied. Auf dem Rücken liegend, meine Augen immer noch geschlossen, genieße ich einfach nur diesen Moment, ich fühle mich sehr friedvoll.

Ein Duft erreicht mich. Es ist nicht ein gewöhnlicher Duft, nicht von Blumen oder Früchten und auch kein Duft von Kräutern. Er ist in seinem Ausdruck weder weiblich noch männlich. Es ist seltsam, denn ich fühle, er ist Teil der Musik. Kann ein Duft Teil einer Musik sein? Nichtsdestotrotz, der Duft vermischt sich auf eine Art und Weise mit der Musik, als wäre es ein weiteres Instrument. Es ist so unglaublich und ich fühle mich so entspannt.

Meine Arme liegen rechts und links von meinem Körper, mit den Handflächen auf dem Laken. Ich habe das Gefühl, als ob Gras anfängt aus dem Laken zu wachsen und nun gegen meine Handflächen stößt, mich sanft und auf eine angenehme Weise kitzelt. Ich möchte die Augen nicht öffnen, denn ich habe Angst, dass es ein Traum ist, der enden würde, wenn ich mich umschaue. Ich schließe ganz langsam meine Hand und es fühlt sich an, als ob ich Gras anfasse, wie wenn ich auf einer Wiese liege. Ich beginne mich wieder auf den Geruch zu konzentrieren. Ich muss fähig sein, die Erde und das Gras zu riechen, und ich tue es! Ich verstehe nicht, wo ich bin, und ich erinnere mich auch nicht, dass ich mich auf eine Wiese gelegt habe.

Nun werden meine Gedanken durch einen Geruch abgelenkt, und nun auch noch durch einen Geschmack, nach Zimt. Ich muss meine Augen öffnen, um sicherzustellen, dass ich nicht träume. Während ich langsam meine Augen öffne, stelle ich fest, dass ich durch Blätter schaue und den blauen Himmel darüber sehe. Die Sonne scheint durch die Blätter und lässt sie glühen, während sie ihre Lichtstrahlen auf mich herabsendet. Ich liege auf einem kleinen Hügel, der mit Gras bedeckt ist. Hohe Bäume umgeben mich und, mit etwas Abstand, macht rechts von mir ein Chor die Musik. Nun fühle ich eine Präsenz zu meiner Linken und ich drehe meinen Kopf. Ich sehe eine wunderschöne, alterslose Frau dort stehen und zu mir herablächeln. Sie nähert sich mir und kniet an meine Seite. Sie hat diese Gerüche mit sich gebracht; Zimt, Zedernholz und einen, den ich nicht erkennen kann.

"Kaffee." Ich fühle es mehr, als dass ich es höre. Es ist, als ob sie in meinem Kopf spricht.

"Es ist der Geruch nach Kaffeebohnen, die getrocknet, aber nicht geröstet, und dann gemahlen wurden."

"Oh, es ist ein Traum," sage ich," aber er ist so real!"

"Dein Körper befindet sich in einem tiefen Schlafzustand im Bett in deiner Wohnung, aber dein Bewusstsein ist ganz wach, liebe Luzi."

"Wo bin ich dann?"

"Du bist in Elfental, meine Liebe, und mein Name ist Josela."

Ihr Lächeln hat ihr Gesicht nicht ein einziges Mal verlassen. Sie hat lange, dunkelbraune Haare. Sie trägt ein Kleid in hellen Beigetönen, das mit einem breiten, braunen Band drapiert ist, und einen rötlich-braunen Umhang mit einer Kapuze, die über ihren Rücken hängt. An ihren Füßen trägt sie Sandalen mit Schnüren, die bis zu ihren Knien reichen. Als Schmuck trägt sie Armbänder mit Perlen in grün, rot und weiß. Um ihren Hals liegt eine schmale, bronzefarbene Kette mit einem Steinauge in schwarz, blau und weiß in einer Bronzefassung. Das Auge hat eine unnatürliche Tiefe.

"Wie bin ich hierhergekommen?"

"Dieser Ort ist nicht Teil eurer drei-dimensionalen Welt. Du kannst deinen Körper nicht hierherbringen, oder besser gesagt, du willst das nicht, aber dein Bewusstsein kann überall in der Schöpfung hingehen, das bedeutet in jedes Universum und jenseits davon, physisch und nicht-physisch."

"Ich verstehe nicht. Warum bin ich hier?"

"Du bist zu diesem besonderen Besuch eingeladen worden, weil wir dir zeigen wollen, dass es einen Platz und ein Leben gibt, das realer ist als das, was du in deinem menschlichen Leben gewohnt bist. Und zur gleichen Zeit, werden wir uns dir vorstellen, die Sidhe."

"Die Sidhe?"

"Ja; in deiner Welt sind wir für die meisten nur eine Legende, und werden meist Elfen genannt, aber einige von euch kennen uns unter unserem richtigen Namen."

"Aber warum ich? Warum wurde ausgerechnet ich

hierher eingeladen?"

"Zum Teil bist du hier, weil deine Energie passend ist, zum Teil, weil die Möglichkeiten in deiner Zukunft in diese Richtung weisen, und zum Teil, weil deine Seele, die dein Bewusstsein, welches du bist, zugestimmt hat, hier zu sein, um mit uns zu arbeiten."

"Ich verstehe überhaupt nichts von dem, was du sagst, Josela."

"Ich denke, es ist mehr als genug für den Moment. Es braucht einige Zeit, um das zu begreifen, und dein Verstand braucht etwas Zeit, um zu akzeptieren, dass dieses Erlebnis real ist."

In diesem Moment fühle ich, dass das, was sie mir erzählt, wahr ist, aber ich habe keine logischen Argumente, um dies zu begründen.

"Wir verabschieden uns für den Moment, aber wir sollten uns bald wieder treffen."

Ich fühle eine Flut von Liebe und dann verschwinden die Welt und ihre Einwohner in einem Wirbel irgendwo hinter den Bäumen, wie wenn es ein großes Bild wäre. Um mich herum wird es jetzt ganz schwarz. Ich öffne meine physischen Augen und erkenne mein Schlafzimmer, wo ich auf dem Rücken im Bett liege und zur Decke schaue.

Es WAR ein Traum... oder war es einer? Wie Josela sagte, es war eine Reise meines Bewusstseins, dem wahren Ich, nicht der begrenzten menschlichen Wahrnehmung. Es war eine ganzheitliche Erfahrung der Sinne und Gefühle. Ich rieche ihr Parfüm in einem Atemzug, aber wenn ich den nächsten Atemzug durch meine Nase nehme, ist die Wahrnehmung weg. Der Duft ihres Parfüms ist nicht in dieser Dimension.

Ich nehme schnell mein Notebook aus der Schublade neben meinem Bett und schreibe das Erlebnis auf. Jetzt fühle ich mich müde und meine Augen schließen sich langsam.

Lucia Cane

Am Morgen wache ich elf nach sieben auf und erinnere mich an den Traum der letzten Nacht. Aus irgendwelchen seltsamen Gründen habe ich begonnen, spezielle Zeiten zu bemerken, welche ich dann in meinen Gedanken wiederhole, sieben elf. Vielleicht ist es einfach nur der Reim. Ich strecke mich, um mein Notebook zu holen und lese das Ganze nochmal. Es ist in der Tat ein sehr ungewöhnlicher Traum.

Nun erinnere ich mich, dass ich vor zwei Tagen, zusammen mit meiner lieben Freundin Cassandra den Film ‚Herr der Ringe' angeschaut habe, der auf der Novelle von Tolkien basiert. Elfen spielen darin eine maßgebliche Rolle, so nehme ich an, dass dies meinen Traum so real erscheinen ließ.

Interessanterweise recherchiere ich im Moment über das, was wir die „Kleinen Leute" nennen, mythologische Fabelwesen wie Feen, Elfen, Zwerge und Gnome.

In ein paar Tagen, werde ich meine Großeltern mütterlicherseits in Hong Kong besuchen. Meine Eltern haben sich in Hong Kong kennengelernt. Mein Vater ist Engländer und meine Mutter Chinesin. Mein Vater war, und ist immer noch, ein Geschäftsmann, und meine Mutter arbeitete als ausgebildete Korrespondentin und Fremdsprachensekretärin am Arbeitsplatz meines Vaters.

Ich wurde 1989 in Hong Kong geboren, wuchs dort auf und ging dort als Kind auf eine englische

Schule. Im ersten Jahr blieb meine Mutter zu Hause, aber ihr kreativer Geist sehnte sich danach, zur Arbeit zurückzukehren, so war ich es gewohnt, ein Kindermädchen zu haben. Es war nicht so, dass ich fühlte, sie hätte mich nicht geliebt; sie hatte einfach nur einen Job, genau wie mein Vater.

Ich erinnere mich an eine glückliche Kindheit. Wenn einer oder beide nicht zur Arbeit gingen, verbrachten sie die ganze Zeit mit mir, und später auch mit meiner jüngeren Schwester Anna. Anna wurde geboren als ich sechs Jahre alt war und meine Mutter entschied, länger zu Hause zu bleiben, und mein Vater brachte ihr einige Aufgaben mit, die sie von zuhause erledigen konnte. Ich war fast den ganzen Tag in der Schule und Anna hatte immer noch ein Kindermädchen. Es war schön zu wissen, dass sie da war, wenn ich heimkam. Später am Nachmittag würde sich mein Vater zu uns gesellen, wenn er nicht gerade auf einer seiner Geschäftsreisen war.

Meine Eltern nannten mich immer das Licht ihres Lebens, deshalb hatten sie mich auch Lucia genannt – kurz Luzi. Anna war nach der Mutter unseres Vaters benannt, Hannah. Einmal fragte ich meine Eltern, warum sie mich nicht Anna genannt hätten, da ich ja die Erstgeborene sei. Beide sagten: "Du warst keine Anna; du bist das Licht unseres Lebens!" Danach war ich immer stolz auf meinen Namen.

Wir waren ziemlich wohlhabend, doch Anna und ich wurden nicht dazu erzogen, uns darauf zu beschränken. Das Kindermädchen, Zhen, wurde als Teil unserer Familie behandelt und wurde gut bezahlt. Gleichzeitig hatte ich nie das Gefühl, dass das Kindermädchen versuchte, es einem von uns recht zu machen. Papa war immer sehr gut darin, Menschen einzuschätzen, so dass Zhen sorgfältig ausgewählt war und auch nie ersetzt wurde. Sie war immer noch bei unserer Familie, auch einige Jahre nachdem Anna schon mit der Schule begonnen hatte. Ich habe gerade den Namen Zhen nachgeschlagen, er bedeutet wertvoll, echt und unschuldig. Und genauso nahm ich sie wahr. Sie war unersetzlich, aufrichtig in ihren Gefühlen und handelte ohne Hintergedanken.

Das Haus, in dem wir lebten, war groß, mit vielen Zimmern. Es war ein alter Bungalow, den das Unternehmen meines Vaters gestellt hatte. Wir hätten ein wesentlich moderneres Haus haben können, aber wir alle liebten dieses alte Haus mit dem großen Garten und konnten uns nicht vorstellen, irgendwo anders zu leben. Alles war aus Holz, meist aus hellem Holz. Alle Wände, Decken und Böden schimmerten in Gold, wenn die Sonne am Morgen und am Abend in die Räume fiel. Ich kann immer noch den Lack riechen, wenn die Heizung ihn aufwärmte. Dieser Geruch hat mir das Gefühl vermittelt, in Sicherheit zu sein.

Wir hatten fünf Angestellte – zwei Gärtner, zwei Hausangestellte und ein Chauffeur & Handwerker. Das Kindermädchen, Zhen, betrachteten wir nicht als Angestellte; sie stand uns näher als die anderen, obwohl wir auch mit diesen ein ziemlich enges Verhältnis hatten. Einmal, in einem frühen Alter, sagte mein Vater mir folgendes über Angestellte.

"Es ist nicht beschämend ein Dienstbote zu sein. Es ist einfach nur ein Job. Alle Dienste werden benötigt. Stell dir vor, niemand würde das Haus putzen oder die Wäsche waschen, oder wenn der Garten eine Wildnis würde. Wenn Mama und ich all diese Dinge tun müssten, könnten wir nicht zur Arbeit gehen und all die Dinge machen, die wir dort erledigen sollten. Es ist eine Arbeitsteilung. Wir dienen ebenso, wie wir bedient werden."

Später lernte ich, indem ich mir andere Leben anschaute, dass es ziemlich schwierig sein kann, den Kreislauf zu durchbrechen, das zu werden, was die Eltern beruflich gemacht habe, falls du das überhaupt in Betracht ziehst.

Grandma Hannah und Grandpa William starben, bevor ich nach England zog. Als ich klein war, besuchten sie uns regelmäßig in Hong Kong und später, als Anna alt genug für eine lange Reise war, besuchten wir sie in England. Zu diesem Zeitpunkt waren sie schon älter und zerbrechlicher, und das letzte Mal, als sie die Reise nach China unternahmen, war, als Anna ein Teenager war. Ich habe Hannah und William als zwei freundliche und warmherzige Großeltern im Gedächtnis, immer nett, und als ob sie alle Zeit der Welt hätten, niemals in Eile oder gestresst.

William and Hannah waren im Handelsgeschäft tätig. Meist handelten sie mit dem Fernen Osten und Indien. Auch Papa war Teil dieses Unternehmens, und das war der Grund, warum er in China lebte und arbeitete. Papa erweiterte seine Handelsaktivitäten und schloss sich mit einigen anderen Unternehmen zusammen. Das elterliche Unternehmen ist jetzt Teil des britischen Büros.

2007 zog ich zum Studium an der Universität von Hong Kong nach London. Zuvor hatte ich ein paar Online Kurse belegt, aber ich wollte meine Studien ausweiten.

Ich studiere Geschichte und prähistorische Geschichte, mit Schwerpunkt auf den Forschungsarbeiten über das alte EurGrandpa von Marija Gimbudas zu alten Kulturen im Allgemeinen, ethnographischen Studien, Literatur und Journalismus.

Um eine Einkommensquelle zu haben, arbeite ich freiberuflich für Magazine und Zeitschriften, sowie online. Zusätzlich arbeite ich als Copy-writer an der Universität, sammle Daten für Professoren und Kollegen und helfen ihnen, das Material zu bearbeiten. Ich schreibe auch Bücher, es geht mehr darum, das Buch zu schreiben, als es zu verkaufen, aber das ist ja nichts Neues.

Als Arbeitswerkzeug benutze ich ein Smartphone, aber während ich arbeite, schalte ich alle privaten Nachrichten aus, da sie eine riesige Ablenkung darstellen und meine Produktivität und Effizienz erheblich mindern. Ich möchte kein Sklave der Technologie sein – sie muss FÜR mich arbeiten. Ich nutze keine Spiele oder Musik auf meinem Telefon, um mich abzulenken und meine Gedanken zu vernebeln; für mich ist das wie Verschmutzung. Zuhause höre ich Musik zum Genuss, nicht zur Ablenkung. Du magst vielleicht deinen Kopf schütteln, wenn ich dir sage, dass ich auch Notizblöcke verwende. Ich benutze ziemlich oft die Kamera auf meinem Smartphone, meistens um einen Text aus verschiedenen Quellen zu übernehmen. Und ich kann auch das Sprachaufzeichnungsgerät auf meinem Handy benutzen. Wenn ich lange Texte schreiben muss, brauche ich auch eine richtige Tastatur, da ich alle 10 Finger benutze. Sonst wäre die Fertigstellung zu langsam.

In diesem Moment bin ich von der Arbeit nach Hause gekommen und liege auf meinem Sofa, sortiere die Dinge in meinem Verstand, um sie zu klären und sie zu beruhigen, so dass ich die Arbeit eine Zeit lang vergessen kann.

Beeinflussung des Bewusstseins

Ich wache in Elfental auf, auf dem Berg, aber dieses Mal höre ich keine Musik. Wieder sind meine Sinne weit ausgedehnt, und nicht nur die physischen; es ist, als ob ein höheres Bewusstsein, eine Weisheit ohne einen Zweifel, sich mit allem verbindet und durch alles hindurchfließt. Ich habe nun eine vielschichtige Wahrnehmung, wo Klänge Farben haben und Farben einen Geschmack. Nun weiß ich, dass Elfental nur ein Name ist, den Josela bei unserem ersten Mal benutzt hat, um die Verbindung für mich zu erleichtern.

"Du hast recht. Alle Namen hier haben mehrere Schichten in sich, welche sich mit allen Sinnen verbinden. Du hörst nicht nur den Klang eines Namens, sondern du wirst ihn auch riechen und schmecken und mit der Zeit wirst du feststellen, dass du über hundert Sinne hast."

Josela kommt hinter den Bäumen hervor. Ihr freundliches Lächeln and ihre schönen Augen bezaubern mich wieder aufs Neue.

"Hallo Josela. Schön, dich wieder zu treffen. Schläft ein Teil meines Bewusstseins wieder?"

"Lass es mich so ausdrücken, dein dreidimensionales menschliches Gewahrsein ist in den Schlaf versetzt. Genau jetzt würde ich dich bitten, deine Augen zu schließen und dir vorzustellen, wie dein Körper hier in Elfental aussieht. Er kann alles sein!"

Ich stelle mir meinen Körper in einem langen Kleid vor, welches hell und in verschiedenen blauen Farben des Himmels ist. Mein Haar hängt lose herab und ich trage ein Diadem mit hell-blauen, transparenten Steinen, einige türkis und einen großen Diamanten in der Mitte. Ich öffne meine Augen und schaue an mir hinunter und tatsächlich trage ich nun dieses wunderbare Kleid, das ich mir vorgestellt habe. Ich greife nach oben und siehe da, das Diadem sitzt wie eine Krone auf meinem Haar.

"Ich weiß, dass ich keine Augen im physischen Sinn habe, die ich schließen muss – es ist nur dieser Teil meines Bewusstseins, den ich abschalte, ist das richtig? Wie kann es sein, dass es in Elfental so leicht ist, zu erschaffen?"

"In der Tat, wir hier in Elfental, wir als das Bewusstsein, das wir sind, kreieren unsere Welt mit Imagination. Diese Imagination erweckt die schlafende und neutrale Energie, die sich dann um die Blaupause herum formt, die unsere Imagination erschaffen hat. Es gibt keine Magie in diesem Prozess oder vielleicht sollte ich sagen, dass dies die wahre Magie IST. Magie funktioniert normalerweise nicht auf der Erde, da Menschen versuchen, Magie aus ihrem Verstand heraus zu tun. Der Verstand hat diese Fähigkeit nicht. Die Schritte echter, bewusster Kreation sind folgende: die Gedanken des Bewusstseins sind echte Vorstellungen, so dass durch die Vorstellung eine Blaupause erschaffen wird. Die Vorstellung braucht nicht eine Sache abzubilden, sondern kann jedes Konzept, wie ein Ereignis oder eine persönliche Erfahrung sein. Die Blaupause zieht schlafende oder Prä-Energie an, und diese Anziehung belebt oder aktiviert die Energien. Die Energie mit den richtigen Eigenschaften wirbelt herein und nimmt in der Blaupause Platz, und das Vorgestellte nimmt Form an. In deiner dreidimensionalen Welt machst du das Gleiche, aber das meiste dieses Prozesses geschieht in den nicht-physischen Bereichen, sogar die Gestaltung. Wenn die Vorstellungskraft, oder wie du sagen würdest, die Energie immer noch bei dem Objekt ist, wird die Form in deine Realität mit Synchronizität hineingesenkt werden, indem die Resonanz verlangsamt wird, um in deine menschliche Realität hinein zu passen. Wie ich sagte, Formen müssen nicht unbedingt ein Objekt sein, sondern es kann jegliches Konzept, Gefühle oder Ereignisse jeglicher Art sein. Deine Ungeduld oder Zweifel sabotieren gewöhnlich die Kreation, weil du es als unmöglich verwirfst und du tatsächlich nicht WEISST, dass du kreieren kannst. Dieses Wissen ist für das Bewusstsein natürlich, während das Gehirn oder der Verstand immer alles in Frage stellt. Wenn deine Kreationen nicht zu der Zeit und an dem Platz auftauchen, an denen du sie erwartest, verwirfst du den ganzen kreativen Prozess."

" Ich dachte, wir stellen Dinge her."

"Im physischen Sinn tut ihr das, aber es beginnt auf die ein oder andere Weise mit Bewusstsein. Eure physischen Rohstoffe wurden zu einem gewissen Zeitpunkt durch Bewusstsein manifestiert. Unsere Welt ist nicht so dicht wie deine. Menschen haben die Schöpfung einen Schritt weitergebracht und ihre Welt solide gemacht."

In dieser Umgebung, oder sollte ich sagen, erweiterten Bewusstsein, gab alles, was Josela mir erzählte, einen perfekten Sinn.

Ich frage mich, wie mein menschlicher Teil damit umgehen wird. Und um über den menschlichen

Anteil zu sprechen, würde ich gerne mehr über das Fühlen wissen und stelle Josela diese Frage. "Ich würde gern mehr über Fühlen wissen. Wie kann Bewusstsein Dinge ohne einen Körper fühlen?"

"Du, als Bewusstsein, hast das ganze Spektrum oder die ganze Bandbreite an Gewahrsein, und wenn du dich mit deinem Körper verbindest, verbindest du dich mit seinen begrenzten Sinnen. Wenn dein Verstand, der nicht Du ist, von den physischen Sinnen abgeschnitten ist, sagst du, dass du unbewusst bist, aber es ist nur, dass der Verstand sich der Botschaften nicht gewahr ist, die von den physischen Sinnen in den Körper gesandt werden. Als du uns das letzte Mal besucht hast, dachtest du, einen Körper zu haben, da du es so gewohnt bist, einen zu haben. Du dachtest, dass du unsere Welt mit deinem Körper gerochen, gehört und gefühlt hast, aber es war dein Bewusstsein, das dich mit dem unsrigen in der Welt verbunden hat, die wir kreiert hatten."

"Warum habe ich, als Bewusstsein, gewählt, mich auf der physischen Erde zu inkarnieren? Es ist so viel leichter und macht viel mehr Spaß, hier zu leben."

"Zuerst, muss ich dir erklären, dass du derzeit nicht mit deinem vollen Bewusstsein verbunden bist – deshalb stellst du diese Frage. Sonst würdest du es wissen. Du bist auf der Erde, um Leben in einer verlangsamten Form zu erfahren, um alle Details aus der Erfahrung einer begrenzten Perspektive zu erhalten und Ursache und Wirkung zu verstehen Es ist ein einzigartiger Weg, Erfahrungen zu machen, und dieser kann nicht in einer vollentwickelten bewussten Umgebung gemacht werden, sozusagen. An einem gewissen Punkt müssen wir alle durch diese Erfahrung hindurch. Deshalb verstärken wir unseren Kontakt mit der menschlichen Welt. Wir wollen die menschliche Umgebung sanfter machen und unsere Fähigkeiten verbessern, bevor größere Gruppen beginnen, sich auf der physischen Erde zu inkarnieren. Es gibt Vorläufer von unserer Seite, aber für die meisten von ihnen ist es schwer, mit dem menschlichen Bewusstsein umzugehen, mit den physischen Schöpfungsprozessen, da sich das volle Gewahrsein normalerweise in den frühen Jahren abschwächt, wie das auch bei den meisten Menschen geschieht. Sidhe, die sich in physischer Form inkarnieren, haben ein tiefes Wissen, dass sich alles in einem Augenblick manifestieren kann. Sie werden frustriert, wenn es nicht funktioniert, denn sie kaufen sich in das menschliche Bewusstsein ein, das sagt oder glaubt, dass es dies nicht kann. Ich kann dir sagen, dass es eine Menge nicht-physischer Planeten wie die Erde gibt, die als Trainingsfeld kreiert wurden. Eine Menge Menschen lehren an diesen Plätzen, auch wenn sie dies mit ihrem menschlichen Bewusstsein nicht wissen. Sie arbeiten Doppelschichten oder sogar mehr, oft sogar gleichzeitig, da der Großteil eures Bewusstseins nicht auf euer tägliches Gewahrsein ausgerichtet ist."

Das ist faszinierend, und ich möchte alles wissen, was es zu wissen gibt, aber ich kann diese Information nicht in meinem Buch nutzen, deshalb brauche ich noch etwas anderes.

"Ich brauche ein paar Fakten über Sidhe für mein Buch. Könntest du mir bitte dabei helfen?"

"Wir sind keine Elfen oder Feen wie in deiner Mythologie, aber die Sidhe sind die Grundlage für die Geschichten über Elfen. Sidhe und die meisten Menschen haben einen gemeinsamen Urahn. Feen stammen von Gaia, der Erde ab, wie auch einige von euch Menschen. Sidhe und die meisten Menschen sind Sternensamen, die von den Plejadiern in die DNA gepflanzt wurden. Jene der Sternensamen, die wählten, in einem ätherischen Zustand zu bleiben, wurden zu Sidhe, und jene, die sich auf die physische Erfahrung fokussierten, wurden Menschen. Die Menschen, die keine Sternensamen sind, stammen vom Planeten selbst, von Gaia. Wir wollen nicht dieses Spiel „wir-und-sie" spielen. Du kannst sagen, dass die meisten Menschen, mehr mit Sidhe gemeinsam haben, als mit den Menschen, die ihren Ursprung in der Erde haben, einfach weil wir eine Geschichte vor dieser Erdzeit haben, sozusagen. Alle diese Wesen sagten, wir müssen uns erinnern, dass wir Bewusstsein oder Gewahrsein sind, nicht Körper, weder physisch noch ätherisch."

"Warum können wir Menschen eure Präsenz nicht fühlen, wenn wir so nahe verwandt sind?"

"Aufgrund der zunehmenden Fokussierung auf das Physische, hat die Menschheit die Fähigkeit verloren, die nicht-physischen Welten leicht zu erkennen, und Technologie begann den Platz der inneren Kräfte einzunehmen, die dann eingeschlafen sind. Die Menschheit kann dafür nicht verantwortlich gemacht werden, da die physische Erfahrung sowohl süchtig macht als auch große Aufmerksamkeit verlangt. Stell dir vor, du treibst auf einem Baumstamm stehend einen Fluss hinunter, du versuchst dein Gleichgewicht zu halten; dann hast du deinen Fokus nicht so sehr darauf ausgerichtet, was an den Ufern geschieht. Auf der anderen Seite stelle dir Sidhe an den Ufern dieses imaginären Flusses vor. Sie haben das Interesse an den Menschen verloren, die ständig dagegen ankämpfen, weggeschwemmt zu werden; am Ende sieht es so aus, als ob die beiden Seiten nichts gemeinsam haben. Gleichzeitig muss ich dir sagen, dass einige Menschen sich der ätherischen Welten gewahr sind, aber sie können sehen, dass Menschen im Allgemeinen, nur auf die physische Welt fokussiert sind und auf das, was akzeptabel ist, so dass es keinen Sinn macht, mit ihnen über die nicht-physische Welt zu sprechen."

"Gibt es keine Feen? Und was ist mit dem Kleinen Volk und den Riesen?"

"Sie existieren, aber versuche, sie anders zu sehen, als in eurer Mythologie normalerweise dargestellt. Feen sind Teil von Gaia, wie ich schon zuvor erwähnt habe. Sie haben die Erschaffung des menschlichen Körpers unterstützt, bis er bereit war, mit menschlichen Seelen inkarniert zu werden. Sie haben eine enge Verbindung mit dem Königreich der Tiere, vor allem den Säugetieren, einschließlich der Menschen in früheren Zeiten. Die Sidhe haben einige der Feen beeinflusst. Das Kleine Volk und die Riesen sind frühe Test-Modelle für den menschlichen Körper. Einige der Feen haben beschlossen, diese Formen beizubehalten; deshalb existieren diese Wesen. Die Zwergfeen sind reine Naturgeister, die mit der Natur arbeiten, und dann gibt es die Elementale, auch sie sind Naturgeister, aber ohne ein Selbst-Gewahrsein. Es ist nicht so einfach, sie aufzuteilen, da die Formen eher eine Frage der Gestalt-Wahl durch Bewusstsein sind."

"Du sagst, dass einige Seelen von Gaia kommen, aber woher kommt der Rest? Und komme ich, mein Bewusstsein, von Gaia?"

"Du stammst nicht aus dem Bewusstsein von Gaia. Gaia ist ein Kollektiv-Bewusstsein, das im Moment als das Bewusstsein des Planeten Erde arbeitet. Du bist eine Seele; DU kommst von einer der 144 000 Engelsfamilien, die schon lange vor der Erschaffung dieses Universums existiert haben. Dies ist eine Geschichte, die auf ein anderes Treffen warten muss, im Moment ist es wichtig, dass du akzeptierst, dass du, das Bewusstsein oder die Seele, dich als physische Form reinkarnierst."

"Dann musst du mich von diesem Reinkarnationsding überzeugen!"

"Gut, ich sehe, wir müssen dieses logisch angehen oder wie ein Verstandesspiel. Du wirst zugeben, dass du hin und wieder Menschen triffst, bei denen du das Gefühl hast, sie zu kennen, ob du sie magst oder nicht, auch wenn es das erste Mal ist, dass du sie siehst."

"Gut, ja, aber wie beweist das die Reinkarnation?"

"Deine Gefühle und Bewertungen müssen von IRGENDWOHER kommen. Sie sind Erfahrungen aus anderen Leben. Vielleicht hast du mal eine Person getroffen, die so aussah wie diese und du rufst die angenehmen oder unangenehmen Erinnerungen wach. Oder sie sind jemand, der dieselben „Energien" hat, was bedeutet, dieselben Seeleneigenschaften; du weißt um die Seele hinter dem Menschen. Das letztere ist normalerweise der Fall, wenn du fühlst, dass du einer Person vertrauen kannst und, ganz tief im Inneren, dich zu ihr hingezogen fühlst."

"Das macht Sinn, schätze ich. Kann ich das auch Intuition nennen?"

"Ja, du fühlst in deine Seelenerinnerung hinein oder in die des Planeten. Ich will es nur anmerken, so etwas wie eine sogenannte Zwillingsseele, mit der du dich vereinen musst, um ganz zu sein, gibt es nicht. Du bist vollständig und souverän in dir selbst."

"Also haben alle Menschen, auch diejenigen die Erdensamen sind, Seelen?"

"Ja, ihre Seelen stammen vom Bewusstsein der Erde ab, genauso wie der Rest des Gefolges von Gaia."

"Was ist meine Aufgabe in all dem?"

"Um es einfach auszudrücken, du musst neue Konzepte in die Denkstrukturen innerhalb des menschlichen Bewusstseins hineinbringen. Du bist ein Mensch, der schon mit dem menschlichen Bewusstsein verbunden ist, deshalb können deine Denkmuster die ganze Menschheit beeinflussen. Einige Individuen, die empfänglich sind für die Muster, werden sie aufgreifen und als ihre eigenen annehmen, und sie werden diese Ideen in die menschliche Welt tragen."

"Ist dies eine Art Hypnose oder Gehirnwäsche?"

"Nein; du pflanzt einfach neue Ideen in das menschliche Bewusstsein, so werden die Ideen zu Möglichkeiten, um von den Gleichgesinnten aufgegriffen zu werden. Nur eine Person, die bereit ist für neue Ideen, kann damit arbeiten. Sonst werden sie nicht damit in Übereinstimmung gehen."

Ich höre die Flugzeugdurchsage, die den Passagieren mitteilt, sich für die Landung bereit zu machen, und ich fühle eine sanfte Umarmung von Josela, bevor mein Gewahrsein ins Flugzeug zurückkehrt. Ich stelle meinen Sitz hoch und werfe einen kurzen Blick aus dem Fenster. Ich sehe das Meer und seine Inseln im Süden und die Sonne, die sich auf dem Wasser spiegelt.

Hong Kong

Nachdem ich in Hong Kong gelandet bin, besuche ich als erstes meine Großeltern mütterlicherseits. Dies ist meine Grandma, Jiang, was Fluss bedeutet, 71 Jahre alt, und mein Grandpa, Cheng, was eine Reise bedeutet, 78 Jahre alt. Ihr Nachname ist Guan, welcher Gebirgspass bedeutet. Sie leben in einer kleinen Wohnung in der Waterfall Bay Zone auf Hong Kong Island.

Hier in Hong Kong brauche ich kein Auto, also nehme ich den Zug vom Flughafen zu der East Tsim Sha Tsui Station und von da ein Taxi nach Hong Kong Island, zum Haus meiner Großeltern. Nach dem Besuch checke ich im Hua Qing Lou in der Wah Fu Road ein, ganz in der Nähe meiner Großeltern.

Jedes Mal, wenn ich meine Großeltern besuche, sehen sie so viel älter aus als das Mal zuvor, und jedes Mal denke ich, es könnte das letzte Mal sein, dass ich sie sehe. Grandpa ist fast 80, und ein langes Arbeitsleben in der Kleiderindustrie hat seinen Zoll verlangt. Er könnte ohne Grandma gar nicht mehr zurechtkommen, aber auch sie wird alt und schwach. Sie können immer noch am Abend zum Strand hinunter spazieren, aber weiter kommt Grandpa nicht mehr.

Um vier Uhr nachmittags erreiche ich die Waterfall Bay Road. Grandma sitzt draußen im Schatten auf einem der leichten, metallenen Stühle an einem der kleinen, rechteckigen Tische, die vom Eigentümer des Gebäudekomplexes zur Verfügung gestellt wurden. Ihr Gesicht wird durch ein breites Lächeln erhellt, welches in ihrem Gesicht sogar noch mehr Falten zum Vorschein bringt. Sie braucht einige Zeit, um von ihrem Stuhl aufzustehen, so habe ich das Taxi bezahlt, meinen Koffer geholt und erreiche sie, bevor sie aus der Anlage tritt. Wir umarmen uns eine Weile und haben beide Tränen in den Augen.

"Willkommen, willkommen, liebe Lucia. Grandpa ist in der Wohnung. Es geht ihm derzeit nicht so gut."

"Hallo, Grandma, wunderbar, dich zu sehen."

Grandma trägt ein blassgelbes Kleid mit orangenen und blauen Blumen und die üblichen chinesischen Kung Fu TaiChi Schuhe aus Baumwolle.

"Ich werde den Hausmeister fragen, ob er auf deinen Koffer aufpassen kann, bis du zum Hotel gehst. Er ist ein netter Mann, Mr Wu."

Mr Wu kommt heraus, als er mich kommen sieht. Er hat ein breites Lächeln auf dem Gesicht. "Liebe Luzi, wie groß und schön du geworden bist; eine richtige Lady, sollte ich wohl besser sagen." Er trägt seine hellbraune Uniform und Mütze und dunkelbraune Schuhe.

Er erinnert sich immer noch an mich als ein Schulmädchen, obwohl er mich schon mehrmals als Erwachsene gesehen hat.

"Danke, Mr Wu; Ich hoffe, dass Sie und Ihre Familie gesund und munter sind."

"Danke dir, Luzi, ja, das sind sie."

"Können Sie auf Lucias Koffer aufpassen, bis sie heute Abend zum Hotel geht, Mr Wu?"

"Ja, natürlich, ich mache alles für Luzi. Brauchst du noch etwas aus dem Koffer, bevor ich ihn mit hineinnehme?"

"Nein danke, ich habe alles, was ich brauche in meiner Handtasche, Mr Wu; und vielen Dank für Ihre Hilfe."

„Lass uns hinauf gehen. Grandpa ist sicherlich schon aufgeregt, dich zu sehen, Liebes." Grandma geht zum Eingang voran.

Langsam gehen wir in das Gebäude hinein. Glücklicherweise ist die Wohnung nur im 2. Stock. Ich stütze Grandma unter dem Arm. Sie ist wirklich alt geworden. Sie hatte ein langes Leben, reich an Erfahrungen, glückliche und traurige, leichte und schwere. Ich denke darüber nach, wie es sein wird, wenn ich in ihrem Alter bin; wie wird sich mein Leben wohl entwickelt haben, wenn ich zurückschaue?

Grandpa muss uns schon gehört haben, denn er steht in der offenen Tür, als wir heraufkommen.

"Liebe Lucia; herzlich willkommen in unserem bescheidenen Haus." Er öffnet sein Arme und wir umarmen uns.

Er tritt nun einen Schritt zurück und schaut mich an. "Du siehst wie deine Mutter aus, als sie dich bekommen hat. Gut, bis auf den Bauch natürlich!"

"Nun, sie IST größer!" sagt Grandma.

"Ja, ja, aber ihr Gesicht. Das Gesicht sieht wirklich aus wie Ya zu dieser Zeit. Habe ich nicht recht? Natürlich habe ich recht!"

"Jetzt geh hinein. Lucia braucht etwas Erholung

nach dem langen Flug. Ich werde Tee machen. Was möchtest du gerne essen, mein Liebes?"

"Grandma, ich bin nicht hungrig, aber Tee wäre nett, und vielleicht ein oder zwei Kekse."

Ich gehe in das kleine Wohnzimmer hinein, in das die Sonnenstrahlen durch die Fenster scheinen, und alles in einem goldenen Schimmer leuchten lassen. Nun habe ich die Gelegenheit, einen ausführlicheren Blick auf Grandpa zu werfen. Er trägt eine dunkelblaue, lose Jacke mit einigen hellen Mustern über einem dunkelblauen Shirt. Er trägt schwarze Hosen und schwarze Kung Fu TaiChi Schuhe, genau wie Grandma. Sein Gesicht sieht müde aus, und das Haar ist kurz und grau. Er setzt sich an den kleinen, runden Esstisch, welcher bereits für drei gedeckt ist. Es ist dasselbe China-Geschirr, das sie immer benutzt haben, und alles wirkt so vertraut. Die alte Theke, die Bücherregale, Grandpas' Lehnstuhl, das Sofa, der Schnickschnack, die Bilder; ich habe das alles zuvor schon gesehen. Gut, außer das Foto meiner jüngeren Schwester bei ihrem Abschluss. Ich habe das Foto bereits gesehen, aber nicht hier; ich habe selbst eines. Ich setzte mich an meinen gewohnten Platz am Tisch.

Grandma kommt und schenkt den Tee ein und wir unterhalten uns darüber, was geschehen ist, seit wir uns das letzte Mal getroffen haben. Grandpa genießt die Wärme der Sonne, und döst langsam ein. Er genießt meinen Besuch auf seine Weise, indem er den zwei Frauen beim Reden zuhört, was eine heimelige Atmosphäre erzeugt.

"Du solltest Ju-long besuchen. Er lebt nicht weit von hier. Ich habe seine Nummer nicht, aber er arbeitet in der Bibliothek."

Wir haben eine örtliche Bibliothek, die Pok Fu Lam Public Library, in Waterfall Bay Road genau gegenüber einem Café und einem Einkaufszentrum. Sie ist nicht weit entfernt von meiner alten Schule, der Precious Blood Primary School. Ich hatte keinen Kontakt mehr mit Ju-long, was übrigens ‚so kraftvoll wie ein Drache', bedeutet. Außerdem kann er mir vielleicht einige Informationen zur Verfügung zu stellen, wenn ich ihn besuche, nun da er in der Bibliothek arbeitet.

"Ich werde morgen in die Bibliothek gehen und mit Ju-Long sprechen. Es wird nett sein, beide wiederzusehen, ihn und die Bibliothek."

Ich bleibe zum Abendessen und meist bestreiten Grandma und ich das Gespräch. Danach machen wir alle drei den kurzen Spaziergang zum Wasserfall, aber nicht bis zum Strand hinunter. Grandpa wird mehr wie sein altes Selbst und spricht über die alten Zeiten und wie anders es damals war, zum Beispiel gab es keine Containerschiffe und Plastik überall. Nach einem kurzen Blick über die Bucht, treten wir den kurzen Rückweg auf dem demselben Weg an, auf dem wir gekommen waren. Ich habe meine Handtasche bei mir, also hole ich meinen Koffer bei Mr Wu ab, als wir zum Gebäudekomplex zurückkehren und sage Gute Nacht.

Zurück im Hotel treffe ich meine Vorbereitungen für die Nacht und schreibe meinen Eltern und Anna, um ihnen Grüße von Grandma und Grandpa zu übermitteln. Zuhause wird es bald morgens sein. Nun liege ich auf meinem Bett und lasse meine Gedanken schweifen, sowohl zur Vergangenheit als auch in die Zukunft.

Früher war ich in Ju-long verliebt, ich fand, dass er mehr Tiefe besaß als andere, sogar mehr als die meisten Mädchen. Ja, er war attraktiv, aber er hatte auch diese subtile Weisheit, wenn du in seine Augen geschaut hast, etwas, was ich mir immer nur für ein paar Sekunden erlaubt habe.

Der Jet-Lag brachte mich dazu, länger als normal zu schlafen und so bin ich nun, nach einem späten Frühstück, auf meinem Weg zur Pok Fu Lam Public Libary. Ich laufe sehr langsam und nehme alle Eindrücke in mich auf, neue und alte. Es hat sich nicht sehr viel verändert; meistens ist es nur der Name und der Geschäftstyp einiger Läden, die in den gleichen Gebäuden sind.

Ich erreiche die Bibliothek zehn Minuten nach zehn. Die Stahlfensterläden sind hochgezogen und die Tür wird durch einen Keil offengehalten, damit frische Luft in den Raum gelangen kann. Glücklicherweise ist es kein Donnerstag, der einzige Tag, an dem die Bibliothek geschlossen ist. Sie öffnet an allen anderen Tagen um 10 Uhr morgens. Ich gehe hinein und erinnere mich an den Geruch von früher. Er gibt mir dieses nostalgische Gefühl von Sicherheit. Ich gehe an die Theke und frage nach Ju-Long, da ich ihn nicht sehen kann. Das Mädchen an der Theke empfiehlt mir, im Lernraum der Studenten nachzuschauen und weist in die angedeutete Richtung.

Der Studienraum ist leicht zu finden, und so trete ich ein und schaue mich um. Die einzigen Leute, die hier sind, sind ein junger Mann, der etwas vor einem Computer erklärt und fünf junge, weibliche

Studentinnen, die alle konzentriert auf den jungen Mann schauen. Sie drehen mir alle den Rücken zu. Ich möchte sie nicht stören, aber als ich mich ihnen nähre, wird meine Anwesenheit bemerkt.

Nach ein paar Sekunden dreht der junge Mann seinen Kopf zu mir. Kann dies Ju-Long sein? Nun erkenne ich seine Augen und dies nimmt mir den Atem. Ich erinnere mich, dass er gutaussehend ist, aber nun ist er…wunderschön.

"Luzi?"

"Eh, Ju-long?"

"Liebe, liebe Luzi, ich wusste nicht, dass du hier in Hong Kong bist!"

"Ich kam gestern erst an. Ich bin in Hua Qing Lou und besuchte gestern meine Großeltern. Grandma schlug mir vor, dich zu besuchen und erzählte mir, dass du hier in der Bibliothek arbeitest."

"Es ist so wundervoll, dich zu sehen und du hast dich sicher …verändert. Ich bin gerade ziemlich beschäftigt und werde während des Arbeitstages nicht sehr viel Zeit haben. Wie wäre es, wenn wir uns heute Abend um acht Uhr am Wasserfall treffen? Dies wäre in der Nähe deiner Großeltern und deines Hotels."

Ich fühle mich ein klein wenig enttäuscht, aber zur gleichen Zeit, brauche ich etwas Zeit, um mich wieder auf die Reihe zu bringen.

"Gut, ja, ich kann dies sehen. Dann also um acht Uhr am Wasserfall. Ich freu mich darauf."

Ich verlasse die Bibliothek und bin mir über meine Gefühle nicht im Klaren. Mein Bauch ist voller

Schmetterlinge und es ist noch lange bis acht Uhr.

Da die Waterfall Road zu meinen Großeltern zurückführt, folge ich der Straße weiter, aber mein Fokus ist nicht so sehr auf das gerichtet, was ich sehe, es wird mehr zu einer Wahrnehmung des Hintergrunds. Warum hat mich das Treffen mit Ju-Long so bewegt. Es ist, als ob da eine tiefere Verbindung zwischen uns besteht. Ich muss herausfinden, ob Ju-long genauso fühlt. Wie auch immer, ich bin sicher, dass auch er glücklich war, mich zu sehen.

Ich esse mit meinen Großeltern zu Mittag und erzähle ihnen, dass ich Ju-Long in der Bibliothek getroffen habe und ich ihn am Abend am Wasserfall wiedersehen werde.

Grandma strahlt mit einem breiten Lächeln. „Das ist wundervoll, Lucia. Viele Paare gehen am Abend zum Strand. Zu dieser Zeit ist es normalerweise windstill und dann ist da noch der Sonnenuntergang. Er wird wunderschön sein heute Abend, da die Luftfeuchtigkeit sehr hoch ist und wir morgen wahrscheinlich Regen bekommen."

Am Nachmittag machen Grandma und ich ein paar Einkäufe vor dem Tee, aber ich muss mich konzentrieren, um meine Aufmerksamkeit auf den Einkauf und die Unterhaltung zu richten.

"Was wäre das absolut beste Abendessen, das wir für Grandpa bereiten können? Er nimmt an unseren Gesprächen nicht so sehr teil, deshalb möchte ich etwas ganz Besonderes für ihn zubereiten."

"Gut, dann denke ich, sollte es Fisch sein. Lass uns mal schauen, was wir bekommen and dann entscheiden wir, was wir dazu machen."

Wiederherstellung der Verbindung

Der Tag fühlt sich sehr lang an, aber endlich ist es Zeit für mich, an den Wasserfall zu gehen und Ju-Long zu treffen. Ich habe einige Zeit damit verbracht, auszuwählen, was ich anziehe und letztendlich entscheide ich mich für ein einfaches, ärmelloses, weißes Kleid, das mir bis über die Knie reicht, mit einigen Blumen am unteren Rand, jeansblaue Sneakers und keine Strümpfe- Mein Haar trage ich offen.

Ju-long ist schon da, als ich das Ende des Weges nahe am Wasserfall erreiche, bevor dieser dann zum Strand hinunterführt. Er trägt Sneakers, blaue Jeans, ein weißes T-Shirt und eine lose blaue Jacke. Er trägt sein kurzes, schwarzes Haar unordentlich. Er sieht sehr gut aus, oder ich muss sagen, heiß.

Er lächelt. "Du siehst wie immer atemberaubend aus, Luzi."

"Danke, Ju-long. Auch du siehst sehr gut aus. Kein Wunder, dass die Mädchen dich wie Fliegen umschwärmen."

"Sie sind einfach nur dumme, kleine Schulmädchen," sagt er etwas unbehaglich. "Lass uns zum Strand hinuntergehen."

Er geht voran und während ich so hinter ihm laufe, kann ich nicht anders, als auf seinen netten Hintern zu schauen. "Luzi, jetzt hast du komplett den Verstand verloren," sage ich zu mir selbst.

"Ich war schon seit einiger Zeit nicht mehr hier. Ich

nutze meine Freizeit um Datenbankprogrammierung und Webdesign zu lernen."

"Also bist du zu einem Computer Nerd geworden!"

Er lächelt und was für ein Lächeln! "Es ist ganz interessant; sie können miteinander kombiniert werden und ich kann beides in meiner Arbeit in der Bibliothek anwenden. Und ich arbeite auch freiberuflich in diesem Bereich."

"Um ein bisschen dazu zu verdienen, ich verstehe."

Wir erreichen den Strand, der immer noch mit runden Felsbrocken bis zum Meeresufer übersät ist, bis auf einen schmalen Sandstreifen weiter oben, nahe am Hang. Ju-long dreht sich um und schaut mich an.

"Es ist ziemlich steinig, aber lass uns trotzdem laufen und dann kannst du mir zählen, was du beruflich machst, Luzi."

Ich nehme den felsigen Strand als Ausrede, um seinen rechten Arm zu greifen, während wir Richtung Süden laufen, mit dem Wasser zur Rechten und dem Waterfall Bay Park zur Linken. Der Geruch von verrottendem Seegras und Algen ist genau wie beim letzten Mal, an das ich mich erinnere, hier gewesen zu sein.

"Ich studiere an der Universität und arbeite gleichzeitig dort. Ich studiere prähistorische Geschichte, alte Kulturen und Sozial- und Kultur-Anthropologie, dazu Kommunikation und Journalismus. Der Teil der Arbeit, bei dem ich normalerweise auch viel Wissen gewinne, ist die Herausgabe von Büchern für die Universität, Daten für Professoren und Kollegen sammle und ihnen helfe, das Material zu bearbeiten. Darüber hinaus arbeite ich noch als freiberufliche Autorin für Magazine, Zeitschriften und Internetseiten. Ich arbeite als Editor und Copywriter, und ich schreibe Bücher."

"Du hast ja viele Dinge am Laufen. Schreibst du im Moment ein Buch?"

"Ja, tatsächlich sogar einige, aber das, auf welches ich gerade meinen Fokus lege, ist über Elfen, Feen und Gnome aus der geschichtlichen und kulturellen Perspektive - warum und wie diese Geschichten entstanden sind, und ob in den Geschichten aus weit entfernt liegen Orten, gemeinsame Elemente zu finden sind."

"Dies klingt faszinierend. Da du nun hier bist, solltest du einige Recherchen zu diesem Thema unternehmen. Ich wäre glücklich, wenn ich dich darin auf meine bescheidene Weise unterstützen könnte."

"Ich könnte einige Recherchen in der Bibliothek tätigen, aber es ist so ein riesiges Gebiet, wenn ich ganz China abdecken wollte. Auf der anderen Seite gibt es sicherlich Material, das noch nicht im Internet veröffentlicht ist, so könnte ich vielleicht ein paar lohnenswerte Erkenntnisse finden."

Ich merkte, dass ich noch etwas mehr über Ju-Long und sein Leben wissen musste.

"Wie geht es deiner Mutter und deinen Großeltern, Ju-long?"

"Meiner Mutter geht es nicht sehr gut. Es sind vor allem ihre Lungen, aber sie ist auch im Allgemeinen schwach. Ich lebe mit ihr und ihren Eltern in einer kleinen Wohnung in der Wa Fu Road. Mit den Großeltern väterlicherseits habe ich keinen Kontakt. Meine Großeltern sind alt und es geht ihnen auch nicht so gut. Mum arbeitet im Einkaufszentrum, aber es erschöpft sie, sich auch noch um Grandpa und Grandma zu kümmern. Es ist schwer für mich, dies zu sehen und ich tue, was ich kann, um sie zu unterstützen.

„Ich bin sehr traurig, dies zu hören. Das heißt, du bist nicht verheiratet oder hast eine Freundin?"

"Oh nein; ich kann mir wirklich keine Hochzeit und Ehefrau leisten, und ich fühle auch nicht, dass ich, mit all meiner Arbeit, meinem Studium und meiner Familie, Zeit für eine Freundin hätte. Wie geht es dir in London?"

"Ich habe eine nette Wohnung und es geht mir ganz gut. Ich habe eine gewisse Finanzierung durch meinen Vater, und ich genieße meine Arbeit und mein Studium an der Universität."

„Keinen Freund?"

"Nein. Da gab es einen, aber wir hatten unterschiedliche Interessen und waren beide sehr in unsere Arbeit und Studien vertieft. So hat es sich irgendwie verloren."

Wir reden, aber nach einer Weile, war es einfach genug, nur zusammen zu schweigen.

Wir schauen dem Sonnenuntergang über Lamma Island zu. Danach wird es ein bisschen frisch und Ju-Long leiht mir seine Jacke. Sie hat einen herrlichen Geruch.

Wir sind auf dem Weg zurück zum Wasserfall, dieses Mal gehen wir durch den Park. Ju-Long hat seinen Arm um meinen Nacken gelegt. Er durchbricht die Stille.

"Ich habe darüber nachgedacht, wie ich dir mit deinem Buch helfen kann. Du solltest mit Ling Kontakt aufnehmen. Sie unterrichtet an der Universität von Peking. Ich glaube, unter anderem Geschichte und Folklore."

"Ling? Wirklich! Ich habe seit Jahren nicht mehr an sie gedacht und sie lehrt an der Universität, das ist ja interessant."

"Ich werde ihre Daten morgen suchen, so dass du mit ihr Kontakt aufnehmen kannst. Ich hoffe, ich sehe dich morgen."

"Ja natürlich. Soll ich zur Bibliothek kommen oder soll ich warten, bis du fertig bist."

"Komm zur Bibliothek. Du kannst Ling von dort aus kontaktieren. Wir können dann auch darüber reden, was wir morgen Abend machen, oder?"

"Vielleicht kannst du mir ein neues, nettes Lokal zeigen und dann einen Platz, wo wir reden können, aber kein Kino oder so etwas."

Er hat nicht mehr seinen Arm um mich gelegt und ich finde endlich den Mut, seine Hand zu nehmen. Er nimmt sie und plötzlich wird mir überall warm. Ich kann die Verbindung zwischen uns fühlen. Plötzlich stehen wir vor dem Hotel. Ju-Long nimmt meine Hand. Er schaut mir eine Ewigkeit in die Augen.

"Dies ist ein ganz besonderer Moment, Luzi. Es ist als ob wir eine Verbindung wiederbelebt haben, die schon immer da war; als ob wir beginnen, uns der Gefühle zu erinnern, die wir vor langer Zeit hatten."

"Ja, in der Tat, es ist fast magisch; ja, als ob es eine Erinnerung, eine Wieder-Vereinigung wäre."

Eine lange Zeit stehen wir so, bis mich Ju-Long umarmt. "Wir sehen uns morgen. Gute Nacht, meine süße Luzi, das Licht meines Lebens."

Ich bin so berührt und habe Tränen in meinen Augen. Ich übergebe Ju-Long seine Jacke. "Ja, wir treffen uns morgen. Gute Nacht!"

Jetzt bin ich zurück in meinem Hotelzimmer, ohne dass ich mich erinnern kann, wie ich hierher gelangt bin. Was war dies für ein besonderer Tag und ich sehne mich schon nach morgen. Ich nehme eine kurze Dusche. Das Wasser irritiert mich irgendwie; es ist zu kalt und gleichzeitig zu warm. Es ist, als wären die Nerven meiner Haut total außer Kontrolle. Nach der Dusche trage ich etwas Lotion auf und schlüpfe in ein loses Nachthemd, aber es endet sowieso damit, dass ich nackt auf dem Bett liege. Es wird eine lange Nacht, aber von Zeit zu Zeit, döse ich natürlich auch mal ein.

Am Morgen habe ich meine Ruhe wiedergefunden, auch wenn ich mich nicht wirklich ausgeruht fühle. Ich nehme eine Dusche und richte mich her, bevor ich zum Frühstück in den Speisesaal gehe. Dieses Mal wähle ich ein bequemeres Kleid; immer noch ein weißes mit einiger Dekoration, aber mit kurzen Ärmeln. Ich schlüpfe in die Denim-Sneakers und trage mein Haar in einem Pferdeschwanz. Es ist noch Zeit, meine Großeltern zu besuchen, bevor ich Ju-Long in der Bibliothek treffe.

Meine Großeltern, Jiang und Cheng, sind immer sehr früh auf. Als ich ankomme, sitzt Grandpa in seinem Armsessel und hört Radio und Grandma erledigt ihre Dinge in ihrem Haus. Grandma serviert ihren speziellen Tee, und sie und ich setzen uns an den kleinen, runden Esstisch, während Grandpa in seinem Sessel sitzen bleibt. Ich erzähle grob über den letzten Abend mit Ju-Long und meine Pläne für heute - ihn in der Bibliothek zu besuchen, wo er mir helfen will, Material für mein Buch zu finden und mich mit Ling in Peking in Kontakt bringen.

"Das ist wundervoll," sagt Grandma. "Ju-long ist solch ein charmanter und gutaussehender junger Mann. Ich bin sicher, dass er dir helfen kann."

Grandpa kommentiert von seinem Sessel aus, "Ling war so ein nettes Mädchen. Wir haben sie schon lange nicht mehr gesehen, auch nicht ihre Eltern."

Ich sitze da und denke an mein bevorstehendes Treffen mit Ju-long und fühle mich wie ein verliebtes Schulmädchen. Er hat etwas in mir berührt.

"Ich werde jetzt besser gehen, ich möchte nicht, dass irgendjemand Ju-long in Beschlag nimmt, bevor ich komme."

Ich gebe den zwei alten Leuten einen Abschiedskuss und nehme meine Handtasche. Ich gehe zu schnell, aber ich kann nicht anders. Ich freue mich, wieder mit Ju-Long zusammen zu sein, seine Stimme zu hören, seinen Geruch zu genießen und ihn einfach nur anzuschauen. Kurz bevor ich die Bibliothek erreiche, sehe ich, dass Ju-Long vor mir geht.

"Ju-long," ich schreie und beginne, auf ihn zu zulaufen. Er dreht sich um, sieht mich und schenkt mir ein strahlendes Lächeln. Als ich ihn erreiche, umarmen wir uns.

"Hallo, Luzi. Du siehst fantastisch aus."

"Du auch. Ich bin etwas zu früh dran, aber ich wollte nicht riskieren, dass dich jemand in Beschlag nimmt, bevor ich komme."

"Ich bin auch zu früh. Ich wollte die Computer zum Laufen bringen, so dass sie schon startklar sind, bevor du kommst."

Sieht er etwas nervös aus oder ist er einfach nur aufgeregt, weil es gleich losgeht?

"Ich habe die Schlüssel, so lass uns loslegen."

Kurz darauf erreichen wir die Bibliothek und er entriegelt die Sicherheitsläden, dann die Tür und stellt den Bücherrückgabestand an die Vorderseite, nun war es sowieso schon fast zehn. Er ist sehr effizient und sicher in dem, was er tut.

"Wie lange arbeitest du schon hier in der Bibliothek?"

"Ungefähr seit der Zeit, in der du nach England gegangen bist. Zuerst nicht Vollzeit, das kam später. Ich musste erst eine Schule belegen, bevor ich als Bibliothekar anfangen konnte und auch dann musste ich noch weiterhin Kurse belegen."

Wir gehen hinein und Ju-Long erledigt die Routinearbeiten, die beim Öffnen der Bibliothek immer anfallen.

Ich folge ihm, und frage mich, warum er hier gelandet ist.

"Was findest du daran so…kann ich sagen, inspirierend, Bibliothekar zu sein?"

"Nun, es ist nicht das Wissen an sich oder die Geschichten oder was auch immer wir anbieten; es geht darum, was die Leute mit dem ganzen Zeug anfangen oder, um es genauer zu sagen, was das ganze Zeug mit den Leuten macht. Es verändert sie irgendwie und vielleicht beeinflusst es ihre Träume und Wahlen und lässt sie neue Möglichkeiten in ihrem Leben erkennen."

Er ist wirklich tiefgründig!

"Das könnte meine Antwort sein, wenn du mich fragst, warum ich schreibe und auf eine andere Art, Wissen und Erfahrungen den Leuten zur Verfügung stelle. Ich eröffne ihnen Möglichkeiten, die sie möglicherweise anderweitig nicht gefunden hätten, oder biete ihnen zumindest eine Möglichkeit, diese Chancen zu nutzen."

Ju-long hat seine üblichen Aufgaben beendet und sagt, "Ich habe einige Vorschläge, denen du folgen kannst, während ich nach den Kontaktinformationen von Ling suche. Danach werde ich dir mit der etwas schwereren Chinesischen Literatur helfen."

"Danke, das werde ich tun. Es könnte interessant sein, was ich über Elfen und ähnliches hier in China ausgraben kann.

Kurz darauf kehrt Ju-Long mit einigen Informationen über Ling zurück und ich sende ihr eine E-Mail auf ihre QQ-Mail. Nun kommt das Mädchen, mit dem ich tags zuvor am Empfang gesprochen habe. Ihr Name ist Liling. Wir begrüßen uns, aber danach schenkt sie uns keine weitere Aufmerksamkeit.

Nun kommen auch Besucher und andere Mitarbeiter und bald ist da diese Geräuschkulisse, die Menschen machen, wenn sie mit ihren Dingen beschäftigt sind. Während des Morgens können wir einige „Wesen" finden, die ich nach ihrer Beschreibung mit denen des englischen Begriffes vergleichen kann, aber oft werden Elfen und Feen als ein und die gleiche Kreatur im Englischen angesehen, doch ich bin mir da nicht so sicher.

Es scheint, dass Elf, Fee, Geist, Gespenst und Spirit im einfachen chinesisch alle als 精灵 geschrieben werden und es als "jing ling" ausgesprochen wird. Ich muss mehr über diese Geschöpfe herausfinden, so dass ich sie unterscheiden kann. Es scheint, dass es keine ausführlichen Studien über diese volkstümlichen Kreaturen gibt, außer über die Drachen natürlich.

In Ju-long's Mittagspause gehen wir zum Howard Johnson Restaurant, das etwas weiter die Straße hoch liegt und kaufen unser Mittagessen. Es ist mehr ein kleines Café, aber Ju-Long meint, dass das Essen sehr gut sei. Wir nehmen das Essen mit nach draußen und setzen uns auf einige Bänke, die in der Nähe stehen.

Ju-Long beendet seinen ersten Bissen und sagt, "Also, heute Morgen habe ich einige Shirts und T-Shirts ausprobiert, inklusive eines weißen mit einem großen, roten Herz mit einer weißen Inschrift "I LOVE YOU". Dann hat es sich aber zu dumm angefühlt und ich bin schließlich bei diesem hier gelandet."

Es ist ein hellblaues, mit zwei weißen, schwimmenden Schwänen. Ju-long sollte wissen, dass es mir egal ist, welches T-Shirt er trägt, wenn überhaupt.

"Wenn du wüsstest, wie meine Nacht und mein Morgen gewesen sind: ICH WAR DUMM! Dich wiederzutreffen hat meine Gefühle auf den Kopf gestellt, wenn ich das sagen kann. Das T-Shirt ist gut; ich mag es. Für mich sendet es die gleiche Botschaft und auch ich will meine Gefühle für dich nicht verstecken. Einerseits haben wir uns gerade erst getroffen, aber andererseits kennen wir uns doch schon sehr lange. Wir haben uns ineinander verliebt, aber die jetzige Verbindung war doch die ganzen Jahre vorhanden. Ich liebe dich auch, Ju-long. Vielleicht ist dies nicht der romantischste Platz, um diese Worte auszusprechen, aber dies ist dennoch die Wahrheit."

Wir stehen beide auf und umarmen uns eine lange Zeit. Alles dreht sich und für einen Moment ist die Außenwelt nur eine gedämpfte Wahrnehmung irgendwo weit weg.

Wir setzen uns hin und halten die meiste Zeit beim Essen Blickkontakt. Es ist ein magischer Moment mit viel Intimität. Ju-longs Telefon piepst; es ist Zeit, zurück in die Bibliothek zu gehen. Auf dem Rückweg halten wir uns an den Händen, und keiner von uns berührt den Boden.

Als wir wieder in der Bibliothek sind, braucht jemand Ju-longs Fachwissen, also verfolge ich einige der Spuren, die ich heute Morgen gesammelt habe, aber, ehrlich gesagt, kann ich mich überhaupt nicht konzentrieren. Mein Gehirn schwimmt in einem Meer von Hormonen, völlig in der Schwebe. Ich checke meine E-Mail, um zu sehen, ob Ling geantwortet hat, aber es ist noch nichts da.

Innerlich werde ich immer chaotischer. Die Gedanken und Gefühle wirbeln in einem riesigen Strudel, und ich kann mich absolut auf nichts mehr konzentrieren.

Ich schaue wieder in meine E-Mail, und dieses Mal ist eine kurze Nachricht von Ling dabei. „Es ist schön, von dir zu hören, Luzi. Es ist lustig, dass wir beide im Bereich Geschichte (und anderen Dingen) arbeiten. Ich könnte etwas Material zusammensuchen und es dir per E-Mail schicken, aber wir würden keinen wirklichen Dialog über das Thema führen, und zwischen den E-Mails würde eine gewisse Wartezeit entstehen. Ich würde es vorziehen, wenn du nach Peking kämst, und tatsächlich würde ich Dich auch gerne wiedersehen!"

Ich habe das Gefühl, dass ich darüber nachdenken oder - besser gesagt - durchfühlen muss, denn ich hasse es, Ju-long zu verlassen, gerade jetzt da ich ihn... wieder...gefunden habe. Mein Leben hat sich völlig verändert und ich muss alles neu zusammensetzen, da ich bei Ju-long bleiben muss. Wie passt er mit meinem Job und meinem Studium in London zusammen? Ich schreibe Ling zurück: „Danke für deine Antwort. Ich schaue, ob ich dich in Peking besuchen kann."

Ich muss das mit Ju-long besprechen und verlasse das Arbeitszimmer. Er kommt auf mich zu. „Gibt es eine Antwort von Ling?"

„Ja, und sie möchte, dass ich nach Peking komme. Aber weißt du, ich weiß nicht, wie sich mein Leben verändert, jetzt, wo du sozusagen als Joker hereingekommen bist. Es hat wirklich mehr mit dir und mir zu tun als mit Ling. Ich bin sehr verwirrt; ich lebe in London und du hier in Hongkong, und ich kann nicht klar denken."

„Lass uns eine Sache nach der anderen angehen. Wir haben eine Verbindung gefunden, und die wird nicht verschwinden, egal wo wir sind, zusammen oder getrennt. Lassen wir uns etwas Zeit, um herauszufinden, wie wir zusammen sein können. Wir können das nicht überstürzen. Ich möchte mit dir zusammen sein, zweifle nie daran. Ich denke, du solltest Ling an der Universität in Peking besuchen und sehen, welches Material ihr beide für dein Buch ausgraben könnt. Du verlässt mich nicht, weil du eine kurze Reise nach Peking machst; es ist nur eine Reise."

„Natürlich, wie dumm von mir."

„Du bist nicht dumm. Du hast etwas Wertvolles erkannt und hast Angst, es zu verlieren, aber das wirst du nicht. Lass uns ein paar Flüge nach Peking suchen und sehen, welcher für Ling passt."

Das beruhigt mich; jetzt muss ich mich nur noch auf ein Ziel konzentrieren. Wir setzen uns an einen der Computer im Arbeitszimmer. Ich lehne mich an Ju-long und fühle mich innerlich glücklich und warm. Kurz darauf schicke ich einige Daten an Ling. Ich bitte sie, auch Ju-long zu antworten, da meine Großeltern keinen Internetanschluss haben. Langsam spüre ich, dass alles gut wird und dass Ju-long und ich eine Lösung finden werden, um in Zukunft zusammen zu sein. Es ist jetzt fast sieben Uhr abends, und die Bibliothek schließt bald. Ich werde bei meinen Großeltern zu Abend essen und Ju-long wird uns später besuchen, wie er es sich wünscht. „Es ist lange her, dass ich mit deinen

Großeltern gesprochen habe."

Wir gehen Hand in Hand aus der Bibliothek und bevor wir uns trennen, umarmen wir uns, und ich lege meinen Kopf an seine Brust und bin glücklich. Bevor er geht, küsst er mich auf die Stirn, und ich möchte ihn unbedingt auf den Mund küssen, aber die Zeit dafür wird noch kommen. Wir winken uns zum Abschied zu.

Ju-long

Ich komme bei meinen Großeltern an. Das Abendessen ist fertig, und Grandpa deckt den Tisch. „Du musst doch hungrig sein nach so einem langen Tag."

Es riecht angenehm nach Grandmas Essen, und ich merke, wie hungrig ich bin. „Wir haben zu Mittag gegessen, aber jetzt habe ich einen Bärenhunger."

Grandma stellt eine große Schüssel auf den Tisch. „Hattest du heute Erfolg in der Bibliothek?"

„Die aktuellen Informationen sind etwas spärlich, aber ich bin jetzt in Kontakt mit Ling in Peking, an der Peking-Universität, wo sie arbeitet. Sie möchte, dass ich sie besuche. Sie lehrt unter anderem Geschichte. Ju-long und ich haben ihr einige Termine gemailt und warten nun auf ihre Antwort."

„Oh ja, Ling. Lustig, dass sie in der Geschichtsforschung tätig ist, genau wie du."

Ich stelle einen Krug Wasser auf den Tisch, und wir setzen uns. „Ju-Long besucht uns heute Abend. Er hat euch schon lange nicht mehr gesehen, deshalb schlug er vor zu kommen."

„Aber das ist doch wunderbar, liebe Luzi. Wir freuen uns, ihn wiederzusehen!"

Kurz nach dem Abendessen trifft Ju-long ein und bringt eine kleine Schachtel Pralinen mit. Er wird von uns allen herzlich willkommen geheißen. Normalerweise würde Ju-long mich aus traditionellen und kulturellen Gründen nicht umarmen, also umarme ich ihn herzlich und halte einen Moment seine Hand. Ich spüre, dass er überrascht ist, aber da ich zur Hälfte Engländerin bin, habe ich keine Vorbehalte, und ich weiß, dass meine Großeltern mein Verhalten akzeptieren werden. Ich bin so froh, ihm nahe zu sein, ihn wieder zu spüren und zu riechen, obwohl wir nur ein paar Stunden getrennt waren.

„Wir haben dich schon lange nicht mehr gesehen, Ju-long", sagt Grandma und zwinkert mir zu, um zu zeigen, dass sie weiß, wie ich mich fühle.

Wir versammeln uns um den kleinen, runden Esstisch, ich hole die Teetassen und Grandma bringt den Tee. „Wie geht es deiner Familie, Ju-long?"

Ju-long erzählt uns von seiner Familie. Das meiste hat er mir schon erzählt, aber als er auf seine Eltern zu sprechen kommt, fällt es ihm schwer, über seinen Vater zu sprechen. Er ist psychisch erkrankt und erkennt seine Familie nicht mehr. Aus demselben Grund gibt es auch keine Beziehung zur väterlichen Seite der Familie. Kurz danach hat er das Gefühl, dass er gehen muss.

„Es ist Zeit, für mich zu gehen. Es war ein wunderbarer Abend, und es war schön, euch wiederzusehen."

„Ich werde auch gehen. Du kannst mich zum Hotel begleiten, Ju-long, es sind nur ein paar Minuten."

Auch wenn ich mich danach sehne, mit ihm zusammen zu sein, möchte ich nicht, dass es eine heimliche Nacht im Hotel wird, und wir könnten es sowieso nicht verbergen, denn Ju-long könnte nicht unbemerkt in mein Zimmer gelangen. Wir gehen Hand in Hand, ohne zu sprechen und genießen einfach den kurzen Moment, bevor wir mein Hotel erreichen. Nur ein kleines Schild in chinesischen Buchstaben verrät den Namen des Hotels - Hua Qing Lou. Aus der Küchenlüftung riecht es noch nach Essen, und das schummrige Licht zeigt, dass hinter der verbeulten Tür kein Fünf-Sterne-Hotel zu finden ist. Jetzt stehen wir uns gegenüber und schauen uns in die Augen. Wir küssen uns. Die Erregung schießt durch meinen Körper, in dem jeder Sinnesrezeptor offen ist, um ihn aufzunehmen. Es gibt keine Zeit, keinen Raum, nur sinnliche Wahrnehmung. Langsam lösen wir uns voneinander, wir halten uns an den Händen, und wieder treffen sich unsere Augen. Das ist die wahre Magie des Lebens.

„Ich melde mich morgen, wenn es eine Antwort von Ling gibt. Ich wünsche dir süße Träume, meine schöne Luzi."

„Das Gleiche gilt für dich, lieber Ju-long. Ich fürchte, die Nacht wird schlaflos sein, aber das macht mir nichts aus, denn ich werde bei jedem Herzschlag an dich denken."

Ich spüre und sehe seinen Widerwillen zu gehen, aber es wird andere Zeiten, andere Orte geben, und ich gehe durch die Tür, um mein Zimmer zu finden und möchte nur noch auf dem Bett liegen und mich von den euphorischen Glücksgefühlen treiben lassen, die ich noch in meinem Körper spüre.

Ich habe gut geschlafen, und jetzt, auf dem Weg nach unten zum Frühstück, fühle ich mich erfrischt und fröhlich. Das schummrige Licht im Speisesaal kann mir den strahlenden Sonnenschein in meinem Bauch nicht nehmen. Ich habe beschlossen, mehr

Zeit mit meinen Großeltern zu verbringen, jetzt, wo ich vermutlich bald nach Peking reisen werde. Ich habe keinen Zweifel daran, dass Ju-long und ich einen Weg finden werden, um zusammen zu sein, also habe ich beschlossen, mir nicht den Kopf über eine Lösung zu zerbrechen, die sich ohnehin von selbst zeigen wird.

Nach einem Frühstück, das hauptsächlich aus Obst, ein wenig Brot und Tee besteht, verlasse ich das Hotel und gehe zu meinen Großeltern. Ich weiß, dass Ling mich auf meinem Telefon oder Ju-long über seine E-Mail kontaktieren wird, also gibt es für mich in dieser Hinsicht nichts mehr zu tun.

Meine Großeltern sind natürlich schon seit Stunden auf den Beinen. Grandma und ich beschließen, einen Spaziergang zu machen und einkaufen zu gehen, während Grandpa vor dem Gebäude sitzt und dem Treiben zuschaut, während er sich mit seinen Freunden unterhält.

Grandma und ich haben das Einkaufszentrum gerade verlassen, als mein Telefon klingelt. Ich sehe, dass es Ju-long ist, der anruft. „Hallo, Ju-long, gibt es Neuigkeiten von Ling?"

„Schön deine Stimme wieder zu hören; ja, aber ich kann sehen, dass du ein wenig unter Zeitdruck stehst. In ein paar Tagen wird Ling mit einigen ihrer Studenten zu einer zweiwöchigen wissenschaftlichen Exkursion zu einer alten archäologischen Ausgrabungsstätte aufbrechen, und sie ist gerade dabei zu packen. Sie würde dich jedoch sehr gerne sehen, und da sie sowohl Siegel- als auch Orakelzeichen studiert hat, ist sie wahrscheinlich die beste Person, um dir jetzt zu helfen. Du wirst morgen abreisen müssen, wahrscheinlich in der Business Class, wenn du nicht warten willst, bis sie zurückkommt. Morgen gibt es einen Flug, aber er steht nicht auf unserer Liste, da wir nicht damit rechnen konnten, dass sie in Kürze zu der Ausgrabungsstätte aufbrechen würde. Ich denke, du solltest die Gelegenheit nutzen und morgen nach Peking fliegen."

„Grandma und ich sind einkaufen, aber ich werde so schnell wie möglich in die Bibliothek kommen und meinen Flug buchen. Danach können wir zusammen zu Mittag essen."

„Klingt gut; und Luzi, ich liebe dich!"

"Liebe dich auch." Wärme fließt durch meinen Körper. Wir unterbrechen die Unterhaltung und ich erkläre Grandma die Situation.

"Mach dir um mich keine Sorgen. Die Einkaufstaschen sind nicht so schwer, so dass ich sie leicht nach Haus tragen kann. Du solltest den Flug buchen, bevor er ausgebucht ist."

"Lass mich doch wenigstens eine deiner Taschen tragen."

"Oh nein; mit dem Trolley wird das wirklich sehr gut gehen. Das ist besser; und sag Ju-Long ein Hallo von mir, Liebes!"

"OK, aber ich weiß noch nicht, wann ich wieder zurück sein werde."

"Wir werden dich sehen, wenn wir dich sehen werden. Hab einen schönen Tag, Liebes."

Ich verlasse Grandma und muss mich selbst stoppen, um nicht loszurennen, und kurz danach erreiche ich die Bibliothek. Ju-long ist im Hauptbereich.

"Das war sehr schnell, Luzi!"

Kurz berühren sich unsere Hände, als wir Seite an Seite zu den Computern gehen. Kurz darauf kommt die Buchungsbestätigung aus dem Drucker, und ich kann mich entspannen. Jetzt muss ich nur noch packen, was nur ein paar Minuten dauern wird. Ich schicke eine kurze E-Mail an Ling, in der ich die Zeit meiner Ankunft mitteile. Ich werde bei Ling übernachten, da es nur für kurze Zeit sein wird. Sie hat bereits den größten Teil ihrer persönlichen Sachen gepackt und verbringt die meiste Zeit mit den letzten Vorbereitungen an der Universität. Jetzt muss ich mit Ju-long über unsere gemeinsame Zukunft sprechen, und wir setzen uns mit einem Buch in den Arbeitsbereich.

"Da mein Vater als Geschäftsmann sehr viel unterwegs war, ist die ganze Familie, wann immer es ging mit ihm gereist, und er dies mit einem Kurzurlaub mit der Familie verbinden konnte. Ich habe Papiere, die es mir erlauben, fast überall in der Welt zu reisen, so denke ich, dass wir unser gemeinsames Leben hier in China beginnen können."

"Ich habe auch viel über unser gemeinsames Leben nachgedacht, und vielleicht könnte ich einen Job in England bekommen und du kannst deine Arbeit und dein Studium an deiner Universität fortsetzen."

"Das könnte funktionieren, Ju-long, aber du musst eine Arbeit haben, die dir Spaß macht, und die ist wahrscheinlich nicht so leicht zu finden."

Wir sind beide sehr aufgeregt über unsere hochfliegenden Pläne, und das Mädchen am Tresen muss Ju-long an seine Mittagspause erinnern. Wir essen in einem kleinen Café zu Mittag, und danach gehe ich zu meinen Großeltern.

Ich erinnere mich nicht mehr an viel von diesem Nachmittag, aber nach dem Abendessen verabschiede ich mich von meinen Großeltern, wünsche ihnen alles Gute und treffe mich dann mit Ju-long am Strand. Ich habe sehr zwiespältige Gefühle, nicht wegen Ju-long, sondern wegen der ganzen Situation, und ich verabschiede mich von ihm am Hoteleingang mit dem tiefen Gefühl, ihn nicht verlassen zu wollen.

Mein Flug nach Peking geht sehr früh am nächsten Morgen. Es ist eine reibungslose Reise, die ich in einem Dunst von Gedanken und Gefühlen verbringe.

Beijing

Ich fahre direkt vom Flughafen zur Universität, wo wir ein Treffen vereinbart hatten. Ling ist damit beschäftigt, ihre Studenten zu unterrichten, die sie zur Ausgrabungsstätte begleiten werden. Sie ist streng, aber gleichzeitig spricht sie nicht von oben herab mit ihren Studenten, und es scheint, dass sie echten Respekt vor ihr haben.

Ling ist eine große, schlanke Frau mit Brille, die so gekleidet ist, als hätte sie sich nie Gedanken darüber gemacht, was sie anzieht und wie sie im Allgemeinen aussieht. Sie ist freundlich, aber ab und zu auch etwas distanziert.

Wir haben nicht viel Zeit, da Ling in zwei Tagen abreisen wird. Nachdem Ling ihre Schüler am Nachmittag in die Teepause geschickt hat, sitzen wir in der Kantine bei Tee und Keksen. Ling schnappt sich ein Notizbuch und einen Bleistift und zeichnet zwei chinesische Glyphen. „Es ist interessant, dass du MICH nach Elfen und dergleichen fragst. Mein Name, Ling, bedeutet Geist oder Seele, oder Glocke oder Glockenspiel."

灵 Geist, Seele.

铃 Glocke, Glockenspiel.

"Ich dachte immer, mein Name bedeute, die Stimme der Seele."

In meinen E-Mails an Ling habe ich ihr kurz beschrieben, was ich über Sidhe weiß und gehe jetzt näher darauf ein. Ich hoffe, dass ihr Gedächtnis dadurch, dass ich ihr mehr Worte gebe, angeregt wird und ihr hilft, weitere Hinweise zu finden.

Ling sitzt ruhig da, konzentriert sich auf die Informationen, die ich ihr gebe, und durchsucht ihre innere Datenbank nach relevanten Daten. Als ich fertig bin, beginnt sie wieder ihr Notebook zu benutzen.

"Wir benutzen die Glyphe, Xian, für eine Elfe und ähnliche Wesen. Die altertümliche oder traditionelle Glyphe sieht so aus:

僊

"Sie bedeutet transzendental oder unsterblich. Wenn wir nur auf die zwei Seiten, links und rechts schauen, haben wir links eine Person und rechts das ‚Aufsteigen wie ein Vogel'. Vielleicht kannst du auch den "Geist/ Spirit"-Teil erkennen, der die zwei oberen Zeichen rechts ausmacht.

亻 - Aufstieg, eine Person.

䙴 - Aufsteigen wie ein Vogel.

"Andere Bedeutungen sind auch, erleuchteter Mensch, Christ und Christus. Schriftzeichen sieht so aus:

仙

"Nochmal, die Person ist links, aber jetzt gibt es drei Berggipfel auf der rechten Seite - der menschliche Berg."

Ist das ein Zufall, oder ist das für mich der Beweis, dass die Sidhe überall auf dem Planeten wirken und die Menschen beeinflussen? Sidhe wollen als Teil der Erde gesehen werden und nicht als Teil des Himmels. Sie sind nicht mehr aufgestiegen als die Menschen, sie haben nur einen anderen Weg und eine andere Verbindung.

"Interessant, denn von Elfen, oder wie ich sie kennengelernt habe, die Sidhe, wird gesagt, dass sie auf Anhöhen, Hügeln oder in den Bergen wohnen; ein menschlicher Berg oder ein Mensch aus den Bergen – eine Verbindung mit der Erde."

Nun bemerke ich, dass sich Ling wieder ihrer inneren Datenbank zuwendet. Ich bin sicher, dass sie mir einfach sagen kann, was sie im Allgemeinen weiß, aber es ist, als wolle sie sicher sein, dass alles, was sie mir mitteilt, die Wahrheit ist, die ganze Wahrheit (ihrer Datenbank) und nichts als die Wahrheit... so wahr ihr Gott helfe. Es dauert nur ein oder zwei Sekunden; dann ist sie wieder da.

"Als ich den Namen der Glyphe aufgeschrieben haben, Xian, habe ich das Pinyin Lautsystem angewendet; aber, wenn ich das Wade-Giles System benutze, wäre es 'hsien', welches mehr der irischen Schreibweise, Sidhe, ähnelt; einfach nur ein Gedanke."

"Ich habe gar nicht an eine ähnliche Aussprache gedacht, da die zwei Wörter ja sozusagen aus unterschiedlichen Welten kommen, aber du hast absolut recht!"

Ling hilft mir eine Vergleichsliste auszufüllen, welche ich schon zuvor angelegt habe.

<table>
<tr><th colspan="2">Deutsche Terminologie</th><th colspan="2">Chinesische Terminologie</th></tr>
<tr><td rowspan="2">Gemeinsamer Vorfahr
(Stenensamen)</td><td>Mensch</td><td rowspan="2">共同的祖先
(星种子)</td><td>人类</td></tr>
<tr><td>Sidhe</td><td>仙 (Xian)</td></tr>
<tr><td rowspan="4">Gaia (Erdensamen)</td><td>Von Sidhe beeinflusste Feen</td><td rowspan="4">盖亚
(地球种子)</td><td>影响的仙
精灵</td></tr>
<tr><td>Feen (die Riesen + das kleine Volk)</td><td>精灵
(巨人 + 小矮人)</td></tr>
<tr><td>Kleine Feen (reine Naturgeister)</td><td>小精灵
(纯自然精神)</td></tr>
<tr><td>Elementale (Naturgeister ohne Selbst-erkenntnis)</td><td>元素
(无自我意识的自然精神)</td></tr>
</table>

Wie ich schon herausgefunden habe, ist es schwer, sie in Übereinstimmung zu bringen. Ling macht mir am Abend bei ihr zuhause einen Vorschlag.

“Du besuchst alte Schulfreunde. Ich habe Kontakt mit Josephine Wen; sie lebt in Shanghai. Sie arbeitet in einem Verlagshaus und studiert gleichzeitig intensiv alte Texte. Es wäre vielleicht eine gute Idee, ihr einen Besuch abzustatten oder sie zumindest per E-Mail anzufragen.”

“Wenn du ihre Telefonnummer hast, dann schreibe ich ihr, um herauszufinden, wann sie Zeit zu reden hat.”

Ich füge meiner Adressliste einen weiteren Namen

hinzu und verfasse eine kurze, aber hoffentlich verständliche Nachricht an Josephine.

Am Abend ruft mich Josephine an. "Du musst mich wirklich besuchen, nun da du schon mal in China bist. Erinnerst du dich an Grandma? Sie ist auch hier und sie wäre sehr erfreut, dich wiederzusehen."

Nach einigen weiteren Gesprächen mit, bereite ich mich auf einen weiteren Flug vor, dieses Mal nach Shanghai.

Zwei Tage später verlasse ich Peking und damit auch Ling und ihre Studenten. Wir nehmen nicht das gleiche Flugzeug, da sie westlich in die Xinjiang Provinz fliegen, aber ich werde bis zu Flughafen in ihrem Bus mitgenommen. Am Flughafen sagen wir uns Lebewohl und versprechen uns, in Kontakt zu bleiben.

Shanghai

Ich komme in Shanghai am Flughafen Hongqiao an und nehme ein Taxi zu meinem Hotel. Am Abend werde ich Josephine und ihren Ehemann Ping vor dem Zoo treffen, wo er im Rahmen seines Masterstudiums der Veterinärwissenschaften in Teilzeit arbeitet.

Josephine hat wohlhabende chinesische Eltern, aber sie besuchte die gleiche englische Grundschule wie ich. Aus der Sicht ihrer Eltern war es notwendig, dass sie soziale Beziehungen zu anderen Kindern hatte, obwohl sie sich problemlos einen Privatlehrer leisten konnten.

18 Uhr. Ich komme am Zoo von Shanghai an und finde einen schönen Platz in der Nähe des Elefantentors, das in den eigentlichen Zoo führt. Es besteht aus zwei Betonelefanten, die mit ihren Rüsseln einen Bogen bilden.

Kurz darauf steigt Josephine von ihrem Fahrrad ab und kommt langsam auf mich zu. Sie ist sich offensichtlich nicht sicher, ob ich es bin, aber ich erkenne sie eindeutig wieder, denn sie hat sich seit der Zeit, als ich sie in der Schule kannte, nicht sehr verändert. Das liegt vor allem an ihrem Gesicht, das immer noch rund ist wie bei einem Kind. Das Gesicht ist hübsch, sie ist nicht groß und ein wenig pummelig. Ihr schwarzes Haar ist kurz, und sie trägt eine Haarspange mit Blumen. Sie ist mit einem roten Pullover, engen blauen Jeans und roten Turnschuhen bekleidet.

"Hallo, Josephine."

"Hey, Luzi. Ich war mir nicht sicher, ob du es bist."

"Ich bin es wirklich."

"Willkommen in Shanghai, der Kronjuwele Chinas."

"Es tut mir leid, dies zu sagen, aber ich fühle mich in Hong Kong, besonders auf der Insel, mehr zu Hause. Die Gegensätze hier erschrecken mich."

"Ich habe mich daran gewöhnt oder ich habe vielleicht einfach gelernt, einige Gefühle auszuschalten. Ich hoffe Ping wird bald kommen. Ich bin am Verhungern!"

"Ich hatte im Flugzeug etwas zu Essen, aber das ist schon Stunden her, und ich könnte auch ein oder zwei Bissen vertragen."

"Oh, da kommt er!"

Sie winkt einem jungen Mann zu, der hinter ein paar Bäumen hervorkommt. Er winkt lächelnd zurück. Ich hatte die Vorstellung eines jungen, gutaussehenden Mannes mit einem schlanken Körper, aber das trifft auf Ping nicht zu. Er erscheint untersetzt, mit schwarzem Haar, das etwas zu lang ist, das jedoch nicht sein kräftiges Gesicht verdecken kann. Er sieht freundlich aus, sogar vergnügt, und nicht in der Lage auch nur einer Fliege etwas zu Leide zu tun. Josephine hat nichts von ihm zu befürchten, und das mag einer der Gründe sein, warum sie ihn als Ehemann gewählt hat. Ich bewerte sie nicht für ihre Wahl; unsere Vergangenheit liefert uns allen unterschiedliche Gründe für unsere späteren Entscheidungen im Leben. Ping trägt eine kurze, rehbraune Jacke über einem schwarzen T-Shirt, dazu eine schwarze Hose und Turnschuhe.

Als er Josephine erreicht, gibt er ihr einen kurzen Kuss und wendet sich mir zu.

"Du musst Luzi sein; Willkommen."

"Hallo Ping; wie geht's bei der Arbeit?"

"Gut, die meiste Zeit schmutzig und stinkend, aber mit Tieren zusammen zu sein, ist das allemal wert. Lasst uns etwas essen gehen – ich konnte ein Pferd verschlingen!"

Josephine verdreht ihre Augen zum Himmel. "Du könntest immer ein ganzes Pferd essen. Lasst uns zu Delicious gehen; es ist hier ganz in der Nähe und das Essen IST ziemlich gut. Wir müssen die Straße weiter nach rechts überqueren."

Auf dem Weg zum Restaurant ist es zu laut, um über mein eigentliches Anliegen hier in Shanghai zu sprechen, also machen wir nur etwas Smalltalk. Als wir drinnen sind, wird der Lärm etwas leiser, und nachdem wir das Essen und die Getränke bestellt haben, kann ich meine Geschichte ausführlicher erzählen. Ping zeigt kein großes Interesse an dem Thema, und seine Gedanken schweifen irgendwie ab, während er sich auf das Essen konzentriert. Ich zeige Josephine die Glyphen, die ich mit Ling entdeckt habe, und wir unterhalten uns über alte Glaubensvorstellungen und Welt-anschauungen.

Nachdem wir mit dem Essen fertig sind, gehen wir nach draußen. Auf dem Weg zur nahegelegenen U-Bahn-Station vereinbaren wir, dass ich Josephine am nächsten Tag in ihrer Mittagspause treffen werde. In der Zwischenzeit wird sie die „heilige Person" auf eine mögliche Verbindung zu den Sidhe untersuchen.

Jetzt bin ich zurück in meinem Hotelzimmer und rufe Ju-long an, nur um seine Stimme zu hören. Ich vermisse ihn schrecklich.

"Hi, Lieber, ich bin jetzt in meinem Hotelzimmer in Shanghai, nachdem ich mich mit Josephine und ihrem Ehemann, Ping, zum Abendessen getroffen habe."

"Es tut so gut deine Stimme zu hören, süße Luzi. Ich vermisse dich so sehr!"

"Und ich dich."

"Was hast du heute in Erfahrung bringen können?"

"Gut, nicht so viel, aber morgen treffe ich mich mit Josephine während ihrer Mittagspause. Wahrscheinlich wird sie dann etwas für mich haben, wenn sie die Zeit während ihrer Arbeit dazu findet.

"Ich nehme an, du weißt noch nicht, wann du nach Hong Kong zurückkommst?"

"Nein Ju-long, aber ich möchte hier nicht länger bleiben als notwendig. Shanghai unterscheidet sich wirklich sehr von Hong Kong, und das, was ich bisher gesehen habe, lädt mich nicht dazu ein, hier zu leben. Vielleicht gibt es ja sogar schöne Flecken hier, aber ich habe sie einfach noch nicht gesehen."

Wir reden noch ein wenig, aber bald gibt es keine Worte mehr zu sagen, nur noch die Sehnsucht, und wir sagen gute Nacht.

Heute Abend bin ich nicht in der Stimmung zu schreiben. Eigentlich bin ich zu gar nichts in der Stimmung. Ich habe das Gefühl, dass ich ETWAS tun sollte, aber ich kann mich nicht konzentrieren, und so starre ich an die Decke, ohne mich auf die einheitliche, weiße Fläche konzentrieren zu können. Kurz darauf schlafe ich ein.

Am nächsten Morgen, nach der Dusche und dem Frühstück, bin ich viel energiegeladener und schaffe es, eine ganze Menge zu schreiben. Später, auf dem Weg zu Josephine im Verlag, kaufe ich noch etwas Obst für meinen Vormittagssnack. Ich komme kurz vor Josephines Mittagspause bei ihrer Arbeitsstelle an. Ich gehe zum Schalter und teile mit, dass ich auf Josephine Ruan warte. Während ich im Empfangsbereich warte, sitze ich da und schaue auf das Leben, das sich draußen auf der Straße abspielt. Von den großen Fenstern aus habe ich einen guten Überblick, und um die Mittagszeit, strömen hier viele Menschen in beide Richtungen auf den Bürgersteigen. In diesem Abschnitt gibt es keine Straßenhändler, daher nutzen die Menschen die vielen Restaurants und Cafés, die sich zwischen anderen Geschäften, Werkstätten und Büros aller Art drängen. Kurz darauf kommt Josephine an die Rezeption, und wir machen uns auf den Weg zu einem Restaurant, in dem sie normalerweise zu Mittag isst. Im Restaurant holt Josephine, nachdem wir unser Essen bestellt und zwei Plätze gefunden haben, ihr Notizbuch aus der Tasche.

„Auf meiner Suche nach Verbindungen zu den Sidhe habe ich etwas gefunden, das dich interessieren könnte. Die Glyphe für Drache heißt ‚Long', und die vereinfachte Form sieht so aus:

龙

"Wenn du die Schriftzeichen nicht anwendest oder mit ihnen arbeitest, wird dir dies nicht viel sagen. Es ist einfacher, wenn du dir das alte Schriftzeichen anschaust, welches so aussieht:

龍

"Hier ist es einfacher zu erkennen, links hast du eine Person. Der Punkt darüber zeigt uns an, dass es sich um eine Einzelperson mit einem hohen Status handelt; sie könnte sogar göttlich sein. Auf der rechten Seite siehst du den Drachen, den Kopf am oberen Ende und der Schwanz, der sich nach unten schlängelt."

Genau wie das Schriftzeichen für die Sidhe, ist es ein doppeltes Schriftzeichen, das die „heilige Person" enthält, das gleiche gilt hier für den Drachen.

"Es ist interessant zu sehen, dass der Drache kein eigenes Symbol besitzt, sozusagen, sondern durch ein höheres Wesen begleitet wird."

Josephine, die sich vom Drachen angezogen fühlt, ist sehr aufgeregt bei diesem Gedanken.

"Ja, dieses doppelte Schriftzeichen bedeutet vielleicht, dass der Drachen selbst nicht wichtig ist, oder dass der Drachen mehr ist als nur die Bestie."

Ich für meinen Teil bin etwas durcheinander, dass diese Kreatur in diesem Szenarium auftaucht.

"Es scheint nicht wichtig zu sein, Drachen in diese Untersuchung einzubeziehen. Der Drache ist ein mythologisches Wesen, das in der irischen Folklore nicht zusammen mit Elfen und dergleichen vorkommt."

"Drachen mögen vielleicht nicht im Speziellen eine Tradition in Irland sein, aber das bedeutet nicht, dass Drachen und Elfen nicht Seite an Seite in China erscheinen, aufgrund der langen Geschichte der Drachenverehrung."

"Du hast recht, Josephine. Vielleicht kann ich stattdessen eine Verbindung zwischen den Sidhe und Schlangen finden. Ich werde dieser Spur in meinem englischen Material folgen."

"Und ich werde tiefer in die Richtung Sidhe/Elfen eintauchen und dich später kontaktieren."

Wir sprechen noch eine Weile, bevor Josephine zu ihrer Arbeit zurückkehren muss. Ich nutze den Rest des Tages, um Shanghai zu erkunden und finde viele schöne Plätze in dieser riesengroßen Stadt. Als ich zurück im Hotel bin, um mich auf meine Rückkehr nach Hong Kong vorzubereiten, schreibt mir Josephine eine Nachricht, dass sie etwas sehr Interessantes herausgefunden hätte und sie fragt mich, ob ich sie morgen bei ihrer Grandma treffen könnte. Wir vereinbaren, dass wir uns nach ihrer Arbeit beim Verlag treffen und dann die U-Bahn zu ihrer Grandma nehmen.

Als ich mich auf den Weg zum Verlag mache, bin ich nicht sehr erwartungsvoll. Im Empfangsbereich des Verlags zeigt mir Josephine ihre neueste Entdeckung.

"Ich habe dieses Schriftzeichen in der alten Seal-Schrift gefunden. Der Drache ähnelt sehr demjenigen im traditionellen Schriftzeichen, aber sieh dir die Person an!"

"Links, sehe ich ganz klar eine Person mit einem Heiligenschein über dem Kopf und rechts haben wir den Drachen. Ist dies eine Parallele zu St. Georg und dem Drachen? Wenn ja, dann hat diese Geschichte eine ganz andere Bedeutung. Die Person hat sogar Arme und schaut aus wie eine Frau in einem langen Kleid! Könnte dies die Verbindung zwischen den Sidhe und den Drachen beweisen? Oder ist die göttliche Person da, um uns mitzuteilen, dass Drachen beseelte Wesen mit Bewusstsein und keine Bestien sind?"

"Normalerweise wird es so gesehen, dass der

Drachen dem Menschen seine Stärke gibt, aber es könnte auch genau anders herum sein; nämlich, dass es das Bewusstsein ist, das sich im Drachen verkörpert."

Hier kannst du den Vergleich in der Liste sehen, in der der Drache hinzugefügt wurde:

Deutsche Terminologie		Chinesische Terminologie	
Gemeinsamer Vorfahr (Sternensamen)	Mensch	共同的祖先 (星种子)	人类
	Sidhe		仙 (Xian)
Gaia (Erdensamen)	von Sidhe beeinflusste Feen	盖亚 (地球种子)	影响的仙精灵
	Drachen, Gaia + Sidhe		龙，盖亚 + 仙
	Fee (die Riesen + das kleine Volk)		精灵 (巨人 + 小矮人)
	Kleine Fee (reiner Naturgeist)		小精灵 (纯自然精神)
	Elementale (Naturgeist ohne Selbsterkenntnis)		元素 (无自我意识的自然精神)

Wir erreichen das Haus, in dem Josephine's Großmutter lebt. Auf dem Weg dahin erzählt sie mir, dass ihr Großvater vor einigen Jahren gestorben ist.

Eine Katze, genannt Drache

“Wie lautet der Name deiner Großmutter?”

“Er ist Ling, wie Ling in Peking, was „spirituelles Wesen“ bedeutet. Ihr Nachname lautet was Bai, welcher ‘weiß’ bedeutet.”

“Hmm, dann bin ich gerade dabei, ein weißes, spirituelles Wesen zu besuchen.”

Josephine drückt die Türklingel und wir hören leise Schritte in der Wohnung. Die Türklinke bewegt sich und die Tür öffnet sich. Eine kleine, alte Lady steht im sanften Licht einer Reispapier-Lampe über ihrem Kopf. Ein Duft nach Essen dringt in meine Nase – Curry, Speiseöl und…Kuchen.

“Hallo Grandma;” Josephine umarmt die kleine Frau herzlich.

“Hallo Liebes; und du musst Luzi sein; willkommen.”

“Hallo.” Ich umarme sie sanft, da ich befürchte, den zerbrechlichen Körper zu verletzen.

“Kommt herein, kommt herein, liebe Mädchen. Ich werde uns einen guten Tee machen. Josephine, Liebes, decke den Tisch, und dort in der Box ist etwas Kuchen.”

“Zeig mir, wo das Geschirr steht, dann kannst du den Kuchen vorbereiten,” sagte ich zu Josephine.

“Oh, du kannst das Chinaporzellan in dem Glasschrank dort sehen.“

Als ich dorthin gehe, um das Tafelgeschirr zu holen, sehe ich eine langhaarige, weiße Katze, die auf einem kleinen, alten Sofa liegt und mich mit ihren blauen Augen anstarrt. Dieser Blick ist sehr intensiv, und ich kann meinen Blick nicht von diesen zwei hellblauen Augen abwenden, die mich beinahe in die Seele dieses kleinen Wesens ziehen.

"Das ist Loong; das bedeutet 'Drachen'," sagt Mrs Bai.

"Nun, auf mich wirkt er ganz sicher nicht wie ein böser Drachen, er ist so niedlich und flauschig! Er hat einen sehr intensiven Blick. Es ist ein Kater, oder?"

"Ja, es ist ein Kater, wie du es intuitiv schon wusstest, richtig? Also denkst du Drachen seien schuppig, haben Flügel, legen Eier und speien Feuer! Echte Drachen ähneln Katzen so sehr, dass du sie normalerweise nicht unterscheiden kannst. Sie schnurren sogar wie Katzen."

"Nun, Loong sieht für mich auf jeden Fall wie eine Katze aus, außer diesen blauen Augen vielleicht."

"Loong kann beides sein, böse und sehr freundlich; männlich und weiblich. Vergiss nicht, dass die weibliche Energie auch unglaublich kraftvoll sein kann!" Sie zeigt mit einem dünnen Finger auf mich, dann bewegt sie den Finger zu den Schubladen unter den Glastüren und fährt fort: „Darin findest du die Löffel und auch das Kuchenmesser."

Ich beschließe, nicht sofort zu Loong zu gehen und mit ihm zu sprechen. Ich werde ihm etwas Zeit geben, sich an meine Anwesenheit zu gewöhnen. Wir setzen uns an einen kleinen, runden Tisch mit einer Tischdecke mit einem traditionellen chinesischen Motiv, das ein wenig an die Bilder erinnert, die meine Mutter malt.

Frau Bai schenkt den Tee ein, und Josephine reicht mir den Teller mit drei Scheiben chinesischem Dampfkuchen. "Loong ist eine sehr bemerkenswerte Katze. Er beobachtet genau, was um ihn herum geschieht, und ich glaube, dass er alles versteht, was du zu ihm sagst. Er ist sehr freundlich und er liebt es, zu spielen, obwohl er jetzt gerade sehr faul aussieht. Ich kann nicht anders, als ihn zu lieben."

Mrs Bai nimmt das letzte Stück Kuchen vom Teller.

Seit mein Mann gestorben ist, ist Loong mein wirklicher Lebens-Gefährte. Ich habe gelernt zu wissen, was er sagt, auch wenn es nicht mit gesprochenen Wörtern ist. Ich habe gelernt, zu vertrauen, dass das, was er sagt wirklich das ist, was er sagt. Du denkst jetzt vielleicht, dass ich nur eine alte Frau bin und damit hast du recht."

Nun habe ich diesen starken Impuls von meinen Träumen, die ich bezüglich den Sidhe hatte, zu erzählen. Josephine und Mrs Bai hören aufmerksam zu, und plötzlich spüre ich, wie Loong an meinen Beinen entlang streift. Ich neige meine Hand hinunter und er stupst seine Nase dagegen. Seine Botschaft lautet. "Du wirst von Herzen geliebt." Ich bin so gerührt und mir steigen Tränen in die Augen.

Mrs Bai schaut zu Loong hinunter. "Ja, er ist ein richtiger Charmeur, und er liebt dich."

Josephine schaut mich an und weiß nicht genau, was sie sagen soll.

Mrs Bai schaut mir direkt in die Augen. "Es ist sicher, dass hier etwas vor sich geht. Ich schlage vor, dass du dich eine Weile auf das Sofa legst. Es ist nicht etwas, in das dein Kopf involviert zu sein braucht."

Ich fühle mich plötzlich erschöpft und gehe hinüber, um mich auf das Sofa zu legen. Ich schließe meine Augen und, einige Momente später, öffne ich sie wieder, um festzustellen, dass ich in Elfental bin. Ich setze mich auf und betrachte die Stadt Elfental von der anderen Seite des Sees auf einer erhöhten, grasbewachsenen Fläche. Dieses Mal bin ich mir bewusst, dass ich einen Körper habe, einen Elfen-Körper, und dass ich in ein wunderschönes, langes, himmelblaues Kleid gekleidet bin, das so leicht ist wie der warme Wind, der es in ständig wechselnden Formen aufbläst, so dass es fast wie blauer Rauch oder Flammen aussieht. Ich höre ein leises Schnurren zu meiner Rechten, drehe erst meinen Kopf und dann den Rest meines Körpers und sehe einen weißen Drachen, der neben mir im hohen Gras sitzt. Sein flauschiges Fell bewegt sich in der warmen Brise. Ich weiß mit Sicherheit, dass es Loong ist. Ich stehe auf und gehe näher zu ihm hin.

"Lieber Loong."

„Liebe Lucia.“

"Also BIST du ein Drache!"

"Nun, ich bin eine Seele, ein Bewusstsein wie du. Genau jetzt erscheine ich so, wie Menschen denken, dass ein Drache aussehen muss. Nun, vielleicht mit Ausnahme des Fells anstelle der Schuppen. Die Menschen können nicht zulassen, dass Drachen, die sie aus ihrem folkloristischen Brauchtum kennen, einfach so herum-spazieren, also wählen wir gewöhnlich die Form einer Katze. Katzen sind dafür bekannt, dass sie Einzelgänger sind und gleichzeitig bereit, auf innige Art und Weise zu interagieren. Das bedeutet, dass wir Abstand halten können, wenn es uns passt, und dass wir uns nähern können, wenn es nötig ist. Eine andere Sache ist, dass wir die ganze Nacht draußen bleiben können, um unsere Sachen zu tun."

"Und was sind dann deine Sachen?"

"Dies ist genauso schwierig dies in menschlichen Worten zu beschreiben, wie es für den Menschen ist, dies zu verstehen, aber ich werde es versuchen, denn es wird ein Teil dessen sein, mit dem du arbeiten wirst."

Erst jetzt bemerke ich, dass Loong gar nicht seinen Mund bewegt, während er spricht und ich ihm die ganze Zeit nur in die Augen geblickt habe. „Ich werde mein Bestes tun, um es zu verstehen".

"Wie du schon zuvor gehört hast, teilen sich nun Sidhe und Menschen Erfahrungen, mit dem Ziel, eine gemeinsame Zukunft zu erschaffen; eine Zukunft, in der das physische und nicht-physische in einer Realität vereint sind oder, besser gesagt, sie werden in mehreren Realitäten gleichzeitig leben. Noch gibt es nur wenige Verbindungen zwischen unseren Völkern, aber je mehr Menschen sich selbst für die Möglichkeiten einer nicht-physischen Welt öffnen, und Sidhe den Mut finden, den notwendigen Schritt umarmen, Erfahrungen im Physischen zu sammeln, desto mehr Energie fließt zwischen diesen beiden Reichen. Dieser Fluss wird dem Prozess dann sogar noch mehr Schwung geben."

"Was muss ich tun, um diese Wiedervereinigung

zu erleichtern?"

"Wir werden noch weitere Treffen haben, so dass du langsam dieses ganze Wissen bekommst; aber ich sage dir, wie Josela es auch tat, dass du, als Mensch, einen leichteren Zugang zum menschlichen Bewusstsein hast als die Sidhe dies haben, deshalb wirst du zu einer Brücke werden zwischen diesen beiden Reichen. Für jetzt, werden wir uns wieder auf Mrs Bai und Josephine konzentrieren."

"Zuerst möchte ich dir aber eine dicke Umarmung geben. Es wird das erste Mal sein, dass ich einen Drachen umarme!"

Ich lege meine Arme um seinen starken Nacken, lege meine Wange an seine und vergrabe meine Hände in sein langes, weißes, weiches Fell. Nun fließt seine Liebe über mich und ich bin vor Dankbarkeit und Ehre für diese großen Seele überwältigt.

Die Verschiebung ist sehr schnell und während ich meine Augen öffne, stelle ich fest, dass ich direkt in Loong's blaue Augen schaue, der sich mir jetzt als Katze zeigt. Mrs Bai und Josephine sitzen ganz nahe und Mrs Bai lächelt mich freundlich an, als ich meinen Kopf zu ihnen drehe und mich auf dem Sofa aufsetze. Josephine holt mir ein Glas Wasser und ich erzähle ihnen von dem Erlebnis, das ich mit Loong hatte.

"So, Loong ist ein Drache!" sagt Josephine und schaut Loong intensiv an.

"Natürlich ist er ein Drache, Liebes; deshalb der Name Loong!"

"Nun gut, Grandma, aber er wäre nicht der erste

Kater mit diesem Namen, oder? Morgen werde ich die verschiedenen Schriften durchforsten, um nach der Beziehung zwischen Katzen und Drachen zu suchen."

"Ich werde morgen Nachmittag nach Hong Kong aufbrechen, deshalb hoffe ich, dass du vielleicht etwas für mich finden wirst. Die Situation hat eine ganz neue Wendung genommen."

"Sobald ich morgen die Gelegenheit dazu habe, werde ich anfangen zu suchen. In den alten Schriften MUSS es etwas geben, dass für dich hilfreich ist."

Wir bleiben noch ein bisschen, aber ich fühle mich erschöpft und möchte zurück zum Hotel. Unsere Wege trennen sich nach einer herzlichen Umarmung und den besten Wünschen für eine gute Nacht an der U-Bahn-Station.

Am nächsten Morgen checke ich früh aus dem Hotel aus und lasse meinen Koffer in einem Schließfach an der Metro-Station. Während ich Shanghai durchstreife, sendet mir Josephine eine Nachricht.

"Ich habe etwas gefunden, dass du dir ansehen musst. Ich werde es dir aber hier nicht verraten."

Ich antworte, dass ich bald am Verlag sein werde. Als ich ankomme, ruft die Rezeptionistin Josephine und diese kommt mit einem Ausdruck, den sie mir überreicht.

"Hi, Luzi. Ich habe dieses Schriftzeichen in der alten Orakel-Stein-Schrift gefunden, das den Drachen darstellt. Hier gibt es nur ein Symbol!"

Ich nehme den Ausdruck und schaue sehr erstaunt

auf das Schriftzeichen, das zu mir zurückstarrt.

"Sieht das nicht aus wie eine Katze?!"

Ich schaue auf eine sitzende Katze mit aufgestellten Ohren, deren Schwanz nach vorne geneigt ist und die mich mit großen Augen anschaut.

"Nun, dies schaut für mich überhaupt nicht wie ein Drache aus. Ich frage mich, warum das so ist?"

"Genau wie auch ein lateinischer Buchstabe sehr unterschiedlich aussehen kann, so können dies auch Schriftzeichen. Dieser hier hat die meiste Ähnlichkeit mit einer Katze."

Mit diesem letzten Puzzlestein der Reise, verabschiede ich mich von Josephine, hole meinen Koffer aus dem Schließfach und nehme den Zug zum Flughafen. Endlich kehre ich zurück nach Hong Kong, zu meinen Großeltern und nicht zuletzt zu Ju-long, meinem starken, persönlichen Drachen.

Fragen an Loong

Nachdem ich mich auf meinem Sitz niedergelassen hatte, schlummerte ich ein, kurz nachdem wir die Flughöhe erreicht haben.

Ein bräunlicher Dunst löst sich in eine Myriade von Farben auf und wird zu Elfental; Loong sitzt ganz in der Nähe an der Baumgrenze zwischen dem Grasland und dem ausgedehnten Wald weiter im Landesinneren. Ich gleite mehr zu ihm hin, als dass ich gehe, und er begrüßt mich mit einem warmen Gefühl der Liebe.

„Warum treffen wir uns immer, wenn ich schlafe?“

„Nun, wir können uns jederzeit treffen, aber im Moment ist es neu für dich, so dass du dein Bewusstsein aufteilst, und du dir mehrerer Szenarien gleichzeitig bewusst sein kannst. Der nächste Schritt von dort, wo du jetzt bist, wird eine Art Tagtraum sein, indem du dir deiner irdischen Umgebung bewusst bist, während du gleichzeitig hier ‚bist‘.“

“Was muss ich tun, um diese Fähigkeit zu erhalten?”

“Nichts, Liebes; es wird ganz natürlich kommen.”

Loong rollt sich auf seine Seite.

“Warum kraulst du mir nicht ein bisschen meinen Bauch? Ich würde dies sicher mögen.”

Ich bin ein bisschen überrascht; ich dachte, Loong wäre darüber hinaus.

“Niemand ist jemals zu alt für eine gute Bauch-Massage, und es verändert die Energien, spielerischer und weniger mental zu werden."

Damit hat er recht und als ich anfange seinen Bauch durch die dicke Schicht seines Fells hindurch zu kraulen, kann ich die Verspieltheit und die Freude spüren, die er mit mir teilt.

"Ich dachte nicht, dass Katzen es mögen, an ihrem Bauch gekrault zu werden."

"Wenn sie sich sicher fühlen und der Person vertrauen, dann genießen sie es sehr wohl."

Dieser spielerische Moment holt mich aus meinen Gedankengängen heraus, und ich tauche mich selbst in diese Glückseligkeit dieses gemeinsam geteilten wundervollen, zeitlosen Augenblickes.

Nach dieser Erfahrung beginnt Loong über meine Arbeit, Daten für mein Buch zu sammeln, zu sprechen.

"Es gibt sehr viele Schichten, Facetten und Verknüpfungen in den Informationen, die du sammelst. Einige stammen aus einer sehr engen Perspektive. Wenn sie als Wahrheit dargestellt werden, würde dies einem umfassenderen Bild nicht gerecht werden. Nimm zum Beispiel die Aussage, dass Drachen Feuer speien, worüber wir früher gesprochen haben. Erstens ist es kein Feuer, sondern 'Energie', wie du es vielleicht ausdrücken würdest; Fetzen von Ideen und Gedankenformen. Zweitens, Drachen existieren nicht wirklich; sie sind lediglich ein Ausdruck von Bewusstsein, die durch einen dreidimensionalen Verstand erfasst werden, teilweise aus alten Erinnerungen abgeleitet."

"Du bist meiner Reise gefolgt. Wie kann es also

sein, dass das Drachen-Symbol in der alten Orakel-Knochen-Schrift so sehr einer Katze ähnelt?"

"Hoch ausgebildete Menschen, die mit der Kunst des Schreibens vertraut waren, waren auch diejenigen, die das Wissen um die anderen Reiche hatten und sie waren in der Lage die Drachenseele in einigen Katzen zu erkennen oder zu fühlen Es müsste eher umgekehrt sein, dass nämlich die Schriftzeichen einer Katze wie ein Drache aussehen sollten, aber da es in Wirklichkeit keine Drachen gibt, war die Katze das Tier, das uns in der dreidimensionalen Realität am besten repräsentiert."

"Du bist aber auch keine Katze, wie du mir mitgeteilt hast, sondern Bewusstsein, eine Seele."

"Im Unterschied zu Katzen, kommen die Drachen in ihre Existenz, indem sie von höheren Ebenen heruntersteigen. Wie jede Seele, ist die Seele eines Drachen reines Bewusstsein und Bewusstsein ist die treibende Kraft in aller Schöpfung. Wenn eine Seele in ein MENSCHLICHES Leben hinuntersteigt, verbindet sie sich mit einem Körper, der schon aus zwei Zellen auf der irdischen Ebene herangewachsen ist. Eine Seele, die in das Leben eines Drachen herabsteigt, erschafft ihren zukünftigen Körper in einer nicht-physischen Realität, und senkt dann die Schwingungen des Körpers, so dass er in der physischen Realität erscheint. Es erfordert große Fähigkeiten und sehr viel Training, um einen physischen Körper auf diese Art und Weise zu erhalten, aber der Vorteil ist, dass der Körper ‚sauber' ist. Alternativ kann er sich in einem erd-gewachsenen Körper einer Katze niederlassen. Falls diese Katze schon eine Seele hat, muss eine Übereinstimmung erzielt werden. Eine solche Katze wird normalerweise karmische Schichten aus anderen Leben haben, und ist deshalb nicht ‚rein'.

"In den alten Tagen, in den Tagen der Dinosaurier, als die Seelen Inkarnation übten, erschienen die Drachen als Dinosaurier mit Federn. Die moderne Legende, wie ein Drache auszusehen hat, geht auf die Funde von Dinosaurierknochen in China zurück, und da es sich um eine karmische Erinnerung handelt, ist die Legende in gewisser Weise wahr. Heutzutage GLAUBT niemand mehr an Drachen, aber einige WISSEN, dass es sie gibt. Es geht nicht um das Aussehen, sondern um die Aufgabe. Drachen sind keine Tiere. Tiere stehen im Dienst der Menschheit, entwickeln sich aber durch ihre eigenen Linien und sind durch den Planeten erschaffen. Die Tiere, die am ehesten mit einigen der gleichen Energien wie die Drachen arbeiten, sind Pferde, Hirsche und Rinder. Nicht alle, aber einige von ihnen. Die Energie, mit der diese Tiere arbeiten, könnte man als Mutterenergie bezeichnen, eine nährende Energie."

"Ich weiß, dass einige Dinosaurier Flügel hatten, aber ein schwerer Drache mit Flügel klingt irgendwie nicht richtig, also warum die Flügel?"

"Die Flügel eines Drachen sind einfach dazu da, aufzuzeigen, dass der Drache ein Geistwesen ist. Es hat nichts mit fliegen zu tun. Die Flügel der Drachen kamen genauso zustande, wie Engel zu ihren Flügeln kamen und die Heiligen zu ihrem Heiligenschein über dem Kopf. Die Drachen erscheinen als ein Tier, das von Licht umgeben ist, während ein Engel als Mensch erscheint, der mit Licht umgeben ist Wenn sich Drachen und Engel den Menschen in ihrem Lichtkörper zeigen, nehmen sie dieselbe

Form als Tier oder als Mensch an, der äußere Teil des Lichtkörpers kann als Flügel wahrgenommen werden, da er zwei elliptische Lichtblitze hinter einem zentralen, dichteren Lichtstab beinhaltet. Einige menschliche Seelen haben einen sehr verdichteten Lichtkörper mit einem elliptischen Lichtblitz, so dass nur ein kleiner Teil des Strahls über ihren Köpfen zu sehen ist und als Heiligenschein wahrgenommen werden kann. Der untere Teil verbirgt sich unter der Erde."

„Was ist mit feuerspeienden Drachen?"

„Das Feuerspeien bedeutet, dass er ein mächtiger Kommunikator ist. Das Feuer ist ein kommunikativer Energiestoß, der aus dem Bereich vor dem Hals kommt, nicht aus dem Mund."

„Was ist mit den Schuppen? Du hast ein Fell, und du hast über Dinosaurier mit Federn gesprochen."

„Ich bin Bewusstsein, also habe ich kein Fell, aber ich weiß, was du meinst. Manchmal wird der Drache als eine Schlange mit Schuppen und Vorderbeinen dargestellt. Die Schuppen bieten zwar einen gewissen Schutz, sind aber ein erheblicher Nachteil für die Beweglichkeit. Ein Drache in Form einer Katze stützt sich auf Schnelligkeit und Wendigkeit. Das Sprichwort, dass Katzen neun Leben haben, stammt von den Drachen. Drachen reinkarnieren mit der vollen Erinnerung an frühere Leben, aber sie sind natürlich nicht auf neun Leben auf der Erde beschränkt, genauso wenig wie die Menschen."

„Möchten Sie eine Erfrischung?"

Ich öffne meine Augen und sehe die Stewardess an, die mich anlächelt.

„Entschuldigung. Ja, stilles Wasser, bitte.“

“Nimm ausreichend“ Ich höre Loong's Stimme aus einiger Entfernung. “Wasser ist multi-dimensional, und wird dir helfen, dich zu harmonisieren und gleichzeitig in verschiedenen Reichen zu sein.”

“Eine große Flasche, bitte.”

Ich bekomme die Flasche und einen Plastikbecher. Nun höre ich Loong's Stimme wieder.

“Hast du noch nie erlebt, vor dem Regen geschützt zu sein und trotzdem einen Wassertropfen auf deiner Haut zu spüren?”

“Ja, tatsächlich, das habe ich! Ich dachte nur, dass dies Einbildung ist. Wie kann das sein?”

“Einige Teile des Regens springen von einer ‚Dimension‘ in die andere, also ist der Wassertropfen, den du fühlst, gewechselt, während er gefallen ist. Er ist nicht durch das Schild gefallen, sondern erscheint lediglich auf deiner Haut, wenn er in die irdische Realität ‚hineinfällt.”

Ich trinke die Hälfte des Wassers und fühle mich erfrischt und wieder in meinem Körper angekommen.

“Ich kann dich hören, aber nicht sehen; warum ist das so?”

„Der visuelle Kortex ist sehr mächtig und verbindet dich mit deiner physischen Realität. Du musst verstehen, dass du, wenn wir uns treffen, von deinem Punkt der Realität zu meinem EXPANDIEREN musst; du bewegst dich nicht oder konzentrierst deine Gedanken, um mich zu treffen. Es muss ein einfacher Akt sein, eine Wahl, sonst konzentrierst du dich und es wird ein Akt deines Verstandes sein, und dein Verstand kann nicht außerhalb seiner Umgebung, die 3D ist, „reisen“. Nun schließe deine Augen und lasse alles los, Gedanken und Gefühle.”

Drachen und Ritter

Ich schließe meine Augen und nehme einen tiefen Atemzug, und ganz langsam entfernen sich die Geräusche in der Kabine. Jetzt kann ich die Sonnenstrahlen durch meine Wimpern sehen, ich öffne meine imaginären Augen und ich bin zurück mit Loong in Elfental. Er ändert das Thema und stellt mir eine Frage.

"Wie würdest du einen Ritter beschreiben – für was steht er oder sie?"

"Nun, es muss etwas sein wie reinen Herzens, hohe Moralvorstellungen, Mitgefühl, Beschützer und Verteidiger der Schwachen, Gerechtigkeit, barmherzig, nicht richtend, ehrlich, freundlich, loyal, großzügig, sein Versprechen haltend, Fähigkeiten/Können, Mut, Verantwortung, Hoffnung."

"Gut. Man könnte sagen, dass der Zweck der Drachen und Sidhe ist, diese Tugenden im menschlichen Bewusstsein zu unterstützen. Aber um dies zu tun, müssen wir eine bessere Verbindung haben, und hier kommen du und auch andere ins Spiel. Diese Tugenden sind persönlich, das heißt sie GEHEN von der Person AUS und es sind persönlichen Wahlen. Wir, die Drachen und Sidhe, sehen die Tugenden etwas anders, da wir deren Energie anschauen und ich werde dir dies hier in Kürze erklären:

"Reinen Herzens: Gehe nicht in niedrige Energien und Handlungen, die gegeneinander gehen.

"Hohe Moralvorstellungen: Das „Richtige" tun, selbst in stressigen Situationen, was auch Mut erfordert. Das Richtige ist der höchste menschliche Standard und jeglicher Moral überlegen. Die Moral deckt kulturelle Gesetze ab und Teil davon, ist die Bestrafung.

"Mitgefühl: Man erlaubt die Wahlen anderer Menschen und gibt ihnen den Raum, diese auszuprobieren. Hier ist so viel mehr drin. Aber dies müssen wir für ein anderes Mal lassen.

"Nicht urteilend: siehe Mitgefühl.

"Beschützer und Verteidiger der Schwachen: dies geschieht auf eine nicht gewaltsame Weise, sonst würden die Energien sich nur verstärken. Schutz ist ein Schild, während verteidigen bedeutet, die Stimme zu erheben oder auch Taten folgen zu lassen in einer nicht offensiven Handlung.

"Gerechtigkeit: dies geschieht auf eine nicht gewaltsame Weise, sonst verstärken sich die Energien.

"Barmherzig: zeige Mitgefühl und sei nicht rachsüchtig.

"Großzügigkeit: Gib „Wohlstand" und Zeit, was auch Geduld bedeutet. Hier kannst du auch Freies Heilen und auch Mitgefühl dazufügen.

"Ehrlich sein: Sprich die Wahrheit und zwar immer auf eine nichtoffensive Weise.

"Freundlichkeit. Wie Mitgefühl.

"Loyalität: Sei loyal dir selbst gegenüber und vertraue in deine Handlungen anderen gegenüber.

"Sein Versprechen halten: Versprechen zu halten, ist das gleiche, wie glaubwürdig zu sein.

"Fähigkeiten/ Können: Segne deinen Körper und akzeptiere ihn als ein Teil von dir. Mache leichte Übungen.

"Mut: Zeige Mut in DEINEN Handlungen und DEINEM Leben. Es hat nichts mit anderen zu tun.

"Verantwortlichkeit: Dies ist wie die hohen Moralvorstellungen, das Richtige zu tun.

"Hoffnung (und Glaube und Vertrauen): eine reinere und leichtere Form davon ist Optimismus.

"Ein Standard sein: Sei ein Modell für das Beste in der Menschheit, indem du tatsächlich dein höchstes Potenzial lebst. Lehre, in dem du ein Beispiel bist, nicht durch predigen. Lehren durch Vorbild, könnte man sagen.

"Ich habe noch den Standard hinzugefügt. Den meisten dieser menschlichen Tugenden liegt die Energie des Mitgefühls zugrunde - Mitgefühl für sich selbst und für andere. Mitgefühl ist eine der vielen Arten von Liebe, die es gibt, und darüber werden wir später noch sprechen. Drachen ermutigen die Menschen auch, phantasievoll und neugierig, freudig und ausdrucksstark in der Kunst zu sein. Man könnte sagen, dass wir gegen Verwahrlosung, Unwissenheit, Chaos und Unordnung kämpfen, aber wir kämpfen nicht gegen irgendetwas, sondern tun ganz bewusst das Gegenteil. Wenn man diese Dinge bekämpft, wird der Gegner nur noch mehr davon in die Schlacht werfen."

„Loong; die Ritter, die im Heiligen Land und irgendwo sonst gekämpft haben, erscheinen mir nicht besonders mitfühlend, außer für die Ursache."

"Bei vielen Rittern wurden diese Tugenden durch die Brutalität des allgemeinen menschlichen Bewusstseins verzerrt. Ihr Wunsch, das Richtige zu tun, wurde in eine brutale Kraft kanalisiert. Sieh nur, wie die Ritter für die „gute Sache" des Christentums kämpften und töteten. Es herrschte ein ganz anderes Bewusstsein zu dieser Zeit, und später wurden die Tempelritter, ihre Familien und Anhänger verfolgt und getötet. Die christliche Kirche entwickelte sich zu einem „Big Business" in Bezug auf Reichtum und Macht, und die Tempelritter schlossen sich dem nicht an, sondern folgten den früheren Ansichten sogar aus der Zeit vor Christus. Das kristalline Bewusstsein begann bereits 630 v. Chr. hereinzufließen, um auf das Kommen des Einen Christus vorzubereiten. Es geht dabei um viel mehr als nur um die Figur Jesus. Er war nur derjenige, der sozusagen als Aufhänger diente, um das Kristallbewusstsein ‚nach unten' in die Materie zu bringen."

„Was kannst Du mir über die Legende vom Heiligen Georg und dem Drachen erzählen? Geht es um die Tötung des Physischen, des Fleisches, damit die Seele zu einer rein göttlichen Existenz aufsteigen kann?"

"In den frühchristlichen Zeiten triffst du auf den Ritter, der die Schlange oder den Drachen tötet. Die Ignoranz wird getötet, um Platz für ein höheres Bewusstsein zu schaffen. Eine andere Allegorie ist die der Jungfrau Maria, die ihren Fuß auf den Kopf der Schlange stellt. Viele haben dies so interpretiert, aber die Botschaft ist die gleiche, über die wir schon gesprochen haben: die physischen UND die nicht-physischen Ebenen. Deshalb TÖTET Maria die Schlange nicht. Trotzdem ist in der Darstellung kein Gleichgewicht zwischen beiden."

Ich genieße es, mit Loong im hohen Gras zu sitzen und die ganze Szene auf so vielen Ebenen wahrzunehmen. Ich schaue in den Himmel und sehe die V-Form von elf Schwänen, die hoch über unseren Köpfen vorbeiziehen.

„Meinst du, es ist sicher, wenn du mich auf einen kurzen Flug mitnimmst?"

„In der Tat, du kannst alleine fliegen, aber ich würde mich freuen, dich auf einen kurzen Ausflug über das Land mitzunehmen. Steig auf, als wäre ich ein Pferd, und halte dich an meinem Fell fest!"

Ich fühle mich etwas unsicher, aber ich beschließe, Loong voll zu vertrauen, als ich hinter dem massigen Kopf des Drachens Platz nehme.

„Ich bin bereit!"

Es ist ein sanfter Start, aber rasch befinden wir uns hoch über dem Wald. Loong nimmt Kurs auf die Stadt, und als wir näherkommen, sehe ich einige Kinder, die uns von der Zugangsbrücke zur Stadt zuwinken.

„Ich bin ein echter Drachenreiter!"

"In der Tat, du wurdest zum Reiter des Weißen Drachens!"

Ich wache auf meinem Sitz im Flugzeug nach Hong Kong auf und fühle sanfte Turbulenzen, die das Flugzeug erschüttern.

Zurück in Hong Kong

Ich bin wieder in Hongkong, vor allem um mit Ju-long zusammen zu sein. Ich nehme das gleiche Hotel und bin jetzt bei meinen Großeltern. Es ist Nachmittag, Grandpa döst in seinem Sessel, und Grandma und ich sitzen an dem kleinen, runden Esstisch.

„Hattest du Erfolg in Peking und Shanghai, Luzi?"

„Ja, in der Tat! Und zwar in einer Weise, die ich überhaupt nicht erwartet hatte."

„Gut, dann lass mich ein wenig davon hören."

„In Peking habe ich Ling an der Universität besucht. Sie und einige ihrer Studenten waren gerade dabei, zu einer archäologischen Ausgrabung aufzubrechen. Glücklicherweise hatten wir genug Zeit, um Ähnlichkeiten zwischen Sidhe in Europa und Xian hier zu finden. Es war Josephine in Shanghai, die eine Verbindung zwischen den Sidhe und den Drachen herstellte, genauer gesagt, zwischen den Sidhe und dem Geist der Drachenseele, die sich meist als Katze verkörpert."

Ich zeige Grandma die Glyphen, aber sie hat Schwierigkeiten, sich auf das Thema zu konzentrieren.

„Es ist faszinierend, aber erzähl mir, wie das Leben in Peking und Shanghai ist, liebe Luzi. Wir können das Abendessen vorbereiten, während du mir davon erzählst."

Während wir kochen, erzähle ich ein wenig von dem, was ich auf meinen Reisen gesehen habe. Ju-long schreibt mir eine SMS und schlägt vor, dass wir uns, wie beim letzten Mal, am Strand treffen, und ich sage natürlich zu. Ich kann es kaum erwarten, ihn wiederzusehen.

Ich Dummkopf; dreißig Minuten lang habe ich überlegt, was ich anziehen soll, als ob das für Julong eine Rolle spielen würde. Solange mein Outfit passt, ist es okay. Am Ende ist es ein ärmelloses, naturweißes Kleid mit blauem Aufdruck, das über die Knie geht. Ich wähle weiße Schuhe mit etwas Absatz, aber nicht zu viel, denn ich bin auch ohne Absätze groß.

Ich habe das Gefühl, viel Zeit zu haben, verlasse aber schließlich das Hotel gerade noch rechtzeitig, um Ju-long an den Stufen zum Strand zu treffen.

Ju-long trägt weiße Turnschuhe, blaue Jeans und ein T-Shirt, das farblich zu meinem Kleid passt. Interessant.

„Du siehst bezaubernd aus, Luzi."

Ich lächle, aber bevor ich etwas sagen kann, küssen wir uns ... Mir stockt der Atem, und erst als Ju-long meine Hand nimmt und wir in leicht unbeholfener Haltung die schmale Treppe hinuntergehen, kann ich wieder sprechen.

„Es ist wunderbar, wieder mit dir zusammen zu sein, und du siehst wirklich gut aus, muss ich sagen.

„Danke, Luzi."

Wir erreichen den steinigen Strand und beginnen, Hand in Hand am Ufer entlang zu gehen. Ju-long wirkt konzentriert und aufgeregt zugleich.

„Es gibt noch einige praktische Dinge zu erledigen, aber ich möchte so schnell wie möglich nach London ziehen, damit wir zusammen sein können.

„Du musst zumindest deine Studien-Kurse beenden, bevor du ein Visum und eine Arbeitserlaubnis beantragen kannst. Ich denke, dass du mit einem Stipendium und einer Zulassung die besten Chancen hast, um eine Aufenthaltserlaubnis in Großbritannien zu bekommen."

„Zum Glück endet der letzte Datenbankkurs nächsten Monat, so dass ich das Zertifikat bald bekommen werde."

Wir sprechen weiter über die Einzelheiten und sind beide sehr aufgeregt, weil Ju-long nach London zieht und wir zusammen sein werden. Ju-long begleitet mich zurück zu meinem Hotel und wir küssen uns lange vor dem Hotel, keiner von uns will gehen. Als plötzlich einige Gäste herauskommen und den Zauber unterbrechen, sagen wir uns gute Nacht.

Zurück in meinem Zimmer bin ich sehr aufgeregt und komme auch nach einer Dusche nicht zur Ruhe. Gleichzeitig bin ich erleichtert, dass wir nun die groben Richtlinien für unsere Zukunft festgelegt haben. Nach dem Gespräch mit Ju-long glaube ich, dass ich nach London zurückkehren kann, um meinen Alltag fortzusetzen und an meinem Buch weiterzuarbeiten.

Am nächsten Morgen ruft mich Ju-long an und bittet mich, ihn in dem Café gegenüber der Bibliothek zu treffen. Als ich um neun Uhr ankomme, wartet er bereits auf mich. Er sieht ziemlich schlecht aus, in einer Art Schock, und hat wahrscheinlich die letzte Nacht nicht geschlafen. Wir setzen uns draußen hin.

„Ich weiß nicht, wie ich von meiner Mutter und meinen Großeltern wegkommen soll. Gestern Abend, nachdem ich dich getroffen hatte, saß ich da und beobachtete diese drei Menschen. Dabei wurde mir klar, dass meine Großeltern alt werden und nicht mehr in der Lage sind, für sich selbst zu sorgen, und dass meine Mutter eine gebrechliche Frau ist, die nicht imstande ist, die Last des Geldes und der Pflege für sie allein zu tragen."

„Ich würde gerne deine Familie treffen; nicht, dass ich an deinem Urteilsvermögen oder deiner Entscheidung zweifeln würde, aber sie sind ein Teil von dir."

„Ich würde es vorziehen, dass du mich nur als ehemalige Klassenkameradin besuchst, die ich in der Bibliothek getroffen habe. Ich möchte nicht, dass sie sich in irgendeiner Weise schuldig fühlen."

Ju-long muss zurück zur Arbeit, und ich fange an, langsam in der Gegend herumzulaufen, fühle mich schwindlig und ziemlich neben mir. Die Umgebung scheint verschwommen, und die Geräusche sind wie durch ein Kissen zu hören. Meine Sinne sind wie betäubt. Mir wird klar, dass ein Besuch bei meinen Großeltern heute nicht in Frage kommt, also rufe ich sie an, bekomme Grandma ans Telefon und sage, dass ich mich nicht sehr gut fühle und früh schlafen gehen werde.

Nach einem Abendessen, das aus Früchten besteht, treffe ich Ju-long vor dem Eingang des Wohnblocks, in dem er mit seiner Familie lebt. Ein kurzer Kuss und wir gehen die Treppe hinauf in die Wohnung. Ju-long geht zuerst hinein, und dann werde ich zunächst seinen Großeltern und dann seiner Mutter vorgestellt. Seine Mutter ist jetzt eine zerbrechliche Frau, ohne die Kraft, die sie früher hatte, als Ju-long und ich noch Kinder waren. Ihr Name ist Ting. Ich habe seine Großeltern als ständig lächelnde und liebevolle Menschen in Erinnerung, aber jetzt ist das Lächeln verschwunden, außer in dem Moment, in dem wir uns begrüßen. Ich kenne sie nur als Mr und Mrs Lin.

Ich stehe in einem kleinen Vorraum, der von einer schummrigen Glühbirne beleuchtet wird, die ihr gelbes Licht auf alles wirft und es gelb färbt. Vom Flur aus gibt es Türen zum Badezimmer und zu einem Schlafzimmer. Geradeaus kann ich das Wohnzimmer sehen. Die Atmosphäre ist hier ganz anders als bei meinen Großeltern. Die Energie ist niedrig, und ich spüre eine Art Traurigkeit und Hoffnungslosigkeit. Wir gehen ins Wohnzimmer, und hier brauche ich frische Luft.

„Könntest du bitte ein Fenster öffnen? Ich fühle mich nicht ganz wohl, Ju-long."

„Ja, natürlich; wir müssen nur aufpassen, dass niemand einen Luftzug abbekommt, Luzi."

Übervorsichtig? Etwas frische Luft könnte uns allen guttun.

Die Küche ist ein Teil des Wohnzimmers, und am anderen Ende befindet sich eine Tür zu einem weiteren Schlafzimmer, wie ich vermute.

„Das ist meine Ecke!"

Ju-long zeigt auf die hintere Ecke neben der Schlafzimmertür. Dort stehen ein kleiner Tisch und ein Schrank mit seinen Sachen und wahrscheinlich auch seine Schlafmatratze. Ich sehe keinen Computer, also muss er die in der Bibliothek benutzen. Seine Ecke; so wie ein Hund seine Ecke mit einem Korb und einer Decke hat. Wie komme ich auf diesen Gedanken?

Die Dekorationen sind allgemein etwas nostalgisch, als ob sie sich an einem schwer fassbaren Glück aus der Vergangenheit, aus der guten alten Zeit festhalten wollten. Hinzu kommt, dass alles abgenutzt erscheint; einige Dinge wurden repariert oder haben fehlende Teile und müssten dringend ersetzt werden. Es gibt zerbrochene Holzteile, abgenutzte Möbelbezüge und alte Decken. Der Rauch von Kerzen und Weihrauch liegt auf allem.

Es wird ein kurzer Besuch werden. Ich muss so schnell wie möglich wieder gehen, ohne unhöflich zu sein. Wir sprechen über die Vergangenheit, und ich erzähle von meinem Leben in London. Um die Lücken des Schweigens zu füllen, erzähle ich von meinen Reisen, früher mit meiner Familie und später dann ohne sie.

Ich bin wieder auf der Straße, und es hat zu regnen begonnen. Ju-long ist bei mir.

„Warte hier! Ich hole einen Regenschirm und bringe dich zum Hotel!"

„Bitte, Ju-long, ich möchte allein gehen und versuchen, meine Gedanken und Gefühle zu klären. Ich brauche das wirklich."

„Es tut mir leid, dass ich dir so viel Kummer bereitet habe, Luzi. Ich hoffe, wir können uns morgen treffen."

„Ja, wir werden uns morgen treffen, aber ich muss in ein oder zwei Tagen zurück nach London fahren. Ich muss mich um meine Arbeit und die Kurse kümmern."

Ju-long kommt mit einem alten Regenschirm zurück, und nach einem kurzen Kuss mache ich mich im Eiltempo auf den Weg zurück zum Hotel. Jetzt beginnt es, heftig zu regnen, als ob alle Tränen des Himmels heute Nacht auf mich fallen müssten.

Ich muss zugeben, dass Ju-longs Mutter und Großeltern ohne Ju-long, oder zumindest ohne irgendeine Art von Hilfe, nicht weitermachen können. Ich war am Boden zerstört, als mich die Wahrheit voll erwischte. Es war, als würde ich in ein unendliches schwarzes Loch der Verzweiflung und des Unglaubens fallen und fallen. Nach Hongkong zu ziehen, scheint meine einzige Option zu sein, aber was ist dann mit meinen geliebten Jobs und Kursen an der Universität, meiner Wohnung und meinen Freunden? Muss ich das alles aufgeben? Es ist mein ganzes Leben!

Kurz nachdem ich Ju-long verlassen habe, geht der Regenschirm kaputt, und ich werfe ihn in einen Abfalleimer. Klatschnass kehre ich ins Hotel zurück. Zurück in meinem Zimmer nehme ich eine heiße Dusche und versuche, all das abzuwaschen, was der starke Regen nicht geschafft hat, aber vergeblich. Als ich auf dem Rücken im Bett liege, spüre ich, dass ich in Sekundenschnelle einschlafen werde.

Zuerst ist es dunkel. Dann beginne ich zu sinken,

wie in ein großes, schwarzes Kissen. Dann wird es hell, und ich öffne die Augen und liege an der gleichen Stelle wie beim ersten Mal, als ich nach Elfental kam. Die Gerüche sind wieder da, und auch alle Geräusche, sogar der Chor ist wieder da. Ich höre ein tiefes Schnauben und stütze mich auf meinen Ellbogen. Wie schön ist es, wieder bei Loong zu sein. Ich fühle mich nicht mehr erschöpft.

„Du denkst, dass die Verbindung zwischen Ju-long und dir bis in eure Kindheit zurückreicht, aber sie reicht weiter zurück in die Geschichte, in andere Leben. Ihr wart Schwestern mit einer sehr engen Beziehung und davor ein Mann und eine Frau, die einander nicht haben konnten, weil die Familien es anders wollten. In dem Leben als Schwestern hattet ihr eine fast symbiotische Beziehung, auch wenn ihr keine Zwillinge wart."

„Wie können frühere Leben einen Einfluss auf das jetzige haben?"

„Man kann sagen, dass das, was in einem anderen Leben geschehen ist, aufgezeichnet ist, und die Erinnerungen daran im Bewusstsein der Menschheit sind. Wenn einige Probleme nicht gelöst wurden, knüpfen sie an das jetzige Leben an. Diesmal spielen sich die Energien der früheren Leben in diesem Leben ab, wie „verzweifelt zusammen sein wollen" und „die Familien erlauben es nicht". Es ist nicht Ju-longs Familie, die euch das Zusammensein verwehrt, aber die Energie spielt sich so ab, dass es scheint, dass seine Familie ihn braucht und er sich von dir zurückziehen muss."

„Was können wir - ich meine er und ich - tun, um diese schreckliche Situation zu ändern?"

„Was wird passieren, wenn Ju-long sich von diesen Energien befreit und die Verantwortung für seine Mutter und seine Großeltern an sie zurückgibt? Nun, neue Energien oder Möglichkeiten werden eintreten und er wird in der Lage sein, aus ihnen zu wählen, nicht mehr gebunden an das alte Glaubenssystem, sich selbst zu opfern. Ebenso braucht es eine Auflösung eurer Beziehungen, im Plural, um den Weg für neue Möglichkeiten für dich und Ju-long zu ebnen."

„Diese Situation ist also in gewissem Sinne nicht real, da sich etwas mit ihr vermischt; aber ich habe ihn und seine Familie besucht, und es erschien mir sehr real!"

„Die Illusion setzt ein, bevor Ju-long ‚denkt' oder ‚fühlt', dass er Verantwortung übernehmen MUSS. Was wäre passiert, wenn er aus irgendeinem Grund nicht da gewesen wäre? Die Situation hätte sich einfach anders abgespielt. Es musste so sein. Vielleicht würde seine Mutter immer noch bei ihren Eltern festsitzen, weil auch sie denkt, dass sie verantwortlich für sie ist; aber nochmal, es gibt viele Möglichkeiten. Und wenn sie nicht da gewesen wäre, hätten ihre Eltern dann andere Entscheidungen getroffen, jetzt, wo sie dieses Spiel der Verantwortung nicht mehr spielen müssen?"

„Aber wenn Ju-long sie verlässt, arbeitet sich seine Mutter vielleicht zu Tode, um ihre Eltern zu unterstützen!"

„Nur wenn sie es will, oder besser gesagt, wenn SIE es wählen. Sie kann sich bewusst dafür entscheiden, das karmische Band und die alten Glaubensmuster zu durchtrennen, und sowohl sie als auch ihre Eltern könnten ein weitaus besseres Leben führen, als sie es im Moment haben."

„Aber Loong, Eltern MÜSSEN Verantwortung für ihre Kinder übernehmen."

„Ja, ja, das ist den meisten Tieren von Natur aus mitgegeben, aber sie müssen nicht ihr ganzes Leben lang für ihre Jungen sorgen! DAS ist unnatürlich, das ist es wirklich."

„Du willst also sagen, dass Ju-long nicht für seine Mutter und seine Großeltern verantwortlich ist!"

„Es hängt davon ab, was du unter Verantwortung versteht, aber ja, das ist es, was ich meine. Wenn jemand Hilfe braucht, muss die ganze Gesellschaft so aufgebaut sein, egal ob die Wasserleitung repariert werden muss oder ob man sich um deine Gesundheit kümmern muss. Deshalb gibt es auch so viele spezialisierte Berufe. Es liegt nicht an jedem einzelnen Kind oder Elternteil, diese Verantwortung zu übernehmen."

„Ich weiß, dass ich mit Ju-long nicht über karmische Bindungen und vergangene Leben sprechen kann. Selbst WENN ich ihn überreden kann, seine Familie zu verlassen, kann er mir immer noch die Schuld geben, wenn seine Mutter oder seine Großeltern nicht aus dem karmischen Rad herauskommen und den Rest ihres Lebens im Elend verbringen."

„Ja, aber seine Liebe zu dir könnte der Katalysator sein, der ihn dazu bringt, auszubrechen. Es könnte sogar eine Kettenreaktion auslösen, die den Rest der Familie zum Besseren beeinflusst."

„Aber ich muss nach Hongkong ziehen, damit ich

mit Ju-long zusammen sein kann!“

„Oder vielleicht übst du, wenn du in London lebst, die Anziehungskraft aus, die Ju-long braucht, um sich zu befreien. Das könnte ein Teil des Lösungsansatzes sein.

„Das wäre so, als ob ich ihn zwingen würde, seine Familie in Hongkong zu verlassen und zu mir zu kommen.“

„Nun, in gewisser Weise ist es genau das, was du tust, aber es liegt immer noch an Ju-long, die Entscheidung zu treffen. Du kannst nie für ihn entscheiden; es ist eine persönliche Entscheidung.“

Am nächsten Morgen ist mir klar, dass ich mich in das Netz von Ju-long und seiner Familie begeben muss. Ich muss hoffen und glauben, dass unsere Liebe stark genug sein wird, um diesen „Bann“ zum Wohle aller zu brechen. Der nächste Flug nach Großbritannien geht sehr früh am nächsten Morgen, was ich Ju-long und meinen Großeltern mitteile. Ich verbringe meine Zeit mit meinen Großeltern. Ich habe immer das Gefühl, dass ich sie vielleicht nicht wiedersehen werde, deshalb bin ich zu diesen Zeiten meines Besuchs immer in einer besonderen Stimmung.

Um fünf Uhr nachmittags treffe ich Ju-long vor der Bibliothek, um mich zu verabschieden. Wegen des frühen Fluges am nächsten Morgen, ist dies der Zeitpunkt, um Abschied zu nehmen, was sich furchtbar anfühlt, bis wir uns wiedersehen, hoffentlich nicht allzu weit in der Zukunft.

„Lieber Ju-long, ich ziehe mich nicht von dir zurück, aber in meinen Gedanken und Gefühlen geht viel vor sich. Es geht vor allem um uns, aber auch um meine Großeltern, und ich fürchte, dass es das letzte Mal sein könnte, dass ich sie sehen werde. Mit all diesen Gefühlen, die in mir herumschwirren, gehe ich nach Innen, um einen ruhigen Ort in mir selbst zu finden."

„Mir geht es genauso, wenn ich meine Familie verlasse, vor allem meine Mutter, und vielleicht sehe ich meine Großeltern nicht wieder. Und all die neuen Dinge, denen ich mich stellen muss, wenn ich nach London ziehe. Ja, sogar WIE ich das alles organisieren soll."

Danach stehen wir noch lange, meist schweigend, da und halten uns einfach nur fest, bevor ich schließlich gehe und zu meinen Großeltern zurückkehre.

Wir verbringen den Rest des Tages so, wie wir es immer getan haben, aber nach dem kurzen Spaziergang zum oberen Ende der Treppe, die zum Strand hinunterführt und zurück, verabschieden wir uns voneinander. Wir stehen vor ihrem Haus, und ich umarme die beiden lange.

„Es war so schön, euch beide zu sehen, und ich hoffe, wir sehen uns bald wieder."

Grandpa ist gerührt und hält mich lange in seinen Armen.

„Du bist immer willkommen, Luzi. Ich wünsche dir morgen eine gute Reise und grüße Carl, Ya und Anna."

Auch Grandma ist gerührt und nach einer langen Umarmung sieht sie mir in die Augen und versichert mir, dass alles gut gehen wird.

„Liebe, liebe Luzi, das waren wirklich ereignisreiche Tage, aber wir sind sicher, dass sich alles zum Guten wenden wird. Vergiss nicht, dass es einige Zeit dauern kann, bis sich große Veränderungen einstellen."

Meine Augen sind voller Tränen, als ich den kurzen Weg zum Hotel gehe. Ich fühle mich müde und wach zugleich, aber als ich die Laken über mich ziehe, falle ich fast augenblicklich in einen tiefen Schlaf.

Ich kann Joselas freundliche und liebevolle Gegenwart spüren, aber wir sind nicht in Elfental. Es ist dunkel, aber nicht beängstigend, es ist einfach nur die Abwesenheit von Licht. Nach ein paar Augenblicken spricht sie zu mir.

„Ich habe dir versprochen, dass wir über Engelsfamilien sprechen werden. ‚Engel' ist nur ein volkstümlicher Begriff, ebenso wie der Begriff ‚Seele', was das betrifft. Sagen wir einfach, dass die Nachkommen des schöpferischen Bewusstseins ihr Zuhause verlassen haben, um ihre neu gewonnene Souveränität zu erkunden, und dass sie mit der Energie gespielt haben, die zur gleichen Zeit geschaffen wurde, als sie ihre Souveränität erhielten. Irgendwann versammelten sie sich in Gruppen von „Gleichgesinnten" und später kam der „Gedanke" auf, dass sie unvollständig oder weniger als ihre Eltern sein könnten und nach Hause zurückkehren sollten, um Vollständigkeit zu erlangen. Gleichzeitig vermittelte dieser Gedanke, weniger zu sein, den Eindruck, dass die Energie begrenzt war. Nun mussten sie so viel Energie wie möglich sammeln, sogar von anderen stehlen, und die Kämpfe begannen."

„Das war also der erste Krieg der Sterne!?"

„Nun, nicht so, wie du denkst. Wir waren zu dieser Zeit nicht physisch. Die Kämpfe um die Energie gingen weiter, und die Energie wurde mehr und mehr blockiert, und die Dinge begannen sich zu verlangsamen. Alles kam fast zum Stillstand, und um eine Lösung zu finden, bildete sich ein Rat. Hier wurde beschlossen, eine physische Umgebung zu schaffen; im Vergleich zu Bewusstsein, das augenblicklich agiert, ist dies langsam. Denke nur daran, wie langsam dein Gehirn arbeitet."

„Ja, das Gehirn ist nicht nur langsam, sondern es funktioniert auch nur in einer dreidimensionalen Umgebung."

„Und genau das haben wir gesucht. Auf diese Weise war es einfacher zu erfahren, was wirklich in unserem Leben vor sich ging. Wir konnten alles in Zeitlupe sehen."

Ich spüre eine gewisse Unruhe und beginne, mich von Josela zu entfernen.

„Was ist los?"

„Du spürst etwas von der Unruhe und der Angst, die von der ganzen Situation ausgeht, besonders von den Kämpfen. Lass uns für heute Schluss machen, und ich verspreche dir, weiterzumachen, wenn sich die Dinge für dich beruhigt haben."

Sie umarmt mich herzlich und kurz darauf wache ich mit einem Gefühl der Unruhe und Wachsamkeit auf. Zum Glück kann ich wieder einschlafen, aber nur, um durch den Klang meines Weckers aufzuwachen. Nach dem Auschecken im Hotel fahre ich mit dem Taxi bis zum Flughafen. Es sind 40 km, also 25 Meilen, und die bequemste Methode, dorthin zu kommen, besonders so früh am Morgen, wenn ich noch nicht ganz wach bin.

Während des Fluges nach London kehrt Josela zurück, um ihre Geschichte über die Engel zu vervollständigen.

„Als die physischen Voraussetzungen geschaffen waren, wurde aus jeder Familie ein Vertreter ausgewählt, der sich der ersten Welle von Entdeckern in der dichten Umgebung anschließen sollte. Zuerst mussten wir üben, um uns an dieses Leben zu gewöhnen, also begannen wir, mit den Walen zu schwimmen, als bewusste Passagiere, nicht inkarniert. Später kam die Lemurien-Periode."

„Wir versuchen also immer noch herauszufinden, wie wir zurückkommen können?"

„Nun, nicht wirklich. Irgendwann haben wir uns in der physischen Umgebung und der Reinkarnation verloren, aber einige sind ‚aufgewacht' und haben erkannt, was wirklich vor sich geht. Das nennt man dann ‚Aufstieg' oder ‚Erleuchtung'."

„Die Meister versuchen also, dem Rest von uns zu sagen, was wirklich vor sich geht?"

„JA! Es ist so einfach; aber da die Menschen so sehr in ihrem irdischen Leben feststecken, können selbst einfache Dinge schwierig sein."

Nach diesem Gespräch bin ich begierig, die Lehren der Meister in einem neuen Licht zu verfolgen, auch wenn sie nicht Teil meines aktuellen Buches sein können. Bevor ich in Heathrow lande, wird mir klar, dass die Meister zwei Methoden anwenden, um die Menschen aufzuwecken. Die eine besteht darin, sie zu lehren, wie sie Erleuchtung erlangen können, und die andere, ihnen Wissen darüber zu vermitteln, was wirklich vor sich geht.

London

Am Abend rufe ich meine Eltern an, da es schon einige Zeit her ist, dass wir miteinander geredet haben. Ich erzähle ihnen von meinem Buch und natürlich über meine Reisen zu den verschiedenen Plätzen in China. Ich erzähle ihnen von meinem Treffen mit Ju-Long, da dies meine Gedanken und meine Gefühle die meiste Zeit des Tages beherrscht. Mama versucht mich zu ermutigen.

"Wie du weißt, ist die Liebe ein mächtiger Motivator. Ich bin sicher, du wirst eine Lösung finden."

Nun bringt Dad etwas vor, dass vielleicht genau die richtige Lösung sein könnte.

"Liebe Luzi, ich denke, wir können das lösen. Siehst du, ich habe ein bisschen in die Sozialfürsorge, die Krankenvorsorge und die Altersvorsorge in China investiert und nicht nur in Hong Kong. Wir haben ein privat geführtes Institut in Hong Kong und falls die Bedingungen von Ju-long's Großeltern die Kriterien erfüllen und ich meine Empfehlungen dazu ausspreche, werden wir einen Weg finden."

"Das würde uns helfen, und würde der Situation die Schärfe nehmen."

"Wir haben einige großartige Leute in Hong Kong. Sie haben profundes Wissen in der Sozialgesetzgebung und haben sehr gute Kontakte in der Gemeinschaft. Keine Sorge; ich werde mich darum kümmern, sobald ich jemanden in Hong Kong erreichen kann und werde jetzt gleich einige Emails schreiben."

Mum und ich plaudern noch eine Weile und ich erfahre das Neueste aus ihrem bewegten Leben.

Ich kann es kaum erwarten, Ju-long die guten Neuigkeiten zu bringen. Ich möchte ihm jedoch nicht schreiben oder eine E-Mail senden, deshalb muss ich warten, bis er zur Arbeit geht, um ihn anzurufen. Ich stelle meinen Wecker auf zwei Uhr morgens, damit ich Ju-Long in der Bibliothek anrufen kann, wo es dann zehn Uhr nach Hong Kong Zeit sein wird.

Als der Wecker klingelt, brauche ich einige Zeit, um zu mir zu kommen. Ich schalte das Licht an, gehe auf die Toilette und trinke ein Glas Wasser. Ich rufe in der Bibliothek in Hong Kong an und habe nach einer kleinen Wartepause Ju-long's Stimme in meinem Ohr.

"Hi Luzi, ich habe schon verzweifelt darauf gewartet, von dir zu hören! Wie geht es dir?"

"Ich bin sehr viel ruhiger als das letzte Mal, als wir gesprochen haben. Ich habe mit Dad über China und Hong Kong gesprochen, wo die Leute immer älter werden, aber weniger junge Menschen da sind, die sich um sie kümmern und für sie bezahlen. Er erzählte mir, dass er ziemlich viel in Altenpflegeeinrichtungen verschiedenster Art investiert hat, besonders in Hong Kong. Ich wusste dies nicht. Er versprach mir, danach zu schauen und mich unverzüglich über die ersten Ergebnisse zu informieren."

"Ja, ich erinnere mich an deinen Vater, Carl..."

"Deine Großeltern werden nicht jünger und du kannst nicht den Rest deines Lebens in der Hoffnung leben, dass die Dinge besser werden. Dad ist sich ziemlich sicher, dass er auf irgendeine Art und Weise helfen kann."

"Ich werde dies nicht zuhause erzählen, weil ich ihnen keinen falschen Hoffnungen machen will."

"Aber vielleicht ist die Hoffnung auf eine bessere Zukunft das, was es braucht, um den Prozess zu starten, aus diesem Kreis der Hoffnungslosigkeit auszubrechen."

"Du magst Recht haben, Luzi. Ohne Hoffnung wird sich nichts zum Besseren wenden."

"Ja, ohne Hoffnung und mehr noch, dem Willen, Dinge zu verändern, hast du nur die Illusion, dass das Glück dir die Veränderungen bringen wird, die du brauchst."

Unser Optimismus ist zurückgekehrt und wir sprechen noch eine Weile über die Möglichkeiten für Ju-Long nach London zu ziehen. Dann beenden wir das Gespräch. Er muss zurück zur Arbeit und ich muss zur Universität. Ich habe noch verschiedenen Dinge dort zu erledigen, aber später werde ich den Rest des Tages in der Bibliothek verbringen.

Senate House Library ist die zentrale Bibliothek der Universität von London und die Hausbibliothek für die Schule für Höhere Bildung. Es ist früher Nachmittag und ich habe gerade die Bibliothek verlassen und gehe die Treppen außen hinunter. Gleich gegenüber der Bibliothek sehe ich die Rückseite des Britischen Museums. Ich habe sie schon hundert Mal gesehen, aber heute verspüre ich einen seltsamen Drang, dem Museum einen Besuch abzustatten. Ich benutze immer die Bibliothek oder die Online-Bibliotheken, wie das Internet, aber in diesem Moment wird mir klar, dass ein Museum einfach eine andere Art von Bibliothek ist. Man könnte sagen, dass es eine Bibliothek der physischen Dinge ist, während die Bibliothek nur Informationen über physische Dinge und natürlich auch viele andere Dinge enthält.

Ich betrete das Museum und gehe direkt zur Übersichtskarte. Ich bleibe eine Weile vor dem Plan stehen, in der Hoffnung, dass er mir verrät, wo ich etwas Wichtiges finden kann. Dann bleibt mein Blick an der Beschriftung hängen: „Raum 33c, Drachenfliesen". Auf der Karte scheint es ein ziemlich kleiner Raum zu sein, aber in diesem Fall spielt die Größe wohl keine Rolle. Ich gehe durch die große Eingangshalle mit den Säulen auf jeder Seite und finde die Drachenkacheln. Ich schaue genau hin, um zu sehen, ob es irgendwelche Details gibt, die Katzen und Drachen miteinander verbinden, oder andere Hinweise, die ich in meinem Buch verwenden kann. Leider kann ich nichts von Belang entdecken. Enttäuscht beschließe ich, das Museum zu verlassen, da der Drang, hier einzutreten, vielleicht nicht echt war. Auf meinem Weg nach draußen gehe ich zu den Säulen auf der rechten Seite und folge der Reihe zum Ausgang. Wieder verspüre ich einen Drang und sehe mich um.

Hmm; was ist heute nur mit mir los? Ich fühle mich sensitiv und wachsam, aber ich kann keine Zeichen erkennen

Das ist nicht ganz richtig. Es gibt EIN Zeichen, das sagt: "Raum 4, ägyptische Skulpturen." Da dies das EINZIGE Zeichen ist, gehe ich in den Raum 4. Das erste, was mir in die Augen springt, ist die Statue einer sitzenden Katze, in Metall gegossen. "Die Gayer-Anderson Katze," sagt die Beschriftung, "benannt nach seinem Stifter."

Der kurze Text neben der Skulptur verrät mir, dass die lebensgroße Katze in Bronze gegossen ist. Auf dem Kopf hat sie das Relief eines Skarabäus Käfers, um den Hals einen Glücksbringer mit dem „Auge des Horus" und auf der Brust einen geflügelten Skarabäus, der die Sonne hält.

Es gibt keine Hinweise auf Drachen, abgesehen vielleicht von den Flügeln des Skarabäus, aber ich werde weiter nachforschen, wenn ich zu meinen Studien zurückgekehrt bin.

Zurück in meinem Arbeitszimmer stelle ich fest, dass viele Skulpturen dieser sehr ähnlich sehen, sogar die kleinen, die man als Souvenirs kauft.

Loong kommt mit einem Kommentar dazu durch.

„Du wirst feststellen, dass der Großteil der ägyptischen Kunst und deren Symbole sehr ähnlich dargestellt sind, sogar über mehrere Perioden hinweg. Das soll Dir sagen, dass sie sowohl archetypische Informationen als auch historische und praktische Bedeutungen beinhalten."

Als ich weiter über ägyptische Katzen recherchiere, finde ich heraus, dass Bast die Göttin der Katzen ist. Sie hat die Attribute des Schutzes, der Freude, des Tanzes, der Musik und der Liebe - dieselben Attribute wie Hathor, die gewöhnlich mit Kuhhörnern auf ihrem Kopf dargestellt wird, die nicht aus ihrem Kopf herauswachsen, mit der Sonnenscheibe zwischen den Hörnern. Viele sehen Bast als Vorgängerin von Sekhmet, der Löwengöttin, die den

Kopf eines Löwen und eine Sonnenscheibe auf dem Kopf hat. Auf der Sonnenscheibe befindet sich auch eine Schlange.

Wow, genau die gleichen Attribute wie meine Erfahrungen mit den Sidhe!

Der Vater von Bast ist Ra, die Sonne, und ihre Mutter ist Isis. Ra ist der Lichtspender, und Isis ist die ideale Mutter und die Schutzherrin der Natur und der Magie.

Noch mehr Symbole aus dem Reich der Sidhe!

In seinem Wesen symbolisiert der Skarabäus den Kreislauf des Lebens und das Leben auf der Erde selbst. Da er eine Mistkugel rollt, wird er auch Mistkäfer genannt, er rollt auch die Sonne über den Himmel und bringt sie nach der Nacht zurück. Licht und Dunkelheit, Leben und Tod - ein sich wiederholender Kreislauf, eine Spirale. In diesem Zyklus spielt die Reinkarnation eine wichtige Rolle.

Horus ist der Gott der Sonne und damit auch der Sohn der Sonne, der Sohn des Ra. Da er auch der Sohn von Isis ist, ist er ein Bruder von Bast. In verschiedenen Kulten gab es unterschiedliche Beziehungen zwischen ihnen, aber das ändert nichts an der Tatsache, dass es eine enge Verbindung gab und gibt. Die abgebildeten menschlichen Beziehungen sollen es den Menschen nur erleichtern, sich mit den Archetypen zu identifizieren.

Wir haben die männlichen und die weiblichen Aspekte. Die männliche Sonne bringt das Leben von ‚oben' und die weibliche Natur bietet den Mutterleib, die Dunkelheit, die Nacht und die Nahrung aus der Erde an.

Sowohl die Symbole als auch die Katzenfigur selbst bringen also viele Aspekte zum Ausdruck.

Der Skarabäus auf dem Kopf zeigt, dass der Intellekt, der Verstand, Teil der Erde oder der dreidimensionalen Welt ist, während das Leben selbst, die Seele, das Bewusstsein, in der Herzgegend angesiedelt ist - eine weitere symbolische Bedeutung. Der Skarabäus auf der Brust der Statue hat die Flügel der Isis und trägt die Sonne in seinen Vorderbeinen. Die Flügel symbolisieren die Seele, das ewige Leben, das nicht an das physische Leben auf der Erde gebunden ist. Die Sonne ist die schöpferische Kraft und der Skarabäus steht, wie bereits erwähnt, für das irdische Leben.

Auch hier zeigt der geflügelte Skarabäus, dass das Leben (der Skarabäus) mehr umfasst als das physische Leben, nämlich die Seele (die Flügel).

Nach all dem ist mir klar, dass ICH von Sidhe und Loong geführt BIN, um diese Wahrheiten hervorzubringen. Normalerweise sehe ich mich selbst als eine sehr intellektuelle Person, aber in diesem Fall habe ich eine sehr intuitive Verbindung zu etwas viel Tieferem und Wesentlicherem im Leben. Jetzt habe ich mehr Material für mein Buch, das eine Menge Forschung aus dem ägyptischen Blickwinkel erfordert.

Ägypten

Es war ein anstrengender Tag, so dass ich keine Zeit hatte, mein persönliches E-Mail-Konto zu überprüfen. Jetzt, zurück in meiner schönen Wohnung, schalte ich meinen Computer ein und bereite mir etwas Obst und einen Krug Wasser vor. Da ist eine Nachricht von Papa, und mein Herz beginnt schneller zu schlagen.

„Liebe Luzi, die Leute aus Hongkong haben ein Formular an Ju-long geschickt, um die Details zu klären, und sie lassen auch ihre Beziehungen fließen. Ich melde mich mit weiteren Neuigkeiten, sobald ich welche habe. Mama und ich treffen die letzten Vorbereitungen für eine zweiwöchige Reise nach Ägypten... Mama ist gerade aufgetaucht und fragt, ob du vielleicht Zeit hast, einige Tage mit uns in Ägypten zu verbringen. Es geht uns gut und wir freuen uns auf diese Reise. Küsse, Mum & Dad."

Ägypten! Synchronizität? Ich schaue in meinem Kalender nach. Ich kann mir ein paar Tage frei nehmen, vielleicht sogar eine Woche, wenn ich ein paar Dinge ein wenig verschoben bekomme.

Es gibt auch eine E-Mail von Ju-long.

„Liebe, wunderbare Luzi, wir haben ein Formular von der HK Care Foundation bekommen, und ich habe auch mit einem Mann am Telefon gesprochen. Sie wollen viele Details wissen, deshalb war es gut, dass er mir bei dem Formular geholfen hat. Meine Mutter und meine Großeltern sind skeptisch und nicht sicher, was gerade passiert, aber heute Abend wird jemand von der Stiftung kommen und mit uns sprechen. Im Moment wissen wir noch nicht, wie sie uns unterstützen können. Ich habe meiner Familie gegenüber kurz die Möglichkeit erwähnt, nach London zu ziehen. Ich vermisse dich sehr. Küsse und Umarmungen, Ju-long."

Ich antworte Ju-long direkt.

"Mein lieber Ju-long, ich vermisse dich auch. Schön zu hören, dass die Foundation so schnell reagiert hat und ich hoffe, dass du bald eine konkretere Antwort erhalten wirst. Mum und Dad reisen für zwei Wochen nach Ägypten, und ich habe einige Spuren gefunden, die mich zu den ägyptischen Katzen in meinem Buch führen. Ich werde sie vielleicht für einige Tage begleiten. Hoffe, dass ich bald mehr gute Nachrichten von dir höre. Küsse, Luzi."

Dann eine kurze Antwort an Mum und Dad.

"Hi! Die Reise nach Ägypten hört sich großartig an. Schickt mir bitte ein paar Daten, und ich werde sehen, wie ich dies zeitlich hinbekomme. Heute habe ich einige Hinweise für mein Buch gefunden und ratet welche? Es geht um prähistorische ägyptische Katzen! Ich habe eine Nachricht von Ju-long erhalten: die Foundation arbeitet schnell: Sie haben ein Formular ausgefüllt und besuchen heute Abend die Familie. Danke, Dad! Ich freue mich, mit euch in Ägypten zu sein. Liebe Grüße, Luzi."

Die Vorbereitungen für die Reise nach Ägypten sind einfach. Alles scheint zu meinen Gunsten zu laufen und schon bald sitze ich im Flugzeug nach Ägypten, wo ich zweifellos neue Entdeckungen machen werde, was die Synchronizität des Ganzen beweist.

Nach einem fünfstündigen Flug komme ich kurz vor Mitternacht am internationalen Flughafen von Kairo an. Ich nehme den Shuttle zum nationalen Terminal und warte hier auf den Anschlussflug nach Luxor um fünf Uhr morgens. Zum Glück hatte ich im Flugzeug aus London etwas Schlaf bekommen, und ein E-Book leistet mir Gesellschaft, bis die Sicherheitskontrolle mit einiger Verspätung öffnet.

Das kleine Flugzeug landet nach einem einstündigen Flug in Luxor, und ich nehme ein Taxi zum Sonesta St. George Hotel an der Corniche El Nile Street, wo meine Eltern untergebracht sind. Wir frühstücken gemeinsam, und dann schlafe ich ein paar Stunden in meinem Zimmer.

Am Nachmittag erkunde ich das Hotel, und einer der ersten Orte, an denen ich fündig werde, ist ein kleiner Parfümladen in der Halle neben dem Aufzug. Hier verkauft mir ein Mann, Esmail, ein Parfüm, das mich beim ersten Riechen so sehr berührt, dass mir die Tränen über die Wangen laufen. Es muss mit verborgenen Erfahrungen aus einer anderen Zeit zu tun haben; wahrscheinlich in Ägypten. Es ist wunderbar, auf diese Weise mit meinen Eltern zusammen zu sein, an exotischen Orten zu sein, in völliger Freude und Staunen, wie früher. Nach Sonnenuntergang machen wir einen Spaziergang in der Umgebung des Hotels, um den Ort ohne die sengende Hitze der Sonne am Tag zu erleben. Es tut mir weh, die kleinen, mageren Pferde zu sehen, die die Taxikutschen ziehen. Ich habe das Gefühl, dass die Besitzer das Pferd nicht als lebendiges Wesen betrachten, sondern eher als Einkommensquelle. Es ist ein Beweis für ein niedriges Bewusstsein, und wir beschließen, keines von ihnen zu benutzen.

Am nächsten Morgen gehen wir an Bord des Nilkreuzfahrtschiffs Mövenpick Royal Lily, ein Fünf-Sterne-Hotelschiff. Die Royal Lily wird uns den Nil hinauf- und hinunterfahren und an bestimmten Orten entlang des Flusses anlegen, um uns an speziell organisierten Touren teilnehmen zu lassen.

Ich werde nicht über alle Besichtigungen berichten, sondern nur über ein außergewöhnliches Erlebnis, das einen weiteren Aspekt der Sidhe /Chinesen Verbindung beleuchtet.

In Luxor besuchen wir den Karnak-Tempel. Ein kleiner Tempel für Sekhmet liegt weit hinter dem großen Karnak-Tempelkomplex. Ganz in der Nähe, auf einer Brücke, patrouillieren mit Maschinengewehren bewaffnete Wachen. In einem kleinen Raum steht eine schwarze oder dunkelgraue Statue von Sekhmet, der Löwengöttin. Ich fühle mich ziemlich andächtig. Sekhmet sagt zu mir: „Warum bist du so ernst? Lass uns tanzen." Und so taten wir es; ein wirbelnder Tanz in einem großen Raum; rundherum, in großer Freude. Wieder draußen im Sonnenschein, als ich bei einigen großen Säulen stehe, erscheint Imhotep auf der Bildfläche.

"Du kannst das Bewusstsein nicht in verschiedene Gottheiten mit vordefinierten Eigenschaften aufteilen, ja, du hast Sekhmet getroffen, aber du hast mit Sekhmet, Bast, Hathor and Isis getanzt…ja, und auch mit dem Rest von uns. Ihr Hauptattribut, Stärke, wurde und wird zutiefst missverstanden. Es hat nichts mit Macht zu tun, was normalerweise ein Ego-Ding ist, um andere zu manipulieren und Kontrolle über sie zu haben. Ihre Stärke lehrt dich, dass du in deinem eigenen Licht stehen musst, niemals im Schatten eines anderen. Deshalb hast du all die Liebe und Freude während des Tanzes gefühlt; die Freude der Freiheit von aller Unterdrückung."

Du fragst dich vielleicht, lieber Leser, woher ich weiß, dass ich mit Imhotep kommuniziere. Es ist einfach der Name, mit dem sich dieses Bewusstsein präsentierte, als es mich zum ersten Mal berührte, und ich fühlte die Wahrheit und die Liebe, dass es tatsächlich ein Bewusstsein war, das ich in der Vergangenheit gekannt hatte.

„Ich bin mir sicher, dass du weißt, dass Sekhmet, die du in einem anderen Leben als Imhotep gekannt hast, genauso wie ich, sich jederzeit und überall mit dir verbinden kann, wenn du dafür offen bist. Die Statue war nur der Auslöser für euer Treffen, aber vielleicht findest du es interessant, dass du, wenn man eine Linie vom Luxor-Tempel durch den Damm mit den Widdern zieht, auf den kleinen Tempel mit der Statue von Sekhmet triffst."

Ich fühle sofort eine tiefe Verbindung zu Imhotep und realisiere, dass wir uns aus vielen Leben kennen, nicht nur aus demjenigen, in dem er unter diesem Namen gelebt hat.

„Tatsächlich hast du mich in einigen Leben hier in Ägypten unter dem Namen Imhotep kennengelernt. Die Geschichten besagen, dass ich sehr alt geworden bin; ja, das bin ich, aber ich habe auch den Körper ausgetauscht, um für eine längere Zeit in diesen Gefilden zu bleiben. Ich spürte, dass ich nicht sterben und den ‚Raum', den ich damit schaffen würde, machtgierigen Individuen überlassen konnte."

Ich habe das Gefühl, dass ich mich in einer erweiterten Realität befinde, dass ich hier in der Morgensonne stehe, mit Ruinen um mich herum, und dass ich gleichzeitig tief mit diesem Wesen verbunden bin, und zwar auf eine sehr natürliche Weise.

„Warum habe ich das noch nie erlebt - ich meine, mich auf diese Weise zu verbinden?"

„Es gab Verbindungen, viele davon, aber du hast nie wirklich auf die Stimmen gehört. Das ist in Ordnung, denn du warst ziemlich gut darin, die Gefühle zu spüren, die wir benutzen, um mit dir zu kommunizieren. Gefühle, nicht Emotionen, sind eine viel bessere Art der Kommunikation."

„Oh, wie damals in London, als ich mich zum Museum hingezogen fühlte?!"

"Genau, und um auf die Verbindungen zurück-zukommen, die du suchst. Alles ist verbunden: das Symbol oder die Hieroglyphe, die als Auge des Horus bekannt ist, datiert die ägyptische Kultur vor und wurde in dem geheimen Wissensschatz von Atlantis gefunden. Als ich und einige andere nach Ägypten kamen, brachten wir dieses Geheimnis mit uns. Zu dieser Zeit lebten nur primitive Menschen hier, die wir auch nur die Grundkenntnisse lehren konnten, üblicherweise in Parabeln. Mit verschiedenen Mitteln gelang es uns im Laufe der Zeit, die ursprünglichen Bewohner bis zu einem gewissen Grad zu entwickeln. Später degradierten die Menschen, wie der Rest der Menschheit, aufgrund eines Bewusstseinsrückgangs, der durch ihre Konzentration auf die materielle Welt verursacht wurde. Das ägyptische Wort für das Auge des Horus ist übrigens „Wedjat“, eine der frühesten Gottheiten. Wie ich bereits sagte, ist dieses Symbol uralt, und es mag dich interessieren, dass ein ähnliches Symbol oder ähnliche Symbole in den alten chinesischen Schriftzeichen zu finden sind, wenn du dir die Zeit nimmst, sie durchzusehen.“

Dies fand ich später heraus:

Das Auge des Horus im traditionellen ägyptischen Stil.

"sehen" Chinesisches Knochen Orakel Charakter (2000-1027 vor Chr., Xia & Shang Dynastien).

"sehen " im traditionellen Chinesisch (Radical 147) (206 vor Chr. - jetzt). Im klassischen chinesisch bedeutet es "erscheinen".

"Erscheinen" bedeutet auch, in die Existenz kommen. Alles, was in die Existenz kommt, manifestiert sich durch Bewusstsein. Das Konzept des 'Zentrums aller Dinge" ist sehr alt!

Ich fand dieses Augen-Schriftzeichen unten als ein Beispiel, wie es von der Peilignag Kultur in China 7000-5700 vor Chr. auf Schildkrötenpanzer niedergeschrieben wurde. Sie hat sogar 2 ‚Linien' unter dem Auge! Wie kann dies NICHT der Beweis sein für Verbindungen über große Entfernungen und Zeiten? Ich kann einfach nicht glauben, dass diese Zeichen über weite Entfernungen mit der Nahrung transportiert und über Jahrtausende hinweg in Erinnerung behalten wurden; es muss allgemeines, bewusstes Wissen gewesen sein.

Ein Zeichen, das um 7000 vor Chr. in Jiahu, Henan Province, China, benutzt wurde. Kohle-Datierung 6500-6200 vor Chr.

Ich gehe alleine los, um nicht durch die Unterhaltung meiner Eltern abgelenkt zu werden. Wir haben eine feste Zeit vereinbart, um uns am Eingang zu treffen, es ist also kein Problem. Irgendwann bin ich ganz allein in einem großen Innenhof, stehe in der warmen Sonne und spüre einfach nur den Ort.

„Heb den Stein auf, den du dort siehst."

Ich schaue nach unten und sehe einen Stein, der leuchtet, weil die Sonne durch ihn hindurchscheint. Ich hebe ihn auf, und als ich ihn genauer betrachte, sehe ich, dass er die Form eines Kristalls hat, allerdings mit abgenutzten Spitzen. Es sieht fast so aus, als hätte man zwei quadratische Pyramiden von unten nach oben zusammengesetzt, wobei eine Spitze nach oben und die andere nach unten zeigt. Wegen seiner acht Seiten wird er Oktaeder genannt.

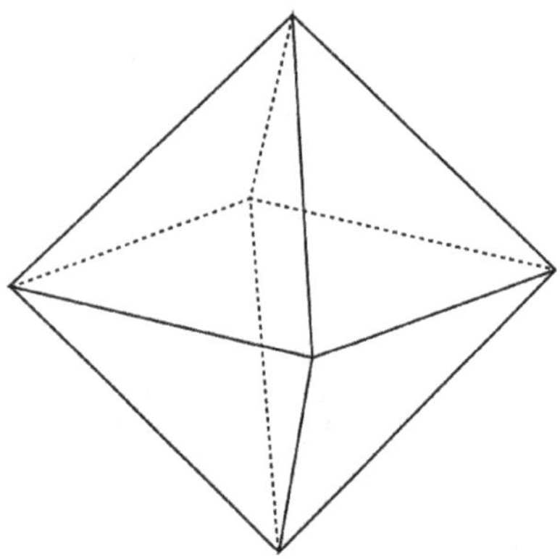

Diese Skizze zeigt einen Oktaeder.

„Oh, Danke. Jetzt kann ich etwas von dem Licht aus Ägypten mitnehmen."

Ich betrachte den kleinen Kristall eine Weile, dann stecke ich ihn in meine Tasche. Ich spüre ein wachsendes Bedürfnis in mir aufsteigen, und ich denke mir, „Jetzt kann ich wirklich ein WC gebrauchen".

„Gehe einfach weiter in die Richtung, in die du gerade gehst."

Nun, in dieser Richtung scheint es nichts zu geben, aber ich werde es trotzdem versuchen. Ich gehe durch eine Maueröffnung, und nicht weit von mir entfernt, befindet sich links ein kleines Gebäude, das halb unter der Erde und hinter einigen Bäumen versteckt ist. Auf einem Holzschild steht „WC".

„Danke!"

„Gern geschehen!"

Es beweist mir, dass das Bewusstsein außerhalb von Zeit und Raum steht, und dass der Tod eine Illusion ist. Ich kann mich mit einem längst verstorbenen Ägypter über ein so triviales Thema wie die Suche nach einer Toilette unterhalten! Die Verbindung hat nichts Andächtiges an sich; es ist einfach ein Treffen auf gleicher Augenhöhe, von Seele zu Seele.

Lemurien und Atlantis

Ich bin zurück in meiner Kabine auf der Royal Lily und habe gerade eine erfrischende Dusche genommen. Ich liege nun auf meinem Bett und warte auf das Abendessen und denke darüber nach, was heute geschehen ist. Ich beschließe, Imhotep eine Frage zu stellen.

"Nun da ich die Möglichkeit dazu habe, möchte ich dich über die Bautechnik der Pyramiden befragen. Wie wurden diese riesigen Steine an ihren Platz gehoben?"

"Die Pyramiden sind wie gigantische Kristalle erbaut, so wie sie in Atlantis benutzt wurden. Einige in der Form, die du schon gefunden hast, ein Oktaeder. Die kurze Antwort darauf, wie die Steine bewegt wurden, ist, dass es mit Bewusstsein getan wurde, aber das ist keine Antwort, mit der du etwas anfangen kannst, deshalb werde ich sie erläutern. In dem, was du als Atlantis kennst, nutzten wir die Kristalle, um dort Energie und ‚Programme' für viele unterschiedlichste Aufgaben zu speichern. Elektrische Energie war zu dieser Zeit nicht vorherrschend. Eines dieser ‚Programme' oder ‚Kodes' konnte signifikant Schwerkraft reduzieren und es wurde durch Bewusstsein kontrolliert; nicht durch Gedanken oder den Verstand, sondern durch Bewusstsein. Als wir nach Ägypten kamen, brachten wir einen dieser Kristalle mit uns. Tatsächlich war es derjenige, den Moses mit sich genommen hatte, als er mit seinem Volk Ägypten verließ. Dies war der Grund, warum der Pharao die Juden verfolgte, nachdem er ihnen erlaubte hatte, Ägypten zu verlassen. Mit diesem Kristall konnten sie auch das Wasser spalten."

"Also seid ihr, als Atlantis im Ozean versank, nach Ägypten gegangen?"

"Oh, Atlantis versank nicht im Ozean. Nach der letzten Eiszeit stieg der Wasserpegel an und bedeckte einige der Strände und das Wissenschaftliche Zentrum, Tian, welches auch die Geschichte des Bermuda-Dreiecks hervorgebracht hat. Der Mythos über den Untergang von Atlantis kommt von Lemurien, der ersten Ära von Inkarnation hier auf diesem Planeten, als ein Großteil des Landes, mit ihren Verjüngungszentren, innerhalb von 100 Jahren versank, aufgrund der darunter-liegenden Magma-Blasen, die sich zusammenzogen, so dass nur die Hawaiianischen Inseln über dem Meeresspiegel blieben. Wenn Leute versuchen, in die atlantische Zeitperiode hineinzufühlen, werden sie von der vorangegangenen Geschichte und der riesigen Angst, die der Untergang des Landes hervorgerufen hat, überflutet. Einer der Zwischen-Stopps waren die Osterinseln, welche sie mit ihren Kanus erreichten, nachdem sie hineingefühlt hatten, in welche Richtung sie segeln mussten, um sicheres Land zu finden. Obwohl viele das Land nicht erreichten."

"Gut, und was geschah wirklich in Atlantis?"

"Dies ist tatsächlich eine sehr traurige Geschichte! Das alte Atlantis existiert immer noch, aber in einem nicht-physischen Bereich, außerhalb der dreidimensionalen Welt, wie du sagen würdest. Dieses nicht-physische Atlantis wurde kreiert, zuerst als ein Experiment, danach als ein Zufluchtsort, als es sehr schwierig wurde aufgrund eines machthungrigen Führers namens Azuru Timu und seinen Anhängern. Timu war ein Titel und bedeutet ‚Führer' oder ‚derjenige, der sein Volk beschützt'. Azuru bedeutet 'blau', bezugnehmend auf seine bläuliche Haut. Zuletzt starb Azuru, nachdem er 550 Jahre gelebt hatte, indem er sich von der Lebens-Energie anderer Menschen ernährt hatte.

Die Struktur von Atlantis brach während der Herrschaft von Azuru Timu auseinander, und zu dieser Zeit war das allgemeine menschliche Bewusstsein ziemlich niedrig. Es beeinflusste die Erde, verursachte extreme Wetterbedingungen, Vulkanausbrüche und Erdbeben. Die Vulkanausbrüche wiederum, und bis zu einem gewissen Grad auch die Erdbeben, verstärkten die Situation und machten das Wetter noch extremer, mit niedrigen Temperaturen und Sandstürmen, die das Sonnenlicht bedeckten. Als die Bedingungen auf der Erde nicht mehr tragbar waren, zogen die Leute für mehrere hundert Jahre in riesige Höhlenstädte unter der Erde. Kristalle, aus den Tagen der Erschaffung der Erde, versorgten die Menschen mit der Energie, um das Leben in den Höhlen aufrechtzuerhalten. All dies verursachte einen großen Rückschlag für das menschliche Leben im Allgemeinen, und viel Wissen verschwand aus der allgemeinen Bevölkerung."

"Wann war die Ära von Lemurien und Atlantis?"

"Du musst wissen, dass Zeit nicht linear ist und die Wissenschaftler beziehen dies nicht in ihre Über-legungen mit ein, wenn sie Geschichtsberechnungen machen. Grob kann man sagen, dass Lemurien vor rund fünfhundert Millionen Jahren begann und

Atlantis vor fünfhunderttausend Jahren, wenn wir den großen Auszug aus Lemurien als den Beginn festlegen."

"Wenn Atlantis nicht ins Meer versunken ist, wo ist es dann?"

"Nun, es ist überall auf der Erde, aber das Zentrum war Mexiko City, so kann man sagen, dass es Amerika ist. Es gab Plätze, die jetzt im Pazifik untergetaucht sind. Es gab Orte, die heute im Pazifischen Ozean vor der Küste versunken sind, und Gebiete, die heute im Atlantischen Ozean vor der Küste von Kuba liegen. Die Stadt Tien, mit ihren Tempeln und Schulen, liegt hier."

"Wie kann Zeit nicht linear sein? Wenn ich auf meine Uhr schaue, schreitet die Zeit Sekunde für Sekunde voran."

"Je weniger Menschen bewusst sind, desto langsamer fließt Zeit durch dieses Bewusstsein oder besser gesagt, desto weniger Ereignisse finden statt. Da Bewusstsein schwankt, tut dies auch die Zeit. Du hast dies tatsächlich auch schon selbst erlebt. Du kannst fühlen, dass sich ein Erlebnis langsam oder schnell ereignet; es hängt davon ab, wieviel Gewahrsein du einem Ereignis beimisst. Aus unserer Perspektive, nicht physisch gebunden, schauen wir die Geschichte als Ereignisse an, die durch das Bewusstsein fließen. Für uns sind es nicht Tage, die vergehen und von euren Uhren kontrolliert werden. Wenn du mich nach einem bestimmten Jahr fragst, muss ich einen Bezugspunkt wählen und die Jahre bis zum fraglichen Ereignis zurückrechnen. Wenn du jemand anderen fragst, erhältst du vielleicht ein anderes Jahr, das hängt von ihrem

Referenzpunkt ab und dem Gewicht des fluktuierenden Bewusstseins. Die beste Art um Bewusstseins-'Ebenen' zu messen ist nach Erfindungen und Kunst zu schauen. Je mehr Erfindungen und Kunst eine Epoche hervorbringen, desto höher schwingt das Bewusstsein."

"Wenn Amerika Atlantis war oder ist, sind die einheimischen Indianer dann die Nachfahren der Atlanter?"

"Du kannst sagen, dass der größte Teil der menschlichen Bevölkerung der Erde, die Nachfahren der Atlanter sind - in der späten Zeit der atlantischen Ära wurde der menschliche Körper verändert und in sieben Rassen angepasst wurde – vier gewöhnliche Rassen und drei herrschende Rassen. Die Intelligenz wurde auch verbessert. Die drei führenden Rassen sind verschwunden. Auch die Intelligenz wurde verbessert. Die drei herrschenden Rassen sind aufgrund von Inzucht verschwunden, da sie rein bleiben wollten. In Lemurien inkarnierten wir in allen Arten von Körpern, kleinen und einigen sehr großen, einige schauten wie Tiere aus und andere menschlich. Die Atlanter wählten den Homo Sapiens aus Gründen der Konformität."

"Also lässt sich die „Out of Africa"-Theorie aufgrund der Veränderungen während der Atlantis-Ära nicht mit dem modernen Menschen in Verbindung bringen?"

"Nun da sich das Leben und deshalb auch die Menschen überall auf dem Globus entwickelt haben, passt diese Theorie nicht. Es ist wie mit Erfindungen; sie tauchen an verschiedenen Orten überall auf dem Globus auf. Dies liegt im Bewusstsein der Menschheit."

"Stimmt dies mit Platons Beschreibungen, die er von Ägypten hat, überein?"

"Ja. Die Geschichte spricht über das Land, auf dem sich die Stadt Tien mit ihren Tempeln und Schulen östlich von dem, was wir heute Kuba nennen, befand, wie ich dies schon zuvor erklärt habe. Westlich von Atlantis war ein großes Land, das man tatsächlich als Kontinent bezeichnen könnte. Dies ist natürlich Amerika. Der Ort, über den die Ägypter mit Platon sprachen, war nur der Bereich mit den Tempeln, in dem qualifizierte Menschen verschiedenste Experimente durchführten. Zu dieser Zeit gab es keine religiösen Überzeugungen."

"Was befähigte die Atlanter dazu, ihre Körper zu verändern?"

"Sie veränderten die DNA, indem sie Kristalle benutzten; sie wurden zum Teil als Magnetpinzetten benutzt, die direkt an einem Chromosom arbeiteten."

"Wie war das überhaupt möglich!?"

"Wie ich dir schon zuvor erklärt habe, wurde Bewusstsein benutzt, um mit den Kristallen zusammenzuarbeiten, und Sie WUSSTEN, was sie taten. Heute benutzt ihr nur Mechanik, Chemikalien und Marker, um die Gene zu manipulieren. Aber darin liegt keine Magie; die Menschheit hat einfach vergessen, bewusst zu sein, da sie ihren Fokus auf die physische Realität legt. Was du siehst und fühlst, das ist real. Heute muss es greifbar sein, um von Nutzen zu sein. Das war gar nicht so schwierig, da alle Säugetiere eine sehr ähnliche DNA haben, mit nur geringen Unterschieden."

" Letztendlich mussten zumindest einige von ihnen sehr kluge Leute gewesen sein, um das durchzuziehen."

"Oh nein; sie haben einfach nur gewusst, dass dies gemacht werden kann, und wo sie im Genom suchen mussten. Es reicht nicht, es zu GLAUBEN, weil jemand es dir sagt, dass es so ist. Nimm die Lemurier; sie waren überhaupt nicht intelligent, und trotzdem WUSSTEN sie, wie das Universum funktioniert. Sie wussten alles über das Sonnensystem und die Galaxien. Sie hatten ein universelles Wissen. So wie sie das Wissen über ‚das Außen'" hatten, hatten sie auch das Wissen über ‚das Innen'."

„Warum haben wir heute dieses Wissen nicht mehr?"

„Das liegt teilweise daran, dass sich der Schwerpunkt auf das Überleben und die Anhäufung von Reichtum, Liebe und Macht verlagert hat, und teilweise an den Blockaden, die in der spätatlantischen Ära in und um das Gehirn herum gelegt wurden, als die Vereinheitlichung eine falsche Wendung nahm und kontrollierend und manipulierend wurde. Ausgewählte Gruppen von Menschen erhielten Stirnbänder als Prestigeobjekt, die aber in Wirklichkeit dazu gedacht waren, sie zu kontrollieren. Diese Stirnbänder konnten sowohl einschränken als auch aufwerten. Nimm zum Beispiel die Königskrone."

„Wir tragen heute normalerweise keine Kopfbänder, und unsere Gehirne haben sich nicht verändert, was ist also los?"

„Die Veränderungen sind im Laufe der Jahrtausende in das Massenbewusstsein eingedrungen, und jetzt ist jeder davon betroffen. Du kannst diese Blockaden jedoch durch eine bewusste Entscheidung aufheben.“

„Das Massenbewusstsein ist das Bewusstsein aller Menschen, richtig?“

„Ja, es ist ein künstliches Bewusstsein, das aus den Erfahrungen der Menschen entstanden ist, das sich über Jahrtausende angesammelt hat. Es hat ein ‚Eigenleben‘ entwickelt. Manche nennen es ‚Der kleine Gott‘, weil es die Menschheit manipuliert und aus ihr Kraft schöpft, wie ein rachsüchtiger Gott, der Anbetung und Bewunderung erwartet - ein wahres Abbild des menschlichen Egos.“

„Wie konnte all das alte Wissen, von dem du vorhin sprachst, verschwinden?“

“Da die Menschen immer machthungriger wurden, versteckten die Weisen in den Gemeinschaften das Wissen mit der Zeit, so dass es zu Geheimwissen wurde. Einige dieser Geheimnisse mussten, wie du sagst, in aller Öffentlichkeit versteckt werden, damit diejenigen, die bewusst genug waren, damit umzugehen, sie finden konnten. Ein gutes Beispiel sind die Geschichten der ägyptischen Götter; sie sind Anleitungen zur Manipulation der Gene. Deshalb haben sie auch so seltsame Beziehungen und ihr Verhalten ist recht merkwürdig. Man braucht sich nur die Geschichten um Horus und das Auge des Horus anzuschauen. Du musst wissen, dass es nicht dazu gedacht war, vor den Menschen im Allgemeinen verborgen zu bleiben; es wurde verborgen, um die allgemeine Bevölkerung vor dem

Missbrauch durch die Mächtigen zu schützen."

Der große Auszug aus Lemurien

Imhotep erzählt mehr über Atlantis and Lemurien.

"Hawaii war das Zentrum von Lemurien, da hier der Tempel der Verjüngung am Berg, nahe des Gipfels, stand. Es war eine große Insel, bevor sie versank. Die meisten Lemurier hatten sich niedergelassen, ohne das Bedürfnis, ihr Land zu verlassen. Sie waren damit zufrieden, vom Land zu leben und sich um die Bearbeitung der Erde zu kümmern. Zu einem bestimmten Zeitpunkt, entschieden sich einige, aus unterschiedlichen Gründen, nach neuem Land zu suchen. Sie wollten nicht nach Westen gehen, da Asien Teil der lemurischen Welt war. Die leichteste Art, Hawaii zu verlassen, war, den nördlichen und dann nord-östlichen Seeströmungen nach Amerika zu folgen, die in den späteren Monaten des Jahres auftraten. Die Wind Phänomene El Niño and La Niña haben dabei auch eine Rolle gespielt. Hier fanden sie neue Orte zum Leben. Sie nannten es Alt – was du als Atlantis kennst."

Ich habe etwas in der Genetik gegraben, um zu sehen, ob ich etwas finden würde, dass die Expansion von Lemurien nach Atlantis unterstützen könnte. Ich fand einige Ergebnisse, die besagen, dass Menschen Amerika in Wellen schon 19000 Jahre BP (vor dem heutigen Tag) besiedelten und zwar lange VOR der meist anerkannten These der Einwanderung über die Beringstraße; dies nennt sich die kurze chronologische Theorie. Die lange chronologische Theorie besagt, dass die Einwanderung 21000 bis 40000 Jahre BP begann, gefolgt durch viele spätere Einwanderungswellen.

ALLE amerikanischen Indianer (eingeborene Amerikaner) haben gemeinsame Gene, die nicht die Athabasken und Inuits (aus Beringia und Siberia) einschließen. Dies bedeutet, dass die Einführung dieser Gene später erfolgte, NACHDEM Amerika eine einheitliche Bevölkerung wurde. Ein weiteres Indiz dafür ist, dass die Lakota-Sioux-Indianer, die den Norden der Vereinigten Staaten bewohnen, nicht mit den Asiaten und Westsibiriern verwandt sind, sondern mit den Meso- (Mittel-) und Südamerikanern. Einige neue, erweiterte Vier-Loci-Haplotypen (genealogischer Begriff) wurden nur in spezifischen Gruppen der amerikanischen Indianer und Aleuten (ein Teil der Alaska-Halbinsel) gefunden und in keiner anderen amer-indianischen oder weltweiten Population. Einen Link dazu habe ich am Ende des Buches unter „Quellen" eingefügt.

Der globale Meeresspiegel ist seit dem Ende der letzten Eiszeit vor etwa 21.000 Jahren um mehr als 120 Meter oder 390 Fuß angestiegen. Das bedeutet, dass zusätzlich zu den Vulkanen, Erdbeben und extremen Witterungsbedingungen, die das Gesicht des Planeten verändert haben, auch der Meeresspiegel gestiegen ist und einen Großteil der Narben aus der Gewaltperiode, in der die verbliebenen Atlanter unter der Erde Zuflucht suchten, verdeckt hat.

Heute bedeckt viel mehr Wasser das Land, und so ist es nicht verwunderlich, dass wir hin und wieder von Menschenhand geschaffene Konstruktionen unter dem Meer finden.

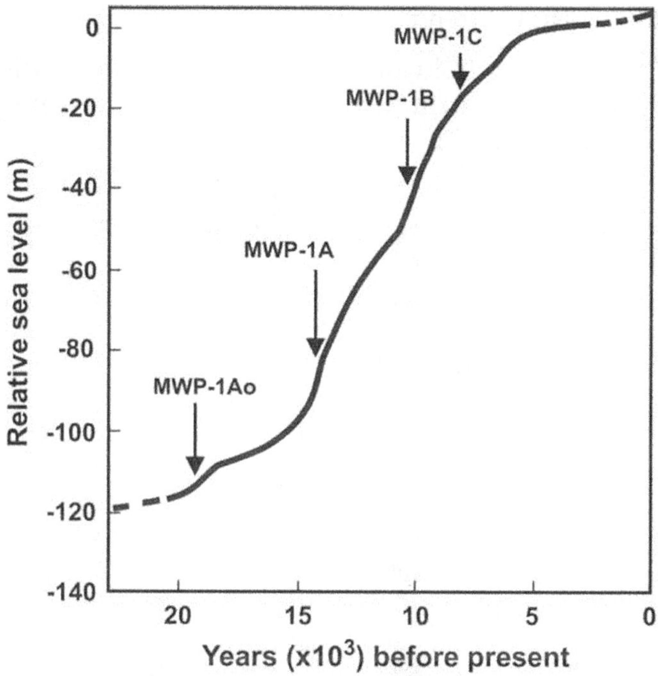

Illustration der NASA.
Link am Ende des Buches unter ‚Quellen'.

Imhotep erzählt über die Entdecker, die das sichere und einfache Leben in den lemurischen Gebieten verließen.

"Auch die 'neuen' Lemurier bevorzugten auf Inseln zu leben, so war die Stadt Tien, welche nordöstlich von dem, was wir heute Kuba nennen, lag, das Symbol des 'intellektuellen' Zentrums von Atlantis. Atlantis hatte sieben sich selbstverwaltende Regionen, ohne einen übergeordneten Herrscher, sondern nur einen Rat".

Ich stelle Imhotep eine Frage, die in mir aufgetaucht ist, während er seine Geschichte erzählt.

"Benutzten wir in den atlantischen und lemurischen Zeiten mehr von unserem Gehirn, als wir dies heute tun?"

"Du benutzt einhundert Prozent deines Gehirns. Natur ist sehr effizient, es bleibt nichts brachliegen. Es sind die Menschen, die nicht sehr effizient ihre vorhandenen Gehirn-/Verstandes-Kapazitäten BENUTZEN. Es ist das gleiche, wie wenn du nur ein paar Prozent der Fähigkeiten deines Computers benutzt."

"Wie haben die Atlanter Gott wahrgenommen?"

"Während der ersten und der mittleren Periode hatten die Atlanter keine Vorstellung von Gott. Sie lebten zwei Leben, ein physisches und ein nicht-physisches. Das physische Leben lebten sie im Wachzustand, das nicht-physische geschah, während sie träumten. Das Traumleben war genauso real wie das Leben, das sie im Wachzustand führten. Die Träume waren damals anders, einfach weil die Verbindung zu diesen „Dimensionen" viel klarer war, ebenso wie das menschliche Bewusstsein. Du hast vielleicht gehört, dass einige der nordamerikanischen Ureinwohner vor einigen hundert Jahren glaubten, dass das, was sie träumten, „real" war. Aufgrund ihres begrenzten Verständnisses und der Veränderungen in der Traumwelt, sowie ihrer Filter im Wachzustand, handelten sie nach dem Aufwachen oft in unangemessener Weise gemäß ihren Träumen. Sie hatten vergessen, was wahre Träume oder Visionen sind. Um fair zu sein, muss ich sagen, dass einige heute die wahren Visionen haben. Träume SIND real, aber unser Verstand kann in den meisten Fällen nur dreidimensionale Informationen durch unsere Sinne verarbeiten. Die Informationen, die bei uns ankommen, vergleicht das Gehirn mit Erinnerungen und Wissen und verwirft sie oft, wenn sie nicht in die Datenbank des Verstandes passen. Deshalb ergeben Träume oft keinen Sinn. Sie ergeben keinen Sinn, weil unsere Sinne die Informationen nicht interpretieren können, wenn sie nicht bereits bekannt sind."

"Ich weiß, dass ich mit meinen Fragen etwas springe, aber es gibt so viel, das ich gerne wissen würde; kannst du mir etwas von dem erzählen, was vor Lemurien war?"

„Wenn wir den Beginn von Lemuria auf den Zeitpunkt festlegen, als wir begannen, uns zu inkarnieren, kann ich dir ein wenig darüber erzählen, was davor passiert ist. Das Leben auf der Erde musste fünfmal beginnen, bevor es sich richtig entwickeln konnte. Als das Tierreich blühte nahmen die menschlichen Seelen zunächst als Passagiere an der tierischen Erfahrung teil, angefangen bei den Delphinen. Später inkarnierten die Seelen in Tierkörpern."

Ich fühle, dass unser Gespräch jetzt endete, aber ich nahm auch wahr, dass ich zu einem späteren Zeitpunkt mehr Informationen erhalten würde.

Saint Germain

Ich bin in meiner Wohnung. Wiederum wache ich auf, als mein Wecker 7.11 Uhr zeigt und jetzt bin ich unter der Dusche.

Saint Germain und die violette Flamme; es reimt sich (nur im englischen)! Warum kommen mir diese Worte in den Sinn?

"Nun, so habe ich gewählt, mich dir zu präsentieren an diesem glorreichen Tag!"

Ich bin zu Tränen gerührt, als ich das Lächeln dieses wunderbaren Wesens spüre, das mich von Herz zu Herz trifft.

"Einer meiner Freunde ist sehr an der violetten Flamme interessiert, aber mir hat dies nie etwas gesagt."

"Das ist auch ganz richtig so, ich bin nicht hier, um über die violette Flamme zu reden; dies ist nur ein Aspekt dessen, was ICH BIN, oder besser gesagt, eine Weise durch die ich arbeite."

"Warum sprichst du zu mir, während ich unter der Dusche bin?"

"Das Wasser reinigt dich auf viele Arten und der Akt des Klärens und Reinigens bereitet sowohl deinem Verstand als auch deinem Körper große Freude. Wenn du freudig bist, öffnest du dich und lädst freudige Energien und Bewusstsein ein, bei dir zu sein. Freue dich!"

"Ich fühle nicht, dass du aufdringlich bist."

"Wie du weißt, besitzt Bewusstsein kein Geschlecht

und ich treffe dich als solches, nicht als Mann oder Frau. Ich nehme dich als das Bewusstsein wahr, das du bist; ich sehe nicht deinen Körper. Und ich kann dir sagen, dass du in deinem Licht weit schöner bist als in deinem menschlichen Körper, den du als Gefäß in diesem Leben benutzt."

"Worüber WILLST du sprechen?"

"Du hast über deinen Vater, Carl, nachgedacht und darüber, was er für Ju-long und seine Familie tut, um den Weg für dich und ihn zu ebnen. Diese Gedanken bringen einige Verflechtungen aus anderen Lebzeiten mit sich, in die auch ich involviert war, deshalb wurde ich dazu eingeladen. Carl Cane war noch nie begeistert über seinen Spitznahmen, 'CC', welches man sehr leicht wie "sissy" aussprechen kann, aber wenn wir uns damit befassen, wird sich herausstellen, dass es sich dabei um etwas ganz anderes handelt, wie du gleich sehen wirst. Der Buchstabe 'c' ist der dritte Buchstabe des Alphabetes. Wenn du CC als die Nummer 33 betrachtest, steht dies für die Meisterzahl, zum Beispiel, Christus oder die kristallinen Energien oder das Christus-Bewusstsein, und dies ist bezeichnend für deinen Vater: klares Bewusstsein und echtes Mitgefühl. Darüber hinaus ist in der Numerologie die Nummer 3 ein Katalysator, und genau das ist dein Vater. Schau dir nur an, was er in seinem Leben tut: sein Business und seine Investments machen ein Menge Dinge in der Welt möglich, und zwar auf gute Weise."

"Ich verfolge die Arbeit meines Vaters nicht in allen Einzelheiten, aber ich schätze, dass er meist in humanitäre Bereiche investiert."

"Übrigens bedeutet der Name 'Carl' 'freier Mann'. Bezüglich freier Männer kann ich dir sagen, dass ihr beide, du und dein Vater, in einem anderen Leben Freimaurer gewesen seid. Cane (Stock) ist ein Stab, nicht einer, um sich daran festzuhalten, sondern ein Leitwerkzeug, um den Weg zu erhellen. Erinnerst du dich an denjenigen von Gandalf, aus den Filmen über den Ring? Das leitende Licht am Ende des Stabes ist für beide, für denjenigen, der den Stab hält als auch für diejenigen, die dem Stab und dem Licht folgen. In gewisser Weise bist du deshalb das Licht im Leben deiner Eltern. Es war eine Botschaft für dich, ein Schlüsselwort, um etwas in dir zu erwecken, dem du zugestimmt hast, schon bevor du geboren wurdest. Du bist ein Stab der Erleuchtung, ein Lichtturm. Dein erwachtes Gewahrsein wird das Licht für die Menschheit erscheinen lassen. Das Licht sind neue Ideen und ein neues Mitgefühl für alle. Dein Licht wird auf alle Ideen und Konzepte scheinen, die bereits im Massenbewusstsein enthalten sind."

"Es klingt wie das, was Josela und Loong mir erzählt haben, und es ist immer noch sehr lebendig für mich."

"Schau, DARUM sprechen wir miteinander. Du musst WISSEN, das es so funktioniert und dass DIES deine wirkliche Arbeit IST, wenn du dies als Arbeit betrachten möchtest.

Schon viele Male zuvor und in verschiedenen Inkarnationen haben wir mit dem Massenbewusstsein gearbeitet. Bewusstsein machte während der Renaissance und direkt nach dem zweiten Weltkrieg einen großen Sprung in Europa. Obwohl es während des Krieges so viel Grausamkeit gab, gab es auch ein immenses Erblühen von Empathie. Dieser Ausbruch an Empathie hat gezeigt, dass es für die Menschheit immer noch Hoffnung gibt, sich zu entwickeln."

"Ging es im zweiten Weltkrieg also in Wirklichkeit darum?"

"Das und um so viel mehr – aber das ist vielleicht ein Thema bei einem anderen Treffen. Ich werde dich nun verlassen, aber wir werden in Kontakt bleiben."

"Wann kann ich damit rechnen, dass du mich wieder besuchst?"

"Sieh es nicht so, als ob wir dich besuchten oder eben nicht. Wir sind nur einen Gedanken oder einen Atemzug entfernt, denn in Wirklichkeit BIST DU NIEMALS ALLEIN!"

"Und deswegen ist Bewusstsein kein Platz oder eine Energie, wie ihr mir alle erklärt habt."

"So ist es!"

Was für ein besonderes und erfreuliches Treffen. Ich habe seit kurzem so viele neue echte Freunde; Freunde, die sich zeigen und ich sofort das Gefühl habe, sie schon immer zu kennen und dies wahrscheinlich auch tue, nur mir dessen nicht gewahr bin.

Ich bin fertig geduscht und checke gerade meine E-Mails, während ich mit meinem Laptop auf meinem kuschligen Sofa sitze.

Es gibt tolle Neuigkeiten von Ju-long und seiner Familie. Seinen Großeltern wurde eine kleine Wohnung in einem Seniorenheim zugesagt, die zum Teil von der Sozialversicherung und zum Teil aus einem Fond bezahlt wird.

Eine SMS meldet sich mit einem ‚Ping' auf meinem Handy. Es ist meine Schwester, Anna.

„Bist du bereit für einen Besuch heute Nachmittag? Johanne/Jo-Ann kommt auch. Sie ist Dänin. Wir könnten etwas von unterwegs zu Essen mitbringen!"

Ich habe meine Schwester schon lange nicht mehr gesehen, und da ich heute früher nach Hause kann, bekommt sie eine positive Antwort.

„Ihr seid beide willkommen. Was für ein Getränk soll ich vorbereiten?"

„Na ja, zu Chinesisch passt alles!!! Bis nachher! Umarmung, Anna."

Also, chinesisch soll es sein. Mir soll's recht sein - wir sind mit chinesischem Essen und einer recht internationalen Küche aufgewachsen, zum einen wegen der Au-pairs aus verschiedenen Teilen Europas, zum anderen, weil Papa von seinen Geschäftsreisen in die ganze Welt einige interessante Rezepte mitgebracht hat. Er kochte gerne mit uns, wenn er die Zeit dazu hatte. Dann versammelte sich die ganze Familie in der Küche, mit meinem Vater als 'le chef'. Dies sind einige meiner schönsten Kindheitserinnerungen.

Anna und ihre Freundin kommen gegen fünf Uhr nachmittags und bringen zwei große Plastiktaschen mit, denen ein wunderbares Gemisch an Düften entströmt. Anna umarmt mich herzlich mit ihrem freien Arm. Ihre Freundin steht direkt hinter ihr und schenkt mir ein nettes Lächeln und umarmt mich auch. Sie ist blond, nicht sehr groß und ein bisschen rundlich, jedoch ohne plump zu wirken. Sie trägt einen grünen Baumwoll-Mantel, der bis unter die Knie geht, einen grünen Schal und ein Paar schwarzer Stiefel mit Absätzen.

"Ich bin Johanne, aber hier in Großbritannien bin ich Jo-Ann; das ist einfacher auszusprechen."

"Stellt doch die Taschen auf den Kaffeetisch im Wohnzimmer."

Ich finde, dass es gemütlicher und weniger steif ist, am flachen Tisch zu sitzen und ich habe dort schon 3 Gedecke mit unterschiedlichen Gläsern in der Mitte des Tisches angerichtet, je nach dem, was wir trinken wollen.

Als Jo-Ann ihren Mantel aufhängt, sehe ich, dass sie beige Hosen und ein blaues Shirt mit Knöpfen trägt.

"Jo-Ann, probiere doch ein paar von den Slippers, die unter der Garderobe stehen, eines davon müsste dir passen."

Anna hat mittelbraunes Haar und einen rundlicheren Körper als der Rest von uns in der Familie – wahrscheinlich eine Kombination genetischer Veranlagung entfernterer Verwandten und einem großen Appetit. Das mag auch die riesigen Taschen erklären. Sie trägt blaue Jeans, einen hellbeigen Strickpulli und blaue Sneakers mit weißen Sohlen. Anna ist immer sehr interessiert an meinen unterschiedlichen Tätigkeiten. „An was arbeitest du im Moment?"

"Ich recherchiere immer noch für mein Buch über

das Kleine Volk, Naturgeister. Ich habe gerade ein Buch über Aberglauben bezüglich der Kraft der Natur in China gelesen. Es ist interessant zu sehen, wie sich der Volksglaube in Europa, speziell in Irland, und China ähnelt."

Jo-Ann stellt mir die nächste Frage: "Ist es nicht schwierig, Chinesisch zu lesen, mit all diesen unterschiedlichen Zeichen?"

"Oh, ich lese nicht in Chinesisch. Es ist ein altes Buch in Englisch, geschrieben in Hong Kong 1876. Es ist hier auf meinem Tablet, wenn du es sehen willst."

Ich drehe mein Tablet um und gebe es Jo-Ann. Nach einer Weile schaut sie auf, und klingt sehr aufgeregt.

"Ich lese gerade von einer Flagge, die, geschmückt mit einem speziellen Zeichen, vom Himmel fällt. Dies erinnert mich an die Erzählung, wie Dänemark zu seiner Flagge gekommen ist. Es geschah in einer Schlacht in Estland zu Beginn des 13. Jahrhunderts, als ein rotes oder braunes Tuch mit einem weißen Kreuz vom Himmel fiel. In der chinesischen Geschichte wird nicht über die Farben gesprochen, aber das Zeichen ist ein Quadrat mit einem Kreuz in der Mitte. Es heißt, dass es sich um das Zeichen Tien handelt."

"Lass uns nachschauen!" sagt Anna, die immer sehr dynamisch ist.

Nachdem wir eine Weile gesucht haben, schlage ich etwas vor.

"Es muss die Glyphe ‚Tián' sein, was Feld bedeutet. Es schaut aus wie ein Feld mit Bewässerungskanälen."

Auf der rechten Seite des Buches sehen wir die Glyphe 田.

Jo-Ann's Augen weiten sich.

"Was?! Dänemark bedeutet 'das Feld der Dänen' oder das Land der Dänen. Das dänische Wort 'mark' heißt Feld."

Ich schaue zufällig auf die linke Seite, wo eine Glyphe gezeigt wird, die ein Wort darstellt, das etwas anders ausgesprochen wird.

"Tiān (天) ist einer der ältesten chinesischen Begriffe für Himmel. Ich erinnere mich, dass das wissenschaftliche Zentrum von Atlantis Tien genannt wurde."

Anna teilte unsere Aufregung nicht.

"Für mich sieht das wie purer Zufall aus, mit den Kreuzen, Feldern und den Flaggen, die vom Himmel fallen."

Wir haben einen wunderbaren Abend zusammen und es ist schön, Zeit mit Anna zu verbringen, was viel zu selten passiert.

Deine Realität wahrnehmen

Eine Nachricht kommt herein. Sie ist von Ju-long.

"Endlich sind alle Formalitäten erledigt und meine Großeltern können in das Seniorenheim umziehen. Fantastisch!"

"Das ist großartig. Brauchst du mich dort?"

"Ja! Aber nicht zum Helfen, sondern weil ich dich schrecklich vermisse!"

"Ich vermisse dich auch. Ich werde meinen Kalender checken und sehen, wann ich in Hong Kong sein kann."

"Das hört sich fantastisch an, liebe Luzi! Wir sprechen später weiter."

Eine andere Nachricht trifft ein. Sie ist von Dad.

"Ich habe gerade eine Nachricht von Hong Kong erhalten: Ju-long's Großeltern können in das Seniorenheim umziehen und jetzt können die letzten praktischen Vorkehrungen getroffen werden!"

"Ja. Ich habe es gerade von Ju-long gehört. Ich werde sobald als möglich eine Reise nach Hong Kong buchen, Dad. Sag Mum „Hallo" von mir. Umarmungen, Luzi."

Das sind großartige Neuigkeiten. Alles scheint sich nun zu fügen. Hoffentlich kann Ju-Long bald nach London ziehen. Ich freue mich wirklich, mit ihm zusammen zu sein.

Ein Last-Minute-Ticket nach Hong Kong ermöglicht es mir, am Morgen des gleichen Tages anzukommen, an dem Ju-long's Großeltern ins Seniorenheim umziehen sollen.

Ich bin nun im Bus vom Flughafen nach Hong Kong Island. Das Wetter ist ziemlich warm und da die Sonne direkt auf den Bus scheint, hat die Klimaanlage Probleme, die Temperaturen auf einem akzeptablen Level zu halten. Den Bus zu nehmen, erlaubt mir, eine andere Verbindung zu der Umgebung aufzunehmen, besser als wenn ich ein Taxi nehmen würde. Ich hoffe, dass Ju-long's Großeltern sich in ihrer neuen Umgebung einleben können. Es sind Mitarbeiter da, um sie zu unterstützen, falls sie Hilfe brauchen, und es gibt kleine Busse, die die älteren Menschen zum Shoppen oder zu kleinen Ausflügen bringen.

Loong taucht in meinem Gewahrsein auf und segnet mich mit einem warmen Gefühl in meinem Herzen. Wir begrüßen uns; nicht mit Worten, sondern nur durch Gefühle.

"Nun bist du wieder unterwegs nach Hong Kong Island. Es fühlt sich dieses Mal anders an, oder hat eine andere Energie, wie du vielleicht sagen würdest, im Vergleich zu deinem vorangegangenen Besuch."

"Ja, ich fühle mich nicht ganz so leicht. Gibt es irgendwas, über das ich besorgt sein müsste?"

"Oh, nein, du solltest NIEMALS besorgt sein, und alles wird gut gehen, das wirst du sehen."

"Aber wie kommt es, dass ich das Gefühl habe, dass etwas nicht richtig ist?"

"Du fühltest in die Unsicherheit hinein, die Ju-long,

seine Mutter und Großeltern alle fühlten, einfach weil sich ihr Leben gerade verändert, und Veränderung kann, wie du weißt, beängstigend sein."

Ich möchte Loong sehen, deshalb schließe ich meine Augen und richte mein Gewahrsein auf Elfental und öffne die Augen meines Gewahrseins, wenn man das so sagen kann, fühle die warme Sonne, während ich mit Loong an meiner Seite auf einem kleinen Hügel sitze. Ich rücke näher zu ihm und lehne meinen Rücken an seine pelzige Seite, nutze ihn als eine bequeme Rückenlehne. Er schnurrt und fährt fort.

"Neue Möglichkeiten tauchen auf, wenn jemand wählt, Dinge in seinem Leben zu verändern. Alte Dinge werden weggezogen, einfach weil sie nicht in die neuen ‚Energien' passen. Dies erschafft einen Raum oder ein Vakuum sozusagen, bereit, neue und angemessenere Dinge zu dir kommen zu lassen. Im Fall der Großeltern, haben diese nun auch die Möglichkeit, ihr Leben ganz zu verlassen und zurückzukehren in ihren natürlichen, nicht-physischen Zustand reinen Bewusstseins, was ihr Menschen den Tod nennt. Der Tod ist nur eine Verschiebung des Bewusstseins und kann sehr anmutig und friedvoll geschehen. Die Angst kommt von der menschlichen Seite."

Hier im Sonnenschein zu sitzen und alles um mich herum in dieser magischen Welt von Elfental zu fühlen, lässt mich wünschen, hier für immer zu bleiben. Loong nimmt meine Erfahrung wahr.

"Du BIST immer hier; ein Teil von dir ist IMMER hier und du, das Bewusstsein kannst überall zur gleichen ‚Zeit' sein. Entschuldige all die Anführungszeichen, aber es gibt keinen RAUM, um darin zu BLEIBEN oder zu sein, und keine ZEIT."

"Was ist mit Ju-long's Mutter? Was hält das neue Leben für sie bereit?"

"Fühle selbst hinein und beschreibe mir, was du wahrnimmst."

Gefühle tauchen auf, aber es ist schwierig, sie in ein Konzept des Verstandes zu bringen, das heißt in Worte zu fassen. Es ist schwierig, in zwei Welten zugleich zu sein – in der natürlichen Welt oder des Gewahrseins und in der ‚künstlichen' Welt des menschlichen Verstandes. Loong hilft mir, indem er mir einen Vorschlag macht.

"Stelle dir vor, du bist eine Wahrsagerin und du teilst deinem Kunden deine Wahrnehmungen mit, in diesem Fall, Ju-long's Mutter."

Ich schlüpfe in die Rolle der Wahrsagerin und nehme einen imaginären, tiefen Atemzug.

"Nun, jetzt da deine Eltern durch andere versorgt werden, wirst du eine große Freiheit erleben, welche viel mehr Energie in dein Leben bringt. Durch diesen Überschuss, wirst du Dinge wählen, von denen du zuvor das Gefühl hattest, sie nicht bewältigen zu können. Diese neuen Erfahrungen geben dir sogar noch mehr Energie, und es fängt an, sich spiralförmig in deinem Leben auszubreiten. Solange du im Gleichgewicht bleibst und nicht mehr Energie verbrauchst, als du in dein Leben lässt, wirst du dich freudig und glücklich fühlen."

"Gut. Was wenn sie dich über Romantik in ihrem Leben fragt?"

"Hmm, normalerweise möchte ich nicht in das Liebesleben anderer eintauchen, aber lass mich dort hineinfühlen.

"Wenn du dich freudig fühlst, wirst du freudvolle Menschen anziehen, Menschen, die glücklich oder zufrieden mit sich selbst und ihrem Leben sind. Sie haben den Überschuss, sich auf eine Beziehung aufgrund der richtigen Gründe einzulassen, das heißt, um Energien zu teilen und nicht, sich von deinen zu nähren."

"Exzellent, Luzi."

Ich werde wieder in meine menschliche Existenz hineingezogen, als einige Leute den Bus verlassen, einige Haltestellen bevor ich aussteigen muss. Ich trenne mich von Loong und bereite mich darauf vor, den Bus zu verlassen.

Ju-long wartet an der Haltestelle auf mich; eine warme Umarmung und ein kurzer Kuss. Er sieht großartig aus! Er nimmt meine kleine Tasche und es fühlt sich sehr natürlich an, ihn dies tun zu lassen, ohne mich schuldig zu fühlen oder dagegen zu protestieren, da ich doch meine Dinge selbst tragen kann. Loong kommentiert dies.

"Du öffnest dich, um ihn in deinem Leben zu empfangen und er öffnet sich, sein Leben mit dir zu teilen. Er zeigt dir, dass du nun ein UNS bist, und nicht mehr deine Dinge von seinen unterscheidest."

Ich lächle und nehme Ju-long's Hand. Ich fühle mich sehr glücklich und leicht ums Herz. Wir gehen zu meinem Hotel und ich checke ein. Es dauert nur einige Minuten; dann sind wir zurück, draußen im Sonnenschein, zwei Wellensittiche hüpfen über den Gehsteig auf unserem Weg, um meinen Großeltern einen kleinen Besuch abzustatten.

In den vergangenen Jahren habe ich meine Großeltern zweimal im Jahr besucht und immer wahrgenommen, dass sie jedes Mal älter geworden waren. In letzter Zeit habe ich sie häufiger besucht, so wie jetzt, und als ich sie umarme, kann ich keinen Unterschied zum letzten Mal feststellen. Das ist beruhigend, aber es wird eine Frage der Zeit sein, bis meine Großeltern in der gleichen Situation wie Julong's sind und irgendeine Art von Unterstützung brauchen werden. Ich bin sicher, dass Dad schon irgendwelche Vorkehrungen getroffen hat; ich muss ihn das nächste Mal danach fragen, wenn ich Kontakt mit ihm habe.

Der Besuch ist kurz. Ju-long und ich müssen zu seiner und der Wohnung seiner Familie. Das Seniorenheim hat einen kleinen Umzugswagen und einen Fahrer zur Verfügung gestellt, um ihre Sachen in ihr neues Heim zu transportieren. Das ist ein netter Service, würde ich sagen. Grandpa ist in seinem Sessel eingeschlafen, erzählt uns Grandma, so dass nur sie uns begrüßt. Die Unruhe weckt Grandpa auf, und er leistet uns bei Tee und Pancakes an dem kleinen, runden Tisch Gesellschaft. Dies erinnert mich daran, wie ich sie nach der Schule besucht habe, als ich jünger war. Die gleiche Atmosphäre, ein warmer Raum, in den die Sonne durch die Fenster fällt, der Duft nach aromatischem Tee, heißem Öl und ein leichter Geruch von Putzmittel, da Grandma die Wohnung immer blitzblank hält.

Sobald wir wieder auf der Straße sind, kommentiert Ju-long den Besuch.

„Es ist immer sehr nett, deine Großeltern zu besuchen. Dort ist immer solch eine Harmonie und Licht, selbst an einem regnerischen Tag. Das ist sehr speziell."

"Weil du mehr als nur die Wohnung wahrnimmst, die Dinge und die Leute darin. Du benutzt mehr als deine fünf Sinne. Dein Gewahrsein nimmt die Energien und Gefühle, die im Laufe vieler Jahre angesammelt wurden wahr - die Liebe, das Mitgefühl, die Entschlossenheit und die menschliche Stärke. Hier fühlst du Liebe, und nicht nur die Liebe von einer Person zu einer anderen, sondern die Liebe zum Leben selbst. Dies fehlt in deinem eigenen Zuhause."

"Da hast du recht! Wie kommt es, dass du all diese Dinge weißt?"

"Schau, es unterscheidet sich davon, wie du Leben wahrnimmst. Ich FÜHLE es so, und das ist etwas anderes, als es mit meinem Verstand zu wissen. Das liegt außerhalb der Reichweite des Verstandes."

Wir erreichen die Wohnung zur gleichen Zeit als der kleine, gelbe Lastwagen mit dem Logo des Seniorenheims davor anhält. Es ist gerade zwei Uhr nachmittags vorbei. Ju-long spricht mit dem Fahrer, einem älteren Mann in einer hell-gelben Uniform mit dem Logo und er folgt uns die Treppen hinauf, wo Ju-long's Großeltern mit ihren Habseligkeiten warten. Seine Mutter umarmt mich. Es fühlt sich so an, als ob diese Situation nicht einfach für sie ist. Wir haben alles verladen und ich bin nun als Beifahrer in dem Lastwagen, während Ju-Long uns mit seinen Großeltern in einem Taxi folgt. Seine Mutter bleibt in der Wohnung, um sie umzustellen und zu putzen. Sie wird ihre Eltern später besuchen. Die Räume wirken nun etwas größer, nachdem einige Sachen weg sind und mir fällt es leichter zu atmen. Ein gründlicher Hausputz und etwas frische Luft werden in der kleinen Wohnung Wunder bewirken.

Nachdem sich die zwei alten Leuten eingewöhnt haben, und wir sie in der Hand der betreuenden Personen des Seniorenheims zurücklassen, holen Ju-long und ich Essen zum Mitnehmen und kehren zu seiner Mutter zurück. Sie schaut sehr müde aus, so dass ich nach dem Abendessen und Tee vorschlage, dass Ju-Long und ich noch an den Strand gehen.

Auf dem Weg zum Strand sprechen wir über praktische Dinge im Zusammenhang mit seinem Umzug nach London. Meine Wohnung ist groß genug für uns beide, aber wir haben beide das Gefühl, dass es nur ‚meins' ist, meine Sachen und meine Arrangements, in die er sich einfügen muss. Er wird auch ein Visum, eine Arbeitserlaubnis und ein Stipendium benötigen. Mit der Arbeitserlaubnis wird er gleich morgen früh beginnen.

Jetzt erreichen wir den oberen Teil der Treppe, die zum Strand hinunterführt, und Ju-long bittet mich, zuerst zu gehen. Auf dem Weg nach unten spüre ich seine Augen auf meinem Hintern, und das macht mich an. Unten am Strand sind wir ein paar Augenblicke allein, küssen und umarmen uns, bevor wir von anderen Leuten unterbrochen werden. Ju-long nimmt meine Hand, und während wir laufen, greift er unser Gespräch vom Nachmittag wieder auf.

"Ich habe über das Fühlen nachgedacht, das du erwähnt hast, als wir über den Unterschied der Atmosphäre in der Wohnung deiner Großeltern und der unsrigen gesprochen haben. Kannst du das bitte noch näher erklären? Ich fühle, dass dies eine ganze Welt ist, die ich hier verpasse."

Ich muss mich aus dem wundervollen Dunst lösen, in dem ich dahinfließe, um ihm zu antworten.

"Im gewissen Sinne BENUTZT du ‚höhere Sinne'; du bist dir dessen nur nicht gewahr, und das ist genau der Punkt, nämlich das Gewahrsein. Du hast deine menschlichen Sinne und deine menschlichen Gefühle; sie sind alle mit dem Gehirn verbunden."

"Meine Gefühle sind mit meinem Gehirn verbunden? Ich dachte, Gefühle wären mit dem Herzen verbunden, oder so etwas."

Ich frage mich, wie weit ich gehen kann, um Julong so etwas zu erklären, einem Mann, der so sehr auf seinen Körper und seinen Verstand bezogen ist, als das was ihn ausmacht.

"Die Sinne sind durch das neurale System direkt mit dem Gehirn verbunden; sehen, riechen, hören, schmecken und tasten. Die Gefühle, oder sollten wir sie besser Emotionen nennen, sind mit speziellen Hormonen, Peptiden, verbunden, und sie werden vor allem im Gehirn produziert. Jede Emotion hat ihr eigenes Peptid. Eine Emotion beginnt in deinem Gehirn, welches ein Peptid produziert, welches dann in den Blutkreislauf entlassen und durch deinen ganzen Körper gesendet wird, und dann jede Zelle beeinflusst, welche Rezeptoren dafür hat. Ich muss vielleicht hinzufügen, dass du in deinem ganzen Körper Neuronen, also Gehirnzellen hast, auch in deinem Herzen."

"Was bedeutet es dann, außerhalb des Gehirns zu fühlen?"

Nun beginnt es schwierig zu werden. Wie kann ich über etwas sprechen, dass der Verstand nicht wirklich versteht? Ich fühle eine tiefe Verbindung und ein Gespür von Loong, aber auch von vielen anderen. Ich bin nicht allein damit, und meine Freunde geben mir Rückendeckung.

"Ich werde dir für jetzt eine Kurzfassung geben, weil ich weiß, dass wir noch eingehender über dieses Thema sprechen werden."

"Kurz ist gut."

"Die Antwort ist Gewahrsein. Du kannst es als eine Schicht über deinem Verstand ansehen, aber immer noch energetisch damit verbunden. Du könntest sagen, dass hier deine Intuition wohnt. Hier fühlst oder nimmst du die Welt um dich herum wahr, während dein Verstand die Informationen aus deinen körperlichen Sinnen bekommt, genauso wie er Emotionen produziert. Wie du siehst, unterscheide ich zwischen Emotionen und Gefühlen. Emotionen sind eine Verstandessache und Gefühle sind Wahrnehmungen in deinem Bewusstsein."

"Ich hoffe, da gibt es nicht noch mehr als die Kurzversion. Ich habe jetzt schon den Anschluss verloren!"

"Das ist alles, Leute, und ich brauche jetzt wirklich etwas Ruhe."

„Natürlich. Ich bringe dich zu deinem Hotel. Wir haben noch drei Tage, bevor du nach London zurückkehrst."

Wir geben uns einen langen Gute-Nacht-Kuss, bevor ich durch die Tür in den Vorraum des Hotels schlüpfe. Ich sage dem verschlafenen Portier gute Nacht und gehe in mein Zimmer. Seltsamerweise fühle ich mich völlig wach und voller Energie, als ich auf dem Bett liege. Ich bedanke mich bei allen, die mich im Laufe des Tages unterstützt haben, vor allem bei meinen Gesprächen mit Ju-long. Sie müssen einfach sein und doch die Energie oder das Bewusstsein enthalten, das die vollständigen Informationen liefert, die bei ihm wirken werden, bis er bereit ist, die Themen in der Tiefe zu bearbeiten.

Sofort spüre ich einen Ansturm von Liebe, könnte man sagen, und die Botschaft: „Du bist willkommen!"

Mit Tränen in den Augen und Liebe im Herzen schlafe ich ein, und mit der Wahrnehmung, dass es ein wunderbarer Tag war.

Treffen mit der Erde und der Sonne

Noch bevor ich die Augen geöffnet habe, spricht Loong am nächsten Morgen zu mir, immer noch in diesem Zustand zwischen Schlaf und Wachsein.

"Ich möchte noch etwas zu gestern anfügen. Am Abend hast du dich erst müde gefühlt; dies war, weil du so viele neue Eindrücke mit deinen Sinnen wahrgenommen hast, ebenso wie Emotionen und Gedanken. Später dann im Hotel, als du all den Lärm hinter dir gelassen hast, hast du dich energievoll gefühlt, da du Ju-Long so viele Informationen gechannelt hast. Du kannst nur channeln, wenn du offen bist, und wenn du offen bist, dann fließt die Energie durch dich hindurch, im Gegensatz zu Energie, die stockt und dich davon abhält, neue Energie in deinem System zu empfangen

"Ich fühlte mich sehr konzentriert und wachsam. Ich dachte sehr viel."

"Du musst lernen fokussiert und entspannt zu sein, anstatt konzentriert und wachsam - letzteres wird deine Energie abziehen und dein Gehirn überladen."

"Ich werde versuchen, daran zu denken, aber zurzeit sind meine Gefühle für Ju-long den vernünftigen Gedanken im Wege."

"Ich sage nicht, dass du nicht deine Momente der Verrücktheit genießen solltest, ich will dich nur aufmerksam machen, was in deinem System geschieht. Auf diese Weise, wirst du zum Beobachter in deinem eigenen Leben, und dein menschlicher Teil kann so liebeskrank sein wie er will."

"Und das will er!"

Ich verlasse das Hotel um sieben, um mit Ju-Long und seine Mutter zu frühstücken. Mrs Yu ist heute entspannter.

"Ich bin dir sehr dankbar für all deine Hilfe, deshalb sage deinem großartigem Vater Danke, der diese Wunder wahr gemacht hat."

Die Synchronizität ist am Werk und, als ob Mrs Yu das Stichwort geliefert hätte, bekomme ich eine Textnachricht von Dad.

"Es ist eine Nachricht von meinem Dad. Vielleicht ist es ja für euch von Belang."

Frau Yu will mich unbedingt zufrieden stellen.

"Bitte nimm doch die Nachricht an und denke daran, deinem lieben Vater zu danken."

Ich rufe die Nachricht auf und hoffe, dass es nur gute Nachrichten sind.

"Bist du immer noch in Hong Kong? Ich habe Geschäftliches dort zu erledigen, und ich will auch Ju-long und seine Familie besuchen, um zu sehen, wie sie mit den neuen Gegebenheiten zurechtkommen."

"Ich bin hier und werde in vier Tagen abreisen. Wann wirst du hier sein?"

"Ich bin übermorgen dort, wahrscheinlich um die Mittagszeit. Kannst du der Familie sagen, dass ich kommen werde?"

"Natürlich. Ich freue mich, dich zu sehen. Kommt

Mum mit dir?"

"Nein, nur ich dieses Mal. Es ist nur ein kurzer Trip, so würde es keinen Sinn für Mum machen, mich zu begleiten."

"OK, dann sehen wir dich."

"Welchen Flug nimmst du zurück nach London? Ich werde es so einrichten, dass wir das gleiche Flugzeug nehmen. Ich sehe dich nicht so oft."

Dad bekommt meine Flugnummer. Ich freue mich, ihn zu sehen. Und wie er sagt, wir sehen uns nicht so oft.

Das Telefon gleitet zurück in meine Handtasche, und ich wende mich Ju-long und seiner Mutter zu.

"Dad wird übermorgen nach Hong Kong kommen. Ein kurzer Business-Trip, aber er wird sich die Zeit nehmen, um euch zu besuchen und auch um zu sehen, wie sich die Dinge im Seniorenheim entwickeln. Er wird versuchen, den gleichen Rückflug wie ich zu nehmen."

Mrs Yu lächelt breit, aber plötzlich verschwindet es und sie schaut sich im Apartment um. Ist es für den Besuch angemessen?

"Keine Sorge, Mrs Yu; es schaut gut aus. Ein paar Blumen auf dem Tisch, ein aromatischer Tee und ein paar Kekse und er wird sich fühlen, als ob Sie ihn wie einen König behandeln."

Wir beenden das Frühstück und Mrs Yu verlässt uns, um zur Arbeit zu gehen. Es braucht einige Überredungskunst, damit sie Ju-Long und mir das Aufräumen überlässt, aber endlich sind wir allein. Ju-long muss um zehn Uhr in der Bibliothek sein, aber wir haben noch etwas Zeit, um über unsere gemeinsame Zukunft zu sprechen.

Gut, das war meine Absicht, aber die meiste Zeit verbringen wir damit, uns zu küssen und zu umarmen und ich bin kurz davor, vor Lust zu explodieren, als Ju-Long's Wecker klingelt, um uns daran zu erinnern, dass es für ihn an der Zeit ist, in die Bibliothek zu gehen. Ich begleite ihn bis zur Vordertür der Bibliothek. Es ist ein warmer Tag und ich schwebe auf imaginären Wolken, seine Hand in meiner, seinen Duft in meiner Nase und einer wunden Zunge, da ich immer gegen meine Vorderzähne während des Küssens gestoßen bin. Wir sprechen nicht. Ich verlasse ihn an der Vordertür und setze meinen Spaziergang fort, um meine Großeltern zu besuchen. Mein Körper vibriert immer noch von all den Hormonen, die durch ihn hindurch gepumpt werden.

Bei meinen Großeltern bin ich mit meinen Gedanken und Gefühlen weit weg. Sie verstehen meine Situation, und wir sitzen einfach nur in dem kleinen Wohnzimmer und genießen die Wärme der Sonne, die durch die Fenster scheint. Ich starre auf die Schatten der Vorhänge, die sich langsam über die Tischoberfläche schieben, da die Sonne ihren Weg über den Himmel folgt.

Später unternehmen wir einen kurzen Spaziergang bis zu den Treppen, die hinunter zum Strand führen. Grandpa hat einen guten Tag, aber er möchte die Treppen nicht nehmen. Da ich keine Pläne habe, entscheide ich mich, am Ufer entlang zu laufen.

"Ich denke, ich werde einen Spaziergang am Strand machen und vielleicht zum Tee zurück sein.

Ansonsten werde ich Ju-long abholen, wenn er seine Arbeit um fünf heute Nachmittag beendet hat."

Grandpa nickt und Grandma lächelt und nimmt meine Hand.

"In letzter Zeit ist viel in deinem Leben geschehen. Ein Strandspaziergang wird dir guttun und deine Gedanken und Gefühle klären. Wir sehen dich, wann immer wir dich sehen."

Ich küsse sie beide und gehe über die Treppen mit den Bäumen an beiden Seiten und hellblau gestrichenen Stahlgeländern zum steinigen Strand hinunter. Der kleine Wasserfall zu meiner Rechten macht richtig Lärm. Als meine Füße den Strand berühren, spüre ich Loong's Präsenz.

"Jetzt, wo du am Strand entlang spazierst, fühle in das Gewahrsein dieses Ortes hinein. Ich meine damit nicht, dass du deine körperlichen Sinne benutzt, sondern dein sensorisches Gewahrsein. Auf die Art und Weise wie du fühlst, wenn dein Fokus in Elfental ist. Es mag vielleicht eine Weile dauern bis du in diesem Zustand bist, da du es gewohnt bist, die Sinne deines Körpers zu nutzen."

Das erste, was mir auffällt, sind die Steine um mich herum, nicht nur die Steine am Ufer, sondern der gesamte felsige Untergrund der ganzen Insel und bis ins Meer hinein. Es fühlt sich lebendig an; es hat Gewahrsein! Geduld, Langsamkeit; wie das Leben eines Berges, von seinem Hervorbrechen aus dem Grund und dem in die Höhe wachsen und zur gleichen Zeit seine ständige Erosion. Der Fels ist nicht wirklich hart, sondern sehr zerbrechlich, immer am zerfallen. Ich fühle einen Zyklus wie sich langsam bewegende Lava, immer sich bewegend, immer sich verändernd.

"Das ist faszinierend!"

"Sprich nun mit den Felsen, aber benutze dein Gewahrsein, nicht deinen Verstand."

Ich öffne meine Sinneswahrnehmung und diese große Welle von Liebe wirft mich fast um. Ich kann dies nur als Die Liebe der Mutter beschreiben. Ich verbinde mich mit dem Planeten selbst. Tränen laufen meine Wangen herunter und ich sitze auf einem großen, glatten Stein, welcher mich daran erinnert, dass Felsen ganz sicher formbar sind. Es ist jetzt eine sehr freundliche und nährende ‚Energie', die ich wahrnehme. Loong flüstert mir freundlich zu.

"Alles, was du Energie nennst, sind wahre Gefühle, die von deinen Sinneswahrnehmungen aufgenommen werden. Du kannst sie deine sinnlichen Seelengefühle nennen, im Gegensatz zu deinen körperlichen Sinnen. Die Seelensinne sind Gefühle, keine physischen Wahrnehmungen oder Emotionen."

"Wenn ich also einen Berg sehe oder sogar diesen Planeten, ist es nicht das, was es zu sein scheint. Es ist nur, wie es sich selbst in dieser physischen Welt präsentiert."

"Ein Berg in der menschlichen Welt sieht nicht wie ein physischer Berg in meiner aus. Als du mit deinem Bewusstsein ‚geschaut' hast, hast du Geduld und Langsamkeit ‚gesehen'. Das ist das rudimentäre Bild eines Berges in der Welt von Sidhe, oder besser gesagt, die Melodie oder das Lied eines Berges."

Ich sitze einfach nur hier, fühle in die Welt hinein,

lasse mich selbst zur Ruhe kommen und genieße, am Leben zu sein. Nach einer Weile ziehen zwei Seemöwen meine Aufmerksamkeit auf sich und ich schaue auf meine Uhr. Es ist Zeit, zurück zur Grandma zu gehen und ihr beim Einkaufen zu helfen. Ich nicke dem Ort bewusst zu, als Dankeschön für die Verbindung, und verlasse den Strand. Ich treffe Grandma vor dem Eingang des Wohnblocks. Sie beugt sich über ihren Einkaufs-Trolley und spricht mit dem Hausmeister, Mr Wu. Ich begrüße die beiden, und dann gehen Grandma und ich einkaufen, wobei ich ihren Trolley manövriere. Nach dem Einkaufen, zurück in der Wohnung meiner Großeltern, mache ich ein Lunchpaket für Ju-long und mich, denn wir haben geplant, uns in seiner Mittagspause in der Bibliothek zu treffen. Das wird eine schöne Überraschung für ihn sein.

"Grandma, ich hoffe fest, dass Ju-long's Großeltern sich in dem Seniorenheim eingewöhnen."

"Ja, in der Tat: es hat beiden, sowohl seiner Mutter als auch ihm selbst, soviel Freiheit gegeben, um das zu wählen, was sie in ihrem Leben wollen. Und ich bin sicher, dies werden sie tun. Das Seniorenheim hört sich nach einem netten Ort an, mit exzellentem Personal."

Ich mache einige Sandwiches und bekomme zwei Flaschen von Grandma's selbstgemachten Ginger Ale, Früchte und hartgekochte Eier. Ich habe alles in einem netten Korb eingepackt, so dass der Inhalt nicht zu Bruch geht. Ich bekomme sogar noch ein Tischtuch, so dass es ein richtiges Pic-Nic wird!

" Vergiss das Besteck und die Servietten nicht, Luzi!"

"Oh ja, natürlich! Kein Besteck, das ist nicht notwendig."

"Und Gläser!"

"Wir werden aus den Flaschen trinken."

Ich küsse Grandpa, der in seinem Armsessel sitzt und Grandma, bevor ich aus der Tür eile. Ich renne fast Mr Wu um, der genau in dem Moment an der Tür vorbeigeht, als ich sie aufreiße.

"Entschuldigung, Mr Wu, Ihnen einen schönen Tag!"

"Auch Ihnen einen wundervollen Tag, Miss Cane."

Ich erreiche die Bibliothek rechtzeitig und entscheide mich, draußen zu warten. Unter der Anschlagstafel gibt es einen kleinen Vorsprung, auf den ich mich setzen kann. Auch wenn die Straße eng ist, findet die Sonne ihren Weg zu mir. Ich entschließe mich, mich mit der Sonne zu verbinden, und sogar bevor ich ganz sicher bin, fühle ich einen großen Strom von Liebe, genauso wie es war, als ich mich mit der Erde verbunden habe.

"Die Erde ist der Lebensspender von unten, und ich bin der Lebensspender von oben. Du bist von beiden vollständig geliebt, deiner Erdenmutter und deinem Sonnenvater, obwohl wir nicht deine Eltern sind. Wir sind Wesenheiten, Bewusstsein mit einer Aufgabe, so wie du es bist."

Ich bin überwältigt und weiß nicht, was ich sagen soll.

"Segen, Sonne."

"Segen, Liebes. Sehe mich nicht als einen großen Feuerball; das ist nur die Funktion, die ich habe.

Wie ich sagte, ich bin Bewusstsein. Ich weiß, wer du bist, und ich folge dir. Nicht deinem alltäglichen Leben, sondern deinem Lied; du magst es das Lied deiner Seele nennen, deinen richtigen Namen, deine Farben."

"Aber wie kannst du mir folgen?"

"Oh, du als Person denkst, du bist zu klein, um wahrgenommen zu werden, und in dieser Hinsicht liegst du richtig. Ich sehe dein Licht als der Leuchtturm, der du bist. Ich erkenne deinen Namen in den Farben, lange bevor du ein verkörpertes Wesen wurdest."

Ich bin vollkommen sprachlos und mein Verstand setzt aus. Alles, was es gibt, bin ICH und die Verbindung zu diesem liebenden Bewusstsein. In diesem Moment kann ich fühlen, was ich bin, und dies ist nicht mein Körper, mein Verstand und meine Gefühle. Was für eine wundervolle Erfahrung im reinen Sein, falls solch ein Wort existiert.

Ju-long stolpert fast über meine Füße, als er aus der Bibliothek kommt.

"Du weinst. Was ist passiert?"

"Das sind Tränen, aber ich bin definitiv nicht traurig. Ich bin glücklich! Und ich habe das Mittagessen mitgebracht, also lass uns einen netten Platz im Park finden!"

Ju-long umarmt mich lange und gibt mir einen schnellen Kuss.

"Eine Sekunde lang war ich echt um dich besorgt, Luzi."

Er nimmt den Korb in die eine und meine Hand

in die andere Hand, und wir laufen zum Waterfall Bay Park, welcher nur ein Streifen Gras, mit einigen Bäumen rundherum ist, mit einigen Betonbänken, aber wenn du den Blick zum Meer lenkst, gibt es dir die Illusion, in der Natur zu sein. Die Illusion wird jedes Mal durch einige motorisierte Fahrzeuge gestört, die hinter uns fahren, oder von einem Container Schiff, das vor uns vorbeizieht.

Wir haben ein schönes Picknick und ich liebe es, mit Ju-long zusammen zu sein. Ich freue mich so sehr mit ihm in London zu sein. Unser Gespräch ist nicht allzu ernst und wir genießen einfach nur die Gesellschaft des anderen und das Essen.

Quan Yin

Nachdem ich Ju-long zur Bibliothek zurückbegleitet habe, gehe ich zurück zum Strand. Ich sehe verschiedene Gegenstände am Uferrand, die meisten sind aus Plastik. Ich frage mich, warum die Behörden den Strand unterhalb des Parks nicht sauber halten. Ich setze mich auf denselben glatten Stein, den ich am Morgen benutzt habe. Es ist ziemlich warm, aufgeheizt durch die Wärme der Sonne. Es erscheint jetzt ganz natürlich, mit den Felsen zu sprechen; ja, zum Strand an sich.

"Entschuldige den Unrat, den die Menschen auf dir abladen. Ich wünschte, ich könnte etwas tun."

"Das kannst du, aber ich würde dir nicht raten, einen Plastiksack zu nehmen und anzufangen, all das Zeug aufzusammeln. Wir haben Leute, die das tun!"

Es ist Josela. Ich erkenne zuerst ihren Duft, und dann sehe ich ihr lächelndes Gesicht vor meinen inneren Augen.

"Hallo, Josela, schön, dass du vorbeischaust!"

"Wie du weißt, bin ich immer irgendwie hier, und dies ist eine wunderbare Gelegenheit für dich, ein bisschen zu üben. Ich werde dich bitten, die Gegenstände einfach nur ohne irgendwelche Bewertungen anzuerkennen, die nicht hierher an den Strand gehören. Vergiss die Vergangenheit und die Zukunft; es gibt nur diesen Moment. Ich benutze das Wort „Gegenstand", um keinerlei Bewertung darauf zu legen, wie ich es tun würde, wenn ich Müll oder sogar Scheiße sagen würde!"

"Ja, ich kann den Unterschied fühlen und ich mag das Wort ‚Scheiße' nicht."

"Nun stelle dir den Strand ohne diese Gegenstände vor. Dann lasse diese Vision los und lenke deinen Fokus wieder zu mir zurück."

Es ist einfach für mich, mir den Strand ohne die Plastikflaschen und das andere Zeug vorzustellen. Dann wende ich mich wieder Josela zu, und wir sitzen jetzt in einer veränderten Realität, in der sie vor mir am Strand sitzt.

"Es tut gut, dich wiederzusehen. Es ist so viel passiert, seit wir uns das letzte Mal gesprochen haben."

"Ja, ich weiß, ohne dass ich dir nachspioniert hätte."

"Jetzt, da Ju-long's Großeltern ins Seniorenheim umgezogen sind, erscheint alles sehr viel heller, und hoffentlich kann Ju-long so schnell wie möglich nach London umziehen, so dass wir dort zusammen leben können."

"Deine Wangen sind gerötet und deine Augen glänzen. Das ist wundervoll zu sehen."

„Danke."

Ich kann fühlen, wie mein Gesicht sich erwärmt. Ich schaue in Josela's Augen. Sind sie heute mehr blau als grün? Ich habe dies nicht laut gesagt, aber Josela antwortet mir, als ob ich es laut ausgesprochen hätte.

"Nur weil ich in der menschlichen Form erscheine, heißt das nicht, dass wir uns nicht als Bewusstsein treffen. Es gibt keine Gedanken hier, nur Bewusstsein. Und ja, hast du den kleinen Altar von Quan

Yin vergessen, nicht weit von hier?“

Eine wunderschöne Frau erscheint an der Seite von Josela, bekleidet mit einem schimmernden, blauen Kimono, ihre Haare an ihrem Hinterkopf zusammengesteckt.

“Ich grüße dich! Wie du erraten kannst, bin ich Quan Yin.”

“Hallo. Natürlich erinnere ich mich an den Altar, aber ich habe ihn immer als abergläubischen Unsinn abgetan. Entschuldige.”

“Nun früher hast du dies anders gesehen. Wir hatten einige Gespräche dort, nicht in Worten, aber durch Gefühle. Ich werde mich aus diesem Treffen zurückziehen, aber wie du weißt, können wir uns immer verbinden und wir werden uns schneller wiedersehen, als du dir vorstellen kannst”

“Das werden wir tun.”

Sie verschwindet vor meinen Augen, nicht mit einem Knall, sondern durch ein schnelles Verblassen. Ihr Körper hat zwei Männer in beigen Uniformen verdeckt, die sich uns langsam südlich nähern. Was machen sie?

Als sie sich nähern, kann ich sehen, dass jeder von ihnen einen großen Sack aus Sackleine mit sich trägt und eine Greifzange benutzt, mit der sie Dinge vom Boden ausheben und sie in den Beutel stecken.

“Schau, diese zwei Männer säubern den Strand!”

“Die Macht der Imagination, des Bewusstseins und Synchronizität.”

“Nun, das war schnell!”

"Bewusstsein arbeitet außerhalb von Zeit und Raum, aber du kannst jetzt erleben, wie einfach es ist, Veränderungen in der menschlichen Welt zu bewirken."

"Wow, ja. Aber wie macht ihr das in der Sidhe Welt?"

"Nun, zu allererst gibt es dort keinen Müll, aber, wie ich dir schon erzählt habe, nutzen wir unsere Imagination mit unserem kreativen Bewusstsein, um Dinge zu verändern oder zu erschaffen."

"Oh, ja, natürlich."

"Ich werde dieses Treffen jetzt beenden, aber wir werden uns wiedersehen."

Josela umarmt mich und küsst mich auf beide Wangen. Es war so wunderbar, wieder mit ihr zusammen zu sein. Es war ein kurzes Treffen mit einem abrupten Ende, genau wie bei Quan Yin.

"Sag Loong Hallo von mir."

„Als ob ich nicht hier wäre!"

Ich fühle Loong's Präsenz, als auch sein fröhliches Lächeln und die warme Umarmung.

"Entschuldige, mein Freund; ich vergesse jedes Mal die Tiefe der REALEN Welt."

Ich stehe auf, beginne dem Strand zu folgen auf meinem Weg zu den Betontreppen, die zum Block meiner Großeltern hochführen. Kurz danach, kann ich den kleinen Wasserfall hören, der über die Felsen fließt. Ohne darüber nachzudenken, grüße ich den Wasserfall und er grüßt mich zurück!

"Wir haben unzählige Stunden miteinander verbracht, ich, der ich deine kleinen ‚Boote' den kleinen Fluss hinunter und bis zum Meer getragen habe. Wir waren alle hier mit dir, so wie wir es jetzt sind – das Wasser, die Bäume und Insekten, die Felsen, die Sonne; sogar die Luft um dich herum und gelegentlich auch der Regen."

Dies wird nicht in Worten gesprochen, sondern durch Gefühle übermittelt, mit Bewusstsein.

Jetzt kann ich den hellblau gestrichenen Altar sehen, mit der gleichen Farbe wie das Treppengeländer. Der Altar, gebaut aus Felsen und Beton, steht nahe an einem Baum, der ihn komplett von oben mit seinen Zweigen und Blättern bedeckt.

Die blaue Lady, Quan Yin, Göttin der Barmherzigkeit, fühlt sich sehr präsent an, und ich gebe ihr ein imaginäres Nicken, als ich den Altar passiere.

Dann muss ich anhalten, denn sie gibt mir eine sanfte Umarmung und übermittelt mir eine Botschaft.

"Ich spreche zu dir als das Bewusstsein, das sie Quan Yin nennen, als auch als Gaia. Wir sind im engen Kontakt zu den Sidhe, und wir werden diese Gelegenheit nutzen, bei der du uns gegenüber so offen bist, um mit dir zu kommunizieren."

Ich bin durch die liebevolle Präsenz überwältigt und sehr neugierig auf das, was kommen wird.

"Wie du weißt, ist Gaia das allumfassende Bewusstsein, das zugestimmt hatte, diesen Planeten für die menschliche Erfahrung in die Existenz zu bringen, oder konkreter, die Seelen-Erfahrung in eine verlangsamte Realität, die nun so langsam ist wie Gedanken. Mit dem Erwachen des menschlichen Gewahrseins, von Bewusstsein, ist es an der Zeit, dass die Menschheit den Staffelstab als Hüterin der Schöpfung übernimmt. Wir haben unseren Teil getan und lassen langsam unseren Fokus auf diese Schöpfung los, um sie als souveräne Schöpfung der Menschheit zur Verwaltung zu überlassen. Dies geschieht mit der größten Liebe und Ehre und mit all unseren besten Wünschen für das, was kommen mag."

Gaia verlässt uns! Ich bekomme ein unbehagliches Gefühl; können wir dieses sehr komplexe System wirklich alleine verwalten?

"Wir würden den Staffelstab nicht an euch übergeben, wenn wir nicht sicher wären, dass ihr dies schaffen würdet. Das ganze Unterstützungsteam von Wesenheiten wird bei euch bleiben, ihre Entwicklung fortführen als Teil IHRER Reise. Einige von ihnen werden mit uns gehen, und Dinge werden sich verändern und neu ordnen; aber das muss so sein, da es ein anderes Bewusstsein gibt, das die Verantwortung übernimmt."

"Aber wohin wirst du gehen?"

"Wie du gehört hast, GEHT Bewusstsein nirgendwohin, sondern, um es in menschlichen Worten auszudrücken, bekomme ich einfach einen neuen Job. Aber nicht in der Bedeutung von Arbeit, sondern als neues Hobby oder Interesse, wie du vielleicht sagen würdest."

"Meinst du WIRKLICH, dass die menschliche Rasse bereit und dazu fähig ist, dies zu tun?!"

"Erinnere dich, dass es nicht die menschliche Psyche oder der Verstand ist, die hier die Verantwortung übernehmen, sondern das Bewusstsein oder, wie du sagen würdest, die Seele, die der Boss sein wird."

Ich fühle noch eine herzliche Umarmung und dann zieht sich ihre Präsenz zurück, und lässt mich am Ende der Treppen mit ihrem hellblauen Geländer zurück, die zur Waterfall Bay Road darüber führen. Ist dies wirklich geschehen? Bin ich die richtige Person, um diese Last des Wissens zu tragen, dass wir nun zu 100 Prozent die Verantwortung für diesen Planeten tragen? Ich fühle den Wasserfall direkt hinter mir, der mir ein liebes Lächeln schickt.

"Oh ja. Erinnere dich, dass nur ein unbedeutender Teil dieser Erfahrung ein menschliches Wesen ist. Der Mensch ist nur der Ankerpunkt für dich, die Seele, in dieser 3D-Realität."

"Ich bin immer noch nicht sehr zuversichtlich angesichts dieses Gedankens. Ich hoffe, wir werden dich säubern, denn ehrlich gesagt, riechst du nicht sehr gut."

"Du triffst es genau. Es ist genau das, was sich ändern darf! Du kannst riechen und sehen, dass Dinge besser sein könnten und durch dich, indem du dir dessen gewahr wirst, werden sich die Dinge verändern. Ist das nicht großartig?!"

"Das ist das, was ihr alle sagt, aber es erscheint so überwältigend. Ich meine, SO VIEL muss sich verändern; du bist nur ein kleiner Wasserfall, ein Tropfen im Meer, buchstäblich."

"Ich bin NICHT der Wasserfall, sondern Bewusstsein; aber du hast recht; es könnte sich vieles zum Besseren wenden – deshalb fangen wir mit dir, und

Menschen wie dir, an. Ihr seid immer noch wenige, aber genug, um den Schneeball ins Rollen zu bringen, der immer größer und größer wird und deshalb an Dynamik gewinnt. Diese Dynamik wird an der Balance rütteln und die Dinge in Bewegung setzen. Dessen kannst du dir sicher sein. Erinnere dich, dass ein anderer Schneeball vor zweitausendsechshundert Jahren ins Rollen kam, als das Christus-Bewusstsein hereinkam; auch wenn die zwei nicht miteinander vergleichbar sind. "

"Ich denke, dass klärt die Dinge etwas: Ich danke dir und verabschiede mich für dieses Mal."

"Lebewohl, liebe Lucia!"

Als ich die Treppen hochsteige, realisiere ich, dass die Worte, die ich in den letzten Unterhaltungen gebraucht habe, nicht die Worte sind, die ich normalerweise gebrauche. Es ist, als ob sie von irgendwo anders herkommen.

Loong erscheint mit einer Bemerkung, und ich kann sein weiches Fell an meinem Gesicht spüren.

"Deine normale Stimme ist nur die des Menschen, aber wie du jetzt weißt, hast du viele Stimmen aus vielen Leben."

"Ich scheine mich an keines von ihnen zu erinnern."

"Du brauchst dich nicht an sie zu erinnern. Das ist nur eine mentale Sache. Deine Leben strahlen bis in dieses, sehr besondere Leben; das Leben des ‚zusammenkommen'. Übrigens, hast du bemerkt, dass der Wasserfall dich bei deinem Geburtsnamen genannt hat, Lucia? Er hat das getan, um dir zu sagen, dass du eine von denen bist, die die Dinge beleuchten, um die sich die Leute kümmern könnten."

Ich gehe zu meinen Großeltern zurück, gebe den Korb zurück, räume alles auf und nehme eine Tasse Tee mit meiner Grandma. Grandpa schläft in seinem Stuhl. Wenn er aufwacht, werde ich ihn hinunterbegleiten, wo er sich seine Zeitung holt und mit ihm zurück zur Wohnung gehen, um mit ihm eine Tasse Tee zu genießen.

Was ist Liebe?

Ich gehe zum Hotel, um mich zu duschen und die Kleider zu wechseln. Ich fühle mich sowohl sehr lebendig, als auch gleichzeitig sehr müde. Ich lege mich auf das Bett und fühle, dass ich in den Schlaf drifte, noch bevor mein Kopf das Kissen berührt.

Ein Geruch nach Gras, Pinien und feuchter Erde lässt mich meine Augen öffnen. Ich bin in Elfental, genau außerhalb der Baumgrenze des Waldes, auf einer der saftigen Wiesen. Loong ist direkt zu meiner Rechten und als er sieht, dass ich meine Augen öffnen, rollt er zu mir hinüber und zeigt mir seinen flauschigen Bauch, und ermuntert mich, ihn zu kraulen – spielerisch und reif zur gleichen Zeit. Ich erinnere mich an unser Gespräch über Drachen und Ritter und stelle ihm eine Frage, während ich ihm seinen Bauch kraule.

"Wir haben über die Tugenden der Ritter gesprochen, aber wir haben nicht das Konzept von Liebe berührt. Was ist Liebe?"

"Du könntest sagen, dass Liebe eine Überschrift für viele verschiedene Gefühle ist, in erster Linie an jemanden oder etwas „außerhalb" des Selbst gerichtet. Erinnere dich, dass fühlen eine chemische Freisetzung aus dem Gehirn in das Blut hinein ist, das eine sinnliche Erfahrung im Körper auslöst, und es aus den Gedanken abgeleitet wird, oder Gedankenformen die normaler-weise durch ein äußeres Ereignis aus deiner Erinnerung hergeleitet werden; eine RE-Aktion."

"Liebe kann ein starkes Gefühl der Verbundenheit

mit einer anderen Person sein, aber die Art, wie du es sagst, lässt es sehr kalt und klinisch klingen, wenn ich diesen Ausdruck benutzen darf!"

"Ja, das ist es; aber Menschen SIND emotionale Wesen, deshalb fühlt es sich so real an und für den Menschen IST es real. Ein Mensch IST Gedanken und Gefühle. Tatsächlich ist es eine sehr einfache Konstruktion: ein physischer Körper und ein System, das auf die hereinkommenden Stimuli reagiert. Es mag einige Ebenen von Selbst-Erkenntnis haben, aber normalerweise ohne ein Verständnis des gesamten Bildes. Manche Leute haben eine leise Ahnung oder einfach den Wunsch, dass es da mehr im Leben gäbe."

Loong hat recht. Und besonders diejenigen, die an Gott glauben und sich selbst als eine Person mit einer Seele sehen, glauben, dass sie in erster Linie eine Person sind; und dann gibt es da irgendwo etwas, das sich Seele nennt, als ein höheres Wesen, das kontrolliert. Deshalb wurden und werden Körper einbalsamiert, und Leute haben die Vorstellung, dass ihnen ein (neuer) Körper gegeben wird, wenn sie auferstehen. Sie SIND ihr Körper, ohne eine wirkliche Vorstellung davon zu haben, was die Seele ist. Wie kann die Menschheit aus dieser großen Illusion aufwachen?

Ich wache in diese menschliche Realität um viertel vor fünf am Nachmittag auf, gerade rechtzeitig, um zur Bibliothek zu gehen und Ju-long abzuholen.

Wir haben beschlossen, das Abendessen bei Julong zu machen, so gehen wir einkaufen, bevor wir zurück zum Apartment gehen. Nach dem Abendessen werden wir uns einen Film im Cyberport

Broadway Theater ansehen.

Während wir essen, wende ich mich an Ju-long's Mutter.

"Mrs Yu, wenn Sie heute Abend Ihre Eltern besuchen, könnten Sie ihnen ausrichten, dass wir Sie morgen begleiten werden, um sie dann auch zu besuchen? Übermorgen dann, wenn mein Vater kommt, werden nur Sie und er sie besuchen, damit es nicht zu viel wird."

"Das ist eine gute Idee. Ich werde es meinen Eltern ausrichten, liebe Luzi."

Als Mrs Yu uns verlässt, um ihre Eltern zu besuchen, nehmen Ju-long und ich einige Abkürzungen zur Telegraph Bay Gegend, wir erreichen die Broadway Theater, welche in einem riesigen, runden Gebäude sind, die vier Häuser beinhalten, mit mehr als achthundert Sitzplätzen. Ein Ticket kostet acht britische Pfund.

An den Film erinnere ich mich nicht mehr, ich bin nicht hier, um den Film zu genießen, sondern um Ju-long nah bei mir zu spüren, der meine Hand im Dunkeln hält. Nach dem Film laufen wir langsam durch den Cyberport Waterfront Park. Ju-long begleitet mich zu meinem Hotel. Morgen werden wir seine Großeltern besuchen und ich hoffe, sie haben sich eingewöhnt.

Mit großer Freude in meinem Bauch und Liebe in meinem Herzen, decke ich mich zu und weiß, dass alles gut werden wird.

Ein Duft kitzelt meine Nase: KAFFEE. Ich öffne

meine Augen und sehe Josela, die auf mich herabblickt, während sie neben mir im Gras in Elfental sitzt. Sie hat Loong auf ihrem Schoß, nicht als Drachen, sondern als Birma Katze, wie das erste Mal als ich ihn bei Josephines Grandma in Shanghai sah. Ich richte mich in eine sitzende Position auf.

"Ich spüre dein Glücklichsein," sagt Loong und kommt zu mir herüber.

"Ja, ich hatte einen wundervollen Abend mit Julong. Jetzt fühle ich, dass sich die Dinge gut für uns entwickeln werden."

Auch wenn ich schon mehrmals hier in Elfental war, bin ich erstaunt, wie viel üppiger und lebendiger sich hier alles anfühlt, und es macht mich traurig, dass die menschlichen Sinne so begrenzt sind.

Loong reibt seinen Kopf gegen meine Hand, kitzelt mein Gesicht mit seinem aufgerichteten Schwanz während er schnurrt.

"Du musst deine anderen Sinne benutzen, um eine erfüllendere Erfahrung zu machen und festzustellen, dass ALLES auch in deiner drei-dimensionalen Welt ebenso lebendig ist."

Josela fährt fort. "Du hast die Berge gespürt, die Erde und die Sonne, und du hast mir deren Bewusstsein kommuniziert. Sogar der kleine Wasserfall hat dich berührt. Nun sollte es keinen Zweifel mehr für dich geben, dass alles Bewusstsein hat, aber nicht unbedingt eine menschliche Seele. Der Grad des Gewahrseins variiert von Wesen zu Wesen, von den Elementarwesen, welche sich um eine einzelne Blume kümmern bis hin zu einem hoch entwickelten Bewusstsein eines Sterns, der Sonne."

"Wie können wir, die Menschen, ein solch hohes Bewusstsein meistern, damit wir die Nachfolge von Gaia antreten können?"

Loong sagt, "Es gibt und wird Plätze mit niedrigem Bewusstsein auf dem Planeten geben. Manche Menschen werden sich zu diesen Orten hingezogen fühlen, so dass die Erde selbst nicht leiden wird, es werden nur die einheimischen Menschen dort sein, die ihr Leben mit niedrigem Bewusstsein leben werden, aber sie haben immer die Möglichkeit, sich mit höherem Bewusstsein zu verbinden, wenn sie dazu bereit sind. Diese Menschen, die in solchen Gebieten geboren sind, haben ein entsprechendes Bewusstsein oder ein paar sind in dieser Gegend geboren, um der Bevölkerung dort höheres Bewusstsein zu bringen. Üblicherweise haben sie ein schweres Leben, einfach weil sie fühlen, dass sie nicht dorthin gehören. Hoffentlich werden sie herausfinden, warum sie dort sind."

Ich sehe einen Mann auf uns zukommen, der die Ebene vom Wald aus überquert. Als er sich nähert, sehe ich, dass er elegant im Stil des 17. Jahrhunderts gekleidet ist, wahrscheinlich nach französischer Mode dieser Zeit. Sehr gutaussehend, würde ich sagen.

"Segenswünsche; Ich bin Comte Saint Germain von Saint Germain."

Wir grüßen ihn, als er auf einem Baumstumpf Platz nimmt, der im selben Moment erscheint, als er sich setzt. Ich stelle fest, dass er ein sehr schönes Paar Stiefel trägt.

"Euer Thema nimmt eine Wendung, die für mich von größtem Interesse ist, und ich verfolge es aufmerksam. Daher werde ich mich, mit eurer Erlaubnis, an dieser Diskussion beteiligen."

"Ja, bitte; ich brauche etwas Klarheit über dieses Thema. Aber sage mir zuerst, warum du dich als Comte Saint Germain von Saint Germain vorgestellt hast?"

"Ich grüße dich als der Aspekt Comte Saint Germain aus dem Bewusstsein Saint Germain, und ich fürchte, meine Bemerkungen werden weitere Fragen aufbringen; aber gleichzeitig brauchst du mehr Puzzleteilchen, um weiterzumachen, also höre aufmerksam zu."

Er macht eine dramatische Pause, bevor er fortfährt.

"Die Menschheit entfernt sich von der Natur, von Gaia. Die Menschheit entfernt sich davon, Tiere zu sein, um ein Wesen zu sein, in dem sich Bewusstsein UND Körper, Verstand und Gefühle in einem ‚Körper des Bewusstseins' – wie wir dies nennen - verbinden. Diese Wesen werden sich ihrer wahren kreativen Fähigkeiten aus dem Bewusstsein gewahr sein und gleichzeitig in einer physischen, dreidimensionalen Welt leben, wie die Sidhe es jetzt in ihrer nicht-physischen Welt sind."

"Es gibt viele Veränderungen auf der Welt, nicht alle zum Besseren, soweit ich das sehen kann. Was hat dies mit der Verschiebung zu tun, von der du sprichst?"

"Ein Teil dieser Verschiebung, bei der Gaia geht, kannst du in der Tatsache sehen, dass eine Menge Tierarten den Planeten verlassen; sie sterben aus, und machen Platz, so dass neue Spezies hereinkommen kann. Man sieht das am Rückgang einiger großer Fleischfresser."

„Und was wird dann die Pflanzenfresser in Grenzen halten, wenn die großen Fleischfresser verschwinden?"

"Die Bienen werden auch verschwinden und es entwickeln sich neue Wege der Pflanzen, um sich zu bestäuben. Das gleiche wird bezüglich der Pflanzenfresser geschehen."

"Ist das so ähnlich, wie wenn die Bibel über den Löwen und das Lamm spricht, die Seite an Seite leben?"

"Ja, du könntest es so sagen, aber du solltest hier nicht die Religion hineinbringen. Religion ist eine menschgemachte Illusion. DU bist der Schöpfer. Lass uns zum Thema zurückkommen. Wie Gaia und Quan Yin dir gestern erzählt haben, wird ein ganz neues System in diese Schöpfung eintreten, so dass sich das Leben erheblich verändern muss, wenn wir den Planeten anders verwalten."

"Es könnte aufregend klingen, aber für mich hört es sich beängstigend an. Was, wenn es nicht funktioniert?"

Saint Germain steht auf, und beginnt langsam vor uns auf und ab zu gehen.

"Es ist dasselbe Bewusstsein, das die neue Welt erschafft, das auch die alte erschaffen hat. Es ist derselbe Designer und die gleichen Handwerker sind am Werk. Alles wird seine natürliche Harmonie finden, oder das, was du vielleicht Gleichgewicht nennen würdest."

“ Warum können wir nicht einfach bei dem bleiben, was wir haben?”

“Bist du wirklich zufrieden mit dem, wie es ist? Kreation MUSS sich weiterentwickeln; Stagnation ist gleichbedeutend mit Zerfall, welches zum Ende dieser Schöpfung führen wird.”

“Wenn wir für immer leben, was wird dann geschehen, wenn diese Schöpfung endet?”

“Wenn diese Schöpfung endet, wird sie sich in sich selbst zurückdrehen, implodieren, und aus der Asche wird sich eine neue Schöpfung erheben. Es wird viel mehr sein als nur dieses Sonnensystem, diese Galaxie und dieses Universum; es wird ALLES sein, das aufhört zu existieren! Wir können nicht zulassen, dass dieses „kleine“ Teil über das Schicksal der übrigen Schöpfung entscheidet. Das bedeutet, dass das, was mit der Erde geschieht, den Rest der Schöpfung beeinflusst. Schöpfung wird sich weiterentwickeln, Welle nach Welle, bis kein Wasser mehr im Meer ist, sozusagen.”

Mein Intellekt kann diese Reichweite nicht erfassen, deshalb sitze ich hier mit Gefühlen, die ich niemals zuvor erlebt habe, ziemlich benommen und leer in meinem Kopf. Es ist auch irgendwie schön, es gibt nur noch dieses Gefühl von Wissen. Jetzt gleite ich ins Nichts.

Ich wache ziemlich früh auf; früh genug, um mit meinen Großeltern zu frühstücken. Sie sind auch aufgeregt darüber, Dad zu treffen. Er und ich werden mit dem gleichen Flugzeug nach England zurückkehren. Er hat sogar einen Sitz neben dem meinen arrangiert! Ich sehne mich danach, morgen bei ihm zu sein, und wir, Ju-long und ich, brauchen vielleicht ein wenig Hilfe, um Ju-long eine Wohnung zu besorgen.

Zu diesem Zeitpunkt kann ich nicht sagen, was ich zwischen dem Frühstück mit meinen Großeltern und dem Zeitpunkt als ich Ju-long von der Bibliothek um fünf Uhr abhole, getan habe. Ich erinnere mich nur, dass er auf mich zu gerannt kam, ein Blatt Papier in seiner rechten Hand schwenkend, kurz bevor ich die Bibliothek erreichte.

"Ich habe die Arbeitserlaubnis erhalten! Ich habe die Arbeitserlaubnis erhalten!"

Er erreicht mich, umfasst mich und hebt mich hoch, während er mich küsst. Dann muss er mich auf den Boden stellen, um wieder zu Atem zu kommen. Ich lese das Papier und er hat recht.

"Aber ich hätte erwartet, dass es Monate dauert?!"

Loong lächelt mich an. "Synchronizität, meine Liebe; Synchronizität."

Ich sende Mum und Dad eine Nachricht, um ihnen die Neuigkeit zu berichten. Wir gehen zum Einkaufs-zentrum, um Mrs Yu die gute Nachricht zu überbringen. Sie ist mit der Kasse beschäftigt und ich kann fühlen, dass sie sowohl glücklich als auch traurig gleichzeitig ist. Glücklich für ihren Sohn und traurig, weil der Zeitpunkt, an dem er gehen wird, nun näher rückt. Ju-long lädt uns beide zum Abendessen ein.

Im Restaurant ist Mrs Yu die meiste Zeit still. Julong und ich sprechen aufgeregt über unsere Zukunft. Später als wir auf dem Weg zu Ju-long's Großeltern sind, bekomme ich meine Aufregung etwas in den Griff, und jetzt erreichen wir den Eingang zum Altersheim.

Der Eingang sieht anonym aus, aber als wir drinnen sind, ist die Lobby sehr einladend und eine Mitarbeiterin am Empfang. Sie lächelt uns an, bereit uns behilflich zu sein. Wir nehmen den Aufzug und kurz darauf klopft Ju-long an das Zimmer 315. Die Summe der Gleichung ist 9, was 'Vollendung' bedeutet. Ich habe darüber nicht nachgedacht, als ich geholfen habe, ihre Sachen in die Wohnung zu bringen. Der alte Mann öffnet die Tür, grüßt uns mit einem warmen Lächeln und scheint glücklich, uns zu sehen.

"Kommt herein, kommt herein. Schön dich wiederzusehen, Luzi!"

"Danke, Mr Lin; Ich freue mich, zu hören, wie sich alles für sie beide in Ihrer neuen Umgebung entwickelt."

Mrs Lin kommt heraus und grüßt uns ebenso. Ich sehe, dass mehr Leben in ihren Augen ist als das letzte Mal, als ich sie sah. Ich bin sehr erfreut darüber. Ju-long platzt mit den Neuigkeiten über seine Arbeitserlaubnis heraus, noch bevor die Tür geschlossen ist. Die alten Leute freuen sich mit ihm.

"Jetzt musst du einen guten Job finden, aber werde nicht zu wählerisch, vielleicht zeigt sich später ein besserer Job!" Mr Lin senkt wieder seinen Zeigefinger, und führt uns zu dem niedrigen Tisch im Wohnzimmer, der bereits mit Tafelgeschirr gedeckt ist. Mrs Lin schafft es gerade noch, den Teller mit dem selbstgebackenen Kuchen in die Mitte zu stellen.

Es ist eine kleine Wohnung, wenn auch größer als

die meiner Großeltern. Sie erzählen von den Gemeinschaftsräumen und -einrichtungen, die für den kleinen Raum entschädigen. Ich sage etwas über den Kuchen.

"Ein wunderbarer Kuchen, Mrs Lin."

"Ja, in der Tat. Heute Nachmittag haben sich einige von uns älteren Frauen aus dieser Wohneinheit in der großen Küche unten getroffen, und wir haben alle möglichen Arten von Kuchen und Keksen gebacken. Wir hatten so viel Spaß damit."

Es ist so schön zu hören, dass sie schon neue Freunde gefunden hat. Ich nutze den Moment, um zu erwähnen, warum dieser Besuch so wichtig für mich ist.

"Wie Sie wissen, wird mein Vater Sie morgen zusammen mit Ihrer Tochter besuchen. Es ist wichtig, dass Sie ihm sagen, wenn Ihnen etwas nicht gefällt. Er wird es nicht so sehen, dass Sie sich über sein Arrangement für Sie beschweren, er will nur sicher sein, dass Sie bekommen haben, was versprochen wurde. Das ist sein Business Gen, vermute ich. Er wird sehr diplomatisch sein, wenn er den Manager auf Dinge hinweist, damit Sie nicht in Misskredit geraten, weil Sie sich beschweren."

Mr Lin lächelt und schaut mir in die Augen.

"Dies ist ein wundervoller Ort, und es hat auch neues Leben in unsere Beziehung gebracht. Wie ihr hört, macht Grandma alle möglichen Dinge, und ich habe einige nette Freunde gefunden, mit denen ich mich unterhalten kann. Am Wochenende fahren wir an den Repulse Bay Strand. Nicht, dass ich mich in die Sonne legen, schwimmen oder ähnliches tun würde. Ich werde wahrscheinlich einen netten Platz im Schatten finden. Ich werde dann nach den Tempeln und den Statuen schauen."

"Es wird ein nettes Picknick werden. Einige von uns werden die Einkäufe erledigen, und die andern werden das Essen vorbereiten," fügt Mrs Lin hinzu.

Wir bleiben nicht allzu lange. Ju-long's Mutter begleitet uns einen Teil des Weges, und als mir Julong den Gute-Nacht-Kuss vor dem Hotel gibt, dreht sich alles in mir, sowohl Gedanken als auch Gefühle. Ich bin sehr glücklich.

Dad's Überraschung

Es ist der Tag, an dem mein Vater nach Hong Kong kommt. Ich bin bei meinen Großeltern und wir warten alle drei auf ihn. Er meldet sich von Flughafen, wo er mit der Nachtmaschine, wie vorgesehen, gelandet ist. Er hat sich ein Auto gemietet und ist nun auf dem Weg nach Hong Kong Island. Grandma ist, wie jeden Morgen, schon fleißig in der Küche, um ein verspätetes Mittagessen nur für uns drei vorzubereiten. Sie ist nicht irgendwie gestresst, sondern flitzt herum und summt vor sich hin, während sie ihre Dinge erledigt. Ich kann einige der alltäglichen Dinge erledigen, aber die Details und die Finesse können nur von La Chef erledigt werden. Grandpa hat heute kein Schläfchen gehalten und sitzt in seinem Sessel und liest die Zeitung. Es ist fast wie in früheren Zeiten und ich fühle mich sehr sicher und glücklich.

Es klingt an der Tür und es ist mein Dad. Ich stürze aus der Tür, komme aber nicht weit, da mein Dad mich in die Arme nimmt. Es tut so gut, ihn wiederzusehen. Wir gehen Arm in Arm die schmalen Treppen nach oben. Grandma nimmt ihre Schürze ab, wischt ihr Hände daran ab und hängt sie an einen Bügel an der Wand hinter der Küchentür, bevor sie eine warme Umarmung erhält.

“Es ist so gut, dich zu sehen, Grandma. Und was für ein Duft.“

„Und ebenso dich, Carl. Du siehst großartig aus.”

“Willkommen, Carl.”

“Grandpa!”

Sie schütteln sich die Hände.

Grandma und Grandpa brauchen nichts in ihrem Leben, deshalb ist Dad's Geschenk für sie, ihre personalisierte Octopus-Bus-Karte für ein weiteres Jahr zu verlängern, und sie erhalten ein paar kostenlose Unterhaltungs-pässe, wie Disneyland Hong Kong und verschiedene Örtlichkeiten in der Gegend.

Wir haben ein großartiges Mittagessen. Dad unterhält uns mit seinen letzten Neuigkeiten und wir reden über die Zeit, als wir alle in Hong Kong lebten. Dad und ich bleiben den ganzen Nachmittag bis nach dem Abendessen. Grandpa genießt es, sich mit Dad zu unterhalten. Normalerweise würde Grandma es Dad nicht erlauben, ihr und mir bei der der Zubereitung des Abendessens zu helfen, aber er ist der ‚Kopf' der Familie, und seine Schwiegereltern haben sich daran gewöhnt, dass er alle möglichen häuslichen Arbeiten macht, einfach weil sie sehen, dass er es genießt.

Nach dem Abendessen fahren Dad und ich zu Julong und seiner Mutter. Es ist nicht sehr weit, aber Dad liebt die Freiheit. Als wir ankommen, drücke ich die Klingel und, als wir an der Tür zur Wohnung stehen, möchte Dad zuerst Hallo sagen.

Mrs Yu trägt ein langärmeliges, recht farbenfrohes Kleid, das ihr bis zu den Knien reicht und dessen Grundfarbe Gelb ist. Hinzu kommen ein breiter, schwarzer Gürtel und eine Kette mit rosa Perlen.

"Herzlich Willkommen, Mr Cane, und danke für all ihre Unterstützung. Wir sind sehr dankbar."

Dad setzt sein charmantes Lächeln auf. "Hallo, Mrs

Yu; ich bin froh zu hören, dass ich eine Hilfe sein konnte. Oh, ich habe noch eine Kleinigkeit für Sie."

Er überreicht ihr ein kleines Päckchen, in einer goldenen Verpackung mit aufgeprägten Rosen.

Es ist ein wunderschöner, handgemachter Anhänger aus grüner Jade, der einige schöne Verzierungen aufweist. Er hat eine Kette in Gold. Zusätzlich sind darin zwei Ohrringe und ein Ring im selben Stil.

"Oh, aber das muss ziemlich teuer gewesen sein, Mr Cane!"

"Nun, ich schätze, da wir bald eine Familie sein werden, wenn Ju-long und Luzi sich über die Einzelheiten klar werden können, würde ich sagen, es ist angemessen. Ich hoffe, der Ring passt, sonst werde ich ihn für Sie umtauschen."

Mrs Yu dreht sich zu ihrem Sohn. "Schau mal, Julong; es ist wirklich wunderschön gemacht."

Während Ju-long mit seiner Mutter beschäftigt ist, sehe ich, wie Dad einen Umschlag aus der Innentasche seiner Jacke zieht. "Ich habe auch etwas für dich, Ju-long," und übergibt ihm den Umschlag.

Durch einen Blick auf Dad's Gesicht, kann ich nur sagen, dass er sehr zufrieden mit sich ist. Julong öffnet den Umschlag, während ich ihm über die Schulter schaue. Am Rande des Briefes ist ein Logo, das ich erkenne, es gehört der Wohnungsgesellschaft, die auch die Wohnungen vermietet, in denen ich in London lebe. Ich lese es schnell und stoße einen Schrei aus, "Dies ist ein Vertrag für eine Wohnung im selben Block, in dem ich in London wohne!"

"Es braucht nur deine Unterschrift, Ju-long," sagt Dad mit einem Lächeln. "Da du jetzt eine Arbeitserlaubnis hast, sehe ich keinen Grund, warum du nicht nach London ziehen solltest."

Wow, was für eine Überraschung! Jetzt weiß ich, dass DIES Dad's Geschäfte in Hong Kong waren. Er wollte die Überraschung selbst überbringen.

Ju-long weiß nicht, was er sagen soll. "Was kann ich sagen?"

"'Danke, Mr Cane,' wurde schon genügen." Dad lächelt.

"Ja, natürlich. Vielen, vielen Dank, Mr Cane. Es bedeutet mir so viel; nun, uns."

Mrs Yu dreht sich zu Dad. "Mr Cane, Sie sind heute ein großzügiger Spender. Ju-long hat so viel davon gesprochen, nach London zu ziehen. Möchten Sie etwas? Tee, vielleicht?"

"Gern geschehen, nein, Mrs Yu. Wir werden sicher Tee bei ihren Eltern bekommen. Vielleicht ist es jetzt an der Zeit, die jungen Leute hier zu lassen?"

"Oh, sicher; ich bin in einer Minute fertig! Ich brauche nur meine Schuhe und den Mantel."

Dad ist ein großes Lächeln. Es ist schön, ihn so entspannt und voller Energie zu sehen.

Als sie gehen, ziehe ich Dad's Augen auf mich, während ich mit den Lippen ein großes ‚Danke' forme. Natürlich wegen der Wohnung in London.

Ju-long und ich haben nun einige Zeit für uns. Natürlich gibt es erstmal ein intensives Küssen und Umarmen, aber schon bald sitzen wir da, um einen Plan für unsere Zukunft zu erstellen. Ju-long besitzt nur wenige Dinge, die er mit nach London nehmen möchte. Den Rest können wir leicht besorgen, wenn er ankommt. Zuerst müssen wir ihm einen Job für den Anfang besorgen und als zweites ein Stipendium. Wir haben schon eine Liste von Bibliotheken erstellt, die vielleicht an seinem Wissen der chinesischen Sprache und Kultur interessiert sein könnten. Ich habe meinen persönlichen Wunsch, dass die Universität ihn anstellt, und ihn zum Lehrpersonal hinzufügt, nachdem er einige Kurse besucht hat. Wir sind uns einig, dass er so schnell wie möglich nach London ziehen soll, sobald er seinen Job an der Bibliothek hier verlassen kann.

Wir stimmen überein, dass wir nun einige Energie auf seine Mutter verwenden müssen, um sie vorzubereiten, denn es wird in der Tat eine große Veränderung in ihrem Leben sein, genauso wie der Auszug ihrer Eltern aus der Wohnung.

Mrs Yu und Dad kehren zurück. Wir unterhalten uns locker. Dad bemerkt, wie schön er es findet, dass Mrs Yu's Eltern sich in ihrem neuen Zuhause eingelebt haben, und ich sage zu ihr, dass Ju-long noch nicht gleich nach London umziehen kann, wegen seines Job's in der Bibliothek. Dad wird die unterschriebenen Papiere zurückschicken und wird die Wohnung bezahlen, bis Ju-long kommt. Dann brechen Dad und ich zum Hotel auf.

Wir benutzen das kleine Hotel nahe bei meinen Großeltern, einfach nur aus Gewohnheit, nicht weil es in irgendeiner Weise schick wäre. Wir kennen den Manager schon seit einigen Jahren, und wir haben eine gute Beziehung zu ihm.

Bevor wir zum Hotel fahren, parken wir am Hafen, um einen Spaziergang an der Aberdeen Promenade zu machen, wir starten am westlichen Ende direkt nach dem Fisch Markt. Wir sehen die Dschunken, Boote und kleinen Jachten. Wie üblich warten die Leute am Fähranleger des Jumbo Floating Restaurant. Dad erzählt mir über den Besuch, und wir sprechen über meine Großeltern. Es wird nicht mehr so lange dauern, bis Grandpa mehr Pflege brauchen wird als Grandma leisten kann. Dann habe ich eine Idee.

"Wie wäre es, wenn wir morgen Abend alle zusammen in einem Restaurant essen würden? Dann würden Grandma und Grandpa eine gute Gelegenheit erhalten, zu hören, wie es im Seniorenheim ist. Dann würden sie vielleicht bereitwilliger den Ort besuchen."

"Eine sehr gute Idee, Luzi!"

"Ich werde Ju-long schreiben, damit er die Einladung an seine Familie weitergibt. Wir werden morgen früh mit Grandma und Grandpa sprechen."

Junge Paare bei ihren Dates sitzen auf den Bänken, die wie kleine Dschunken konstruiert sind, mit einem Baldachin, der während der heißen Stunden Schatten spendet. Wir gehen an einem netten Spielplatz vorbei, auf dem ein paar Kinder Spaß haben.

"Nun, Dad, was war dein Geschenk für Ju-long's Großeltern?"

"Das war schwierig! Aus irgendwelchen Gründen, habe ich letztendlich ein kleinen Drachenaltar für ihr neues Zuhause gekauft. Ich habe die Idee einige Male verworfen, aber bin dann immer wieder zu dem Altar zurückgekommen."

"Ich denke, dass dies sehr angemessen für sie ist. Es zeigt, dass du ihnen ein harmonisches Heim wünschst. Vielleicht sind einige der Drachen schon eingezogen!"

Dad glaubt nicht an Drachen, aber ganz sicher wünscht er ihnen ein schönes Zuhause. Wir fahren zurück zum Hotel und Dad gibt mir einen Gute-Nacht-Kuss. Wir haben ausgemacht, morgen früh bei meinen Großeltern zu frühstücken. Als ich zurück auf meinem Zimmer bin, schreibt mir Ju-long, dass alle der Einladung zum morgigen Abendessen folgen würden, und beendet seine Nachricht mit "Ich bin so glücklich. Bald werden wir zusammen in London sein. Küsse!"

Was in den nächsten paar Tagen geschieht, bevor Dad und ich nach London zurückkehren, werde ich kurz erzählen. Das Abendessen, an dem wir alle teilnehmen, verläuft recht gut. Die Älteren scheinen sich sehr gut zu verstehen, und sie vereinbaren, dass meine Großeltern das Seniorenheim besuchen, um sich den Ort und natürlich die Wohnung anzuschauen. Dad ruft das Seniorenheim an, um sicher zu stellen, dass sie viel zu sehen bekommen, ohne, dass sie das Gefühl haben, angeworben zu werden. Ju-long schreibt einige Bibliotheken per E-Mail an, um sich für ein Vorstellungsgespräch zu bewerben. Ich plane eine kleine Tour allein zu machen, um einige zu besuchen, mit denen ich in gutem Kontakt stehe.

Nachdem ich so viel Zeit mit Dad verbracht habe, vermisse ich wirklich Mum, deshalb besuche ich meine Eltern einige Tage nachdem ich nach London zurückgekehrt bin. Meine Schwester, Anna, ist in Ägypten.

Es tut so gut, meine Eltern in ihrem schönen Haus außerhalb von London zu besuchen. In gewisser Weise ähnelt die Einrichtung unserem Haus in Hongkong als ich klein war, und auch die Gerüche sind identisch.

Mum und ich backen einen Kuchen für den Nachmittagstee. Während er im Ofen ist, sitze ich mit geschlossenen Augen auf einem Stuhl in der Küche, und der Geruch ruft in mir Erinnerungen an meine Kindheit in China wach.

Mum arbeitet an einigen traditionellen chinesischen Gemälden, die recht populär geworden sind und über einen ihrer Kontakte in London verkauft werden. Normalerweise haben sie ein romantisches Motiv mit einem kurzen Text in traditionellen chinesischen Buchstaben. Dies gibt mir die Gelegenheit über die Zeichen, die ich in meinem Buch verwende, zu sprechen.

"Das sind nicht die chinesischen Buchstaben, die du in deinen Bildern verwenden wirst, Mum."

"Nein, aber ich denke, du solltest versuchen, sie aufzuschreiben und die Energie fühlen, die sie beinhalten. Ich werde ein paar gute Blätter Papier und Tinte holen, und wir werden sie gemeinsam aufzeichnen."

Mum zeigt mir, wie man die Linien in der richtigen Anordnung zeichnet, und als ich in ein Zeichen hineinfühle, während ich es anfertige, nehme ich wahr, dass sie alle eine einzigartige Ausstrahlung haben. Sie haben eine Art von Gewahrsein oder eine Persönlichkeit. Es ist nicht das Zeichen an sich, das lebendig ist, sondern das, was es darstellt.

"Es ist bemerkenswert, wie unterschiedlich sie sich anfühlen. Ich kann mir fast vorstellen, wie ein kleiner Kobold auf und ab springt, um meine Aufmerksamkeit zu erregen."

"Luzi, das erinnert mich an ein kleines Buch, das ich irgendwo hier habe. Lass mich mal schauen, ob ich es finde."

Kurz danach kehrt sie mit einem kleinen Buch zurück, mit dem Titel ‚Die verborgenen Botschaften im Wasser' (deutsch: Die Botschaft des Wassers), geschrieben von einem japanischen Doktor namens Masuru Emoto. Er untersucht, wie Botschaften oder einfach nur einzelne Worte, mit denen das Wasser besprochen wird, die Form der Eiskristalle verändert, wenn das Wasser gefroren ist. Wasser verändert sich sogar, wenn das Wort nur auf ein Etikett geschrieben wurde und unter die Musterflasche gestellt wurde. Seine Botschaft lautet, da 75% des menschlichen Körpers Wasser ist, sind wir sehr empfänglich für geschriebene und gesprochene Worte und Klänge. Denke nur daran, wie ein Lied auf dich wirken kann. Tatsächlich bewirkt es sogar physische Veränderungen in deinem Körper!

Dad gesellt sich zum Tee zu uns, und er und ich erzählen Mum über seinen Besuch in Hong Kong, unsere Zeit mit Grandma und Grandpa und das Treffen mit Ju-long und seiner Familie. In all dem und dem Zusammensein mit meinen Eltern, kann ich die Verbindung zu meiner Kindheit spüren.

Wir verbringen einen wundervollen Tag und ich habe es nicht eilig, nach London zurückzukommen. Jetzt bin ich in meiner Wohnung angekommen, und es ist schon ziemlich spät. Ich bin wirklich glücklich und freue mich auf Ju-long's Ankunft und unser neues Leben in Großbritannien.

Ju-long in London

Mit Freude im Herzen und Tränen in meinen Augen, laufe ich auf Ju-long zu, der einen Koffer zieht und einen Rucksack trägt. Er sieht mich und fängt an, auf mich zu zulaufen, während er sein wundervolles Lächeln lächelt. Sein Rucksack hüpft auf und ab. Wir beenden unseren Slalom zwischen Menschen, Gepäck und Sitzbänken in einer warmen Umarmung.

"Endlich bist du da!"

"Ja, endlich, und mit all meinen wertvollen Habseligkeiten

" Sie mögen kostbar sein, aber nicht wertvoll, soweit ich mich erinnern kann."

"Es ist so gut, endlich hier zu sein!"

"Ich habe eines von Dad's Autos. Das ist leichter, als all deine Dinge in den Zügen zu schleppen, aber wahrscheinlich langsamer. Lass uns zu unserem neuen Leben zusammen aufbrechen!"

Zuerst reden wir viel, aber nach einer Weile endet die Unterhaltung, und wir sitzen da und fühlen den anderen auf eine sehr tiefe Weise. Ich schalte auf ‚Autopilot' um und genieße den Moment, von dem ich mir wünsche, er würde ewig dauern.

Wir erreichen den Block. Ich habe einen Parkplatz in der Tiefgarage, den ich aber nicht oft benutze. Als ich vor einigen Jahren eingezogen bin, haben mir Mum und Dad Anteile an dem Gebäudekomplex geschenkt, so dass die Miete nicht so hoch ist, und der Parkplatz darin enthalten ist. Mum und

Dad wussten, dass ich meine Miete selbst bezahlen wollte, aber da ich mir das damals nicht leisten konnte, haben sie ihre Unterstützung mit den Aktien getarnt. Später habe ich weitere Anteile hinzugefügt.

Im Aufzug gebe ich Ju-long seinen Schlüssel-Token zu seiner Vordertür. Die Wohnung ist ganz leer, denn ich möchte, dass er sich sein Zuhause ganz allein einrichtet. Wie ich zu ihm sagte: "Es ist DEINE Wohnung!"

Ich habe natürlich schon heimlich hineingeschaut, aber jetzt erkunden wir die Räume Arm in Arm. Ju-long dreht sich zu mir um, so dass wir Gesicht zu Gesicht stehen und uns in die Augen schauen.

"Ich bin SO glücklich; Ich brauche ein paar Tage, um herauszufinden, wie ich mich einrichten will – ich möchte es nicht überstürzen."

"Ich weiß und um dir die Mühe zu ersparen, alles auszumessen, habe ich eine Zeichnung in meiner Wohnung."

"Also hast du dir schon Gedanken über meine Wohnung gemacht!" Er lächelt.

"Nun gut, ich sehe einige Möglichkeiten und ich bin bereit, dich zu unterstützen, aber es liegt ganz allein bei dir. Wenn du alles gesehen hast, was du sehen musst, dann lass uns hinauf in meine Wohnung gehen; ich habe ein kleines Abendessen, das fast schon fertig ist."

"Nun, wenn dies ein Abendessen mit einer wundervollen, jungen Frau ist, dann werde ich sie nicht warten lassen!"

Er küsst mich, und wir gehen Hand in Hand zum Aufzug. Kurz darauf heiße ich ihn in meiner Wohnung willkommen.

"Wow, ist das eine Wohnung; und größer als meine! Ich kann diese Wohnung entdecken; ich brauche nur ein GPS und etwas Ausrüstung!"

"Es gibt Leute, die finden, dass es hier ein bisschen unordentlich ist, aber ich sage, dies gibt der Wohnung ganz viel Atmosphäre."

"Hier IST Atmosphäre; ich mag es wirklich."

"Spar dir die Entdeckungstour für später auf und öffne den Wein auf dem Tisch."

"Ja Ma'am! Ich bin dabei."

Wir haben einen kleinen Computer aufgestellt mit einem Video-Link zu Ju-long's Mutter, so dass wir, während das Essen im Ofen kocht, eine erfreuliche Unterhaltung mit ihr führen, bevor sie zu Bett geht.

Wir haben einen wundervollen Abend. Als ich den Rest der Weinflasche in unsere Gläser leere, schlage ich vor, dass Ju-long hier schläft, da er kein Bett hat. Habe ich dies geplant?

"Es sei denn, du hast eine Schlafmatte in deinem Koffer! Ich will wirklich nicht, dass du deine erste Nacht in London in einer leeren Wohnung verbringst."

"Danke, ich finde es hier gemütlicher und die Gesellschaft ist sehr viel besser."

Diese erste gemeinsame Nacht könnte ein Standard für jede romantische Hochzeitsnacht einer Braut sein. Wir tauschten uns auf der vertraulichsten Ebene und in solch einer tiefen Verbindung aus. Für mich war dies ein Treffen unserer Seelen, eine Wiedervereinigung aus vergangenen Leben.

Am nächsten Morgen erhalte ich eine Nachricht von Mum.

"Bereit fürs Frühstück?"

"Ja, auf geht's!"

Ich muss gestehen, dass dies Teil eines Cane-Planes war, geheim ausgearbeitet in der Nacht vor Ju-longs Ankunft. Tatsächlich war es die Idee meiner Mutter, Ju-long Geld zu geben, um mit uns ein neues Leben zu beginnen. Er würde nicht einfach so Geld nehmen, aber dadurch, dass wir ihn überraschen, hoffen wir, dass er es nicht ablehnen wird.

"Ich werde mich ums Frühstück kümmern," rufe ich Ju-long zu, der immer noch im Badezimmer ist.

Kurz darauf kommt Ju-long heraus, er trägt Jeans und ein enges T-Shirt und scheint wie ein Engel.

"Was gibt es zum Frühstück? Ich hoffe genug, denn ich bin SO hungrig!"

"Ich weiß, dass du eine Menge Energie letzte Nacht gebraucht hast, aber gleichzeitig hast du mich fast verschlungen, dies sollte es also wieder ausgeglichen haben!"

Kuss, Kuss; ding, dong.

"Oh, das muss das Frühstück sein, mach bitte auf," sage ich.

Natürlich haben meine Eltern einen Schlüssel für das Gebäude und zu meiner Wohnung, sie stehen draußen vor meiner Tür.

"Mrs und Mr Cane, welche Überraschung! Kommen Sie herein!"

Mum gibt ihm eine herzliche Umarmung, "Ja, wir sind eine umarmende Familie. Das solltest du inzwischen wissen. Und sehr ungezwungen, sollte ich vielleicht hinzufügen."

"Gib mir die Taschen, Dad."

Dad IST ein Mann mit vielen Talenten, nur nicht, was das Körperfett angeht. Nicht, dass er Angst hat, dass es nicht genug Essen geben würde, sondern um sicher zu stellen, dass es genügend Auswahl gibt. Es gibt sogar Orangen für meine Saftpresse.

Loong taucht mit einer Bemerkung auf: "Carl weiß intuitiv, dass das Leben voller Möglichkeiten IST, möglichen Wahlen ...und Wohlstand. Das ist etwas, das Ju-long in sein Bewusstsein bringen muss."

"Herzlich Willkommen in England, Ju-long." Ein Handschlag und eine Umarmung – auf Männer Art.

Bald darauf sitzen wir um den Esstisch und genießen ein ausgezeichnetes Frühstück. Ich fange Mum's Blick auf. Sie nickt mir unbemerkt zu. Sie wartet auf den richtigen Moment.

"Es ist eine Tradition in unserer Familie ..."

Guter Zug, Mum. Er wird sich nicht gegen eine Familientradition stellen.

"...etwas mitzubringen, wenn man zum ersten Mal ein Haus besucht, besonderes ein neues Haus. Carl gab deinen Großeltern einen kleinen Altar für den

Drachengeist in ihrem neuen Zuhause ..."

Jetzt wird er etwas Kleines erwarten; brillant!

"...und wir geben dir etwas gleichwertig Kleines für deine erste Wohnung."

Sie gibt ihm ein kleines Geschenk in Form eines Würfels, ungefähr drei Zoll groß (siebeneinhalb Zentimeter).

"Danke; was kann das sein?"

Er öffnet die Box. Zuerst ist da eine Karte, geformt wie ein Herz, er liest "Willkommen in Großbritannien!" und dann eine Kreditkarte, eine goldene, natürlich. Clever, so kann er den Betrag nicht sehen und wird nicht wagen zu fragen!

"Vielen Dank. Ich kann es sicher benutzen, um einige Dinge für meine Wohnung zu bekommen. Wir haben vor, uns umzuschauen, ob es etwas Passendes gibt. Danke."

Und Loong mit einer weiteren Bemerkung: "Er muss lernen, Geschenke als etwas Natürliches zu empfangen und als etwas, das er verdient."

Er steht auf und umarmt erst Mum und dann Dad. Er ist sichtlich bewegt. Um die Unterhaltung wieder in Gang zu bringen, wende ich mich Dad zu.

"Gestern haben wir mit Mrs Yu am Computer gesprochen. Denkst du, dass es für Ju-long's Großeltern auch möglich ist, eine Video-Kommunikations-verbindung zu bekommen, wie ihre Tochter?"

"Das Seniorenheim hat dies als einen Punkt auf ihrer Liste. Sie werden einen Platz einrichten mit Kommunikationsmöglichkeiten für alle Bewohner, betreut und bezahlt vom Seniorenheim. Ich werde versuchen, dies etwas zu beschleunigen."

Später erzählt mir Dad, dass eine kleine Spende den Plan beschleunigt hat und die praktische Arbeit schon in Gange ist.

Mum schiebt den Stuhl zurück. "Es ist schön, dich in diesem Land zu begrüßen. Du hast deine Pläne und wir haben ebenso die unsrigen."

Als Mum sich zu mir umdreht, hebt sie eine Augenbraue; alles lief nach ihrem Plan. Nochmals einige Umarmungen und sie sind wieder weg. Ein weiteres Häkchen auf meinem Plan für diesen Tag.

Die Art zu wählen

Ju-long und ich verbringen einen Großteil des Tages mit einkaufen. Zunächst achtet er sehr auf den Preis der Dinge, aber ich spreche von Qualität.

Genau wie gestern, begleitet mich Loong und nimmt Bezug auf Ju-long's Verständnis von Leben, um unsere Verbindung zu harmonisieren. "Wenn du etwas von geringerer Qualität möchtest, aufgrund von anderen Qualitäten, wie die Farben oder die Form, ist das gut. Sei dir nur klar, dass du es tatsächlich deswegen wählst."

Im Computer-Geschäft schaut Ju-long nach einem Computer, der für seine Programmiertätigkeit geeignet ist.

"Ich denke, dieser hier ist gut genug für meine Programmierarbeit."

Loong kommentiert dies. "Wenn du dich mit ‚gerade genug' begnügst, wirst du in deinem Leben immer ‚gerade genug' haben. Gerade genug Lohn, eine Wohnung, die genügt, ja sogar Liebe. Eine Person mit geringem Selbstwert wird sich immer mit ‚gerade genug' begnügen, oder sogar mit ‚kaum genug'. Das ist keine Art zu leben – das ist nur Überleben!"

Ich tue mein Bestes, um Loong's Begleitung zu folgen. "Traust du dich einen großen, fantastischen, erstaunlichen Computer zu kaufen – einen zum Programmieren, zum Spielen, für Videos, 3D und für alles?"

Es dauert einige Zeit bis er den Mut findet, einen

leistungsstarken Computer zu wählen, und dann beginnt er wieder mit dem Bildschirm, dem Display – das gleiche ‚gut genug' Ding.

"Welches ist der BESTE Bildschirm hier in dem Geschäft? Ist sogar der gut genug?"

"Du forderst mich heute wirklich heraus, Luzi!"

"Es geht darum, dir den Unterschied zwischen Leben und Überleben klar zu machen! Ich schubse dich, vielleicht sogar über die Klippe. Du misstraust vielleicht dir selbst, aber ich weiß, dass du mir vertraust. Ich vertraue in mich! Du denkst, ich bin reich, weil ich einen wohlhabenden Vater habe, und du denkst, Carl ist reich, weil er klug ist! In diesem Sinn ist Dad nicht so klug, er hat sozusagen einfach nur den heiligen Gral gefunden. Intuitiv weiß er, wie die Welt und das Leben funktionieren und wie er darauf reagieren muss."

"Aber Luzi, du musst zugeben, dass man Geld haben muss, um in der Lage zu sein, Geld auszugeben."

"Sorry, wenn ich dich da enttäuschen muss. Du musst ohne einen Schatten von Zweifel WISSEN, dass das Geld da sein wird, wenn du es brauchst. So lebt mein Vater sein Leben. Ich weiß, dass es schwer ist, so viel Vertrauen ins Leben zu haben. Traurigerweise, funktioniert es genauso, wenn du WEISST, dass du hart arbeiten musst, um Geld zu verdienen, um eine Wohnung zu bekommen oder um ein Stipendium zu erhalten."

"Ich habe die Wohnung bekommen, weil dein Vater an ein paar Fäden gezogen hat."

"Darum geht es hier nicht. Es geht darum, dass

es LEICHT WAR. Lass uns die Synchronizität aus MEINER Perspektive anschauen. Etwas hat mich zu der Liebe meines Lebens geführt – du – aber darüber können wir später sprechen. Dann hast du die Arbeitserlaubnis bekommen, dann sind deine Großeltern umgezogen, um deine Mutter zu entlasten, und jetzt bist du hier in London; mit mir: Das ist MEINE KREATION, MEIN LEBEN. – Und das ist keine Kopfsache. Ich kann es mir nicht erdenken, wünschen, wollen, mich darauf konzentrieren oder es verlangen, aber ich kann es fühlen, tief in meinem Herzen, das mein Leben genauso sein sollte."

Ich kann sehen, dass Ju-long beginnt abzudriften, deshalb wechsle ich das Thema.

"Lassen wir das für den Moment und suchen einen guten Bildschirm, der zu deinem Computer passt."

Ju-long geht umher, und schaut nun nach Spezifikationen und nicht (so sehr) auf die Preisschilder.

"Ich denke, dieser hier könnte es sein. Er funktioniert zum Programmieren, Spielen und für Videos.

"Aber FÜHLST du, dass es dieser ist?"

"Nun, ja."

"OK, dann ist es dieser; aber warum nur EIN Monitor, Lieber? Ich habe Programmierer und Spieler gesehen, die zwei oder sogar drei benutzen! Ich weiß, das ist beängstigend; ich kann deine Angst FÜHLEN."

"Aber ich weiß nicht, woher diese Angst kommt; es macht überhaupt keinen Sinn. Es gibt nichts zu befürchten!"

"Aber es gibt sie; in deinen Erinnerungen ... Du weißt, dass ich seltsam sein kann, oder noch seltsamer, manchmal... aber wenn es in diesem Leben keinen Grund gibt, muss er von irgendwo anders herkommen. Wir werden ein anderes Mal darüber sprechen, aber für den Augenblick, kannst du dich für so viele Monitore entscheiden, wie für dich akzeptabel sind"

Ju-long möchte es mir recht machen, deshalb entscheidet er sich für zwei Computer.

"Bist du jetzt glücklich?"

"Ja, ich bin sehr zufrieden mit dir, UND ICH LIEBE DICH, WAS AUCH IMMER DU WÄHLST!"

Während dieses Gesprächs, fühlte ich, dass nicht nur ich diese Worte gesprochen haben. Loong lächelt mich an. "Wir waren ein ganzer Chor, aber wir waren nur hier, um die Wahrheit aus deinem Herzen zu holen."

Es gibt genug Platz im Auto für den Computer, die Monitore und andere Dinge, aber da wir weiter einkaufen, werden Möbel, Teppiche und größere Sachen am Nachmittag geliefert.

Auf dem Weg nach Hause halten wir an, um etwas zum Essen mitzunehmen. Wir haben uns beide beim Einkaufen einen ziemlichen Appetit geholt und freuen uns jetzt auf ein gutes Essen und eine Flasche Wein.

Ju-long's Sachen sind angekommen und nun in seiner Wohnung, aber wir sind zu erschöpft, um uns heute noch darum zu kümmern. Wir kuscheln uns jetzt zusammen unter ein paar Decken, schauen einen Film und trinken noch etwas Wein. Ich habe sogar noch ein paar Nüsse und Trockenfrüchte in der Küche gefunden.

"Ju-long?"

"Ja?"

"Ich liebe dich, egal, was du wählst. Das weißt du, oder?"

"Ja, das weiß ich. Ich weiß vielleicht nicht, wie man den besten Computer wählt, aber das weiß ich; ich fühle es."

"Ja, du WEISST und du FÜHLST es. Das ist es, worüber ich heute gesprochen habe. Nun möchte ich gerne noch etwas Wein. Würdest du ihn für mich holen?"

"Alles."

"Und weißt du was? ICH WEISS, dass du heute Nacht in meinem Bett schlafen musst, weil deines noch im Karton in einhundert Teile zerlegt, ist!"

"Auch das WEISS ich!"

Britannia

Am nächsten Morgen habe ich ein paar Vorstellungs-gespräche arrangiert, und gerade macht sich Ju-long auf den Weg, ein bisschen nervös und zugleich aufgeregt. Mit meinen Armen um ihn, schaue ich ihm in die Augen.

"Mit der Liebe in deinem Herzen, die du für mich fühlst, wirst du einen Job in London finden. Und erinnere dich: halte nicht Ausschau nach einem Job und suche nicht danach, sondern FINDE einfach den Job!"

"Und das ist nicht das gleiche?"

"NEIN! Fühle hinein. Wenn du suchst und Ausschau hältst, bist du im Zweifel, und du erschaffst dir, das Erlebnis zu suchen oder Ausschau zu halten. Wenn du deine Suche beginnst, einen Job zu FINDEN, dann ist es ein Abenteuer! Dann siehst du dich vor der Möglichkeit dieses Jobs stehen, und du musst ihn dann einfach nur noch wählen! Er ist schon da als Möglichkeit, bereits erschaffen."

"Also, anstatt dass ich mir ein Erlebnis erschaffe, einen Job zu suchen, erschaffe ich mir ein Erlebnis, in dem ich den Job gefunden habe."

"Genau, Lieber; jetzt geh und finde den Job, den du dir schon erschaffen hast."

Ich küsse ihn und schicke ihn auf den Weg, bevor ich die U-Bahn zur Universität nehme. Während ich im Zug sitze, beginnt meine Nase zu kitzeln und ich niese. Dann erkenne ich, dass es Loong ist.

"Ich denke, er beginnt, es zu verstehen. Nun muss

er noch erkennen, dass es keine mentale Sache ist; ich meine den schöpferischen Teil. Der Job ist bereits da; nun geht es noch um die Synchronizität, wo sein menschlicher Teil darauf treffen wird."

"Ich sehe die Kreationen wie Blasen von Möglichkeiten, einige sind uns energetisch näher als andere."

"Ja, das ist ein gutes Bild für den Verstand, Luzi."

"Ich hoffe, wir erschrecken ihn nicht zu sehr, Loong?"

"Gestern haben wir ihm das Leben schwer gemacht, aber es hat den Energien geholfen, klar zu werden für das, was er heute tut."

Genau vor der Teezeit, bekomme ich eine Nachricht von Ju-long.

"Ich habe einen Job! Sehe dich zuhause!"

"Dann lass uns heute zu Abendessen ausgehen!"

Auf meinem Weg nach Hause, kaufe ich eine rote Rose für Ju-long. Zurück zu meinem Apartment, klopfe ich an seine Tür. Er öffnet sie und steht da in einem wunderbaren Outfit.

"Ta-ra! Ich war shoppen, und die Karte ist noch nicht mal leer geworden."

"Mit was für einem gutaussehenden Mann werde ich heute zu Abend essen. Eine Rose für dich und herzliche Glückwünsche, lieber Ju-long!"

"Vielen Dank. Der Tag war SO seltsam. Ich hatte zwei Vorstellungsgespräche. Sie waren gut, aber irgendwie hat es sich nicht ganz richtig angefühlt.

Sie teilten mir mit, dass sie sich später in der Woche melden würden. Dann ging ich in die British Library in der Euston Road, und schon bevor ich dort eintrat, fühlte es sich innerlich richtig an! Ich traf deinen Kontakt, Jean, ein nettes Mädchen, und es war so, dass alle richtigen Leute bei der Arbeit waren und gerade ein Meeting beendet hatten. Sie hatten sogar den Raum noch nicht verlassen. Wir haben zusammen Tee getrunken, und ich hatte eine echt tolle Zeit; sie waren alle sehr nett. Der ganze Papierkram und das andere Zeug stehen mir noch bevor, und es gibt VIEL zu lernen. Ich muss sogar noch einige Kurse belegen. Aber es war einfach wunderbar!"

"Das ist Synchronizität in Hochform."

"Ich habe dann natürlich die zwei anderen Bibliotheken informiert, dass ich einen Job gefunden habe."

"Das ist in der Nähe der Universitäts-Bibliothek, der Senate House Library, die ich normalerweise benutze."

Ju-long ist sehr aufgeregt über den neuen Job und kann es nicht erwarten, anzufangen.

"Wusstest du, dass sie mehr als 100.000 Artikel chinesischer Literatur haben und sogar ein riesiges Archiv?"

"Nein, das wusste ich nicht; das ist wirklich viel. Aber was ich weiß ist, dass ich gehen möchte, um etwas zu essen – kommst du?"

"Ja, ja. Ich stehe dir komplett zur Verfügung!"

"Ich denke, du hast es deiner Familie schon gesagt?“

„Ja! Und auch deinen Eltern – sie sollen wissen, dass ihr Investment Früchte getragen hat, sozusagen.″

In meiner Wohnung haben wir eine kleine ‚Vereinigung', bevor ich eine Dusche nehme und mich für das Abendessen in der Stadt richte. Ju-long hat sich umgehört, um einen schönen Platz für uns zum Essen zu finden.

Wir sind jetzt auf dem Weg, aber ich kann nicht viel aus ihm herausbekommen.

″Ich habe beschlossen, ein Lokal mit britischem Essen zu finden, ohne dass es zu schwer wird, und vielleicht Wein aus britischen Trauben. Ich weiß, dass du das auch in Hong Kong bekommen kannst, aber…″

″Du möchtest das Land durch deine Wahl ehren, und das ist sehr süß von dir. Dieser Gedanken erfreut mich, Lieber.″

Ich fühle eine Verbeugung und Dankbarkeit von einem majestätischen Wesen, das sich selbst als die Aufseherin der Inseln vorstellt. Ich bin sehr berührt.

″Ich erwarte oder verlange keine Verehrung, aber es ist schön, erkannt zu werden, auch wenn er nicht weiß, dass es tatsächlich einen Empfänger für seinen Wunsch GIBT, die Dankbarkeit zu zeigen, hier zu sein.″

Wir haben einen wundervollen Abend, obwohl ich mich nicht mehr erinnere, welche Essen wir wählten, aber der Wein war fein…und reichlich!

Ju-long erzählt mir gerade, dass wir Lamm, Kartoffeln, Wurzelgemüse und etwas Salat hatten. An den Nachtisch kann er sich nicht mehr erinnern. "Ich hatte zu viel Wein," sagt er!

Zurück in meiner Wohnung haben wir ebenfalls eine wundervolle Nacht. Wir bringen es sogar fertig, noch ein paar Stunden Schlaf zu bekommen, bevor wir zur Arbeit gehen. Ich muss den ganzen Tag weg sein und werde erst ziemlich spät zu Hause sein. Dies erlaubt Ju-long ein bisschen Zeit, um ‚anzukommen' und seine Sachen in der Wohnung zu ordnen. Aus irgendeinem Grund ist sein Bett immer noch im Karton.

Elfental Stadt

Ju-long ist nun seit fast drei Monaten mit mir in London, und es ist wundervoll. Wenn wir nicht arbeiten, sind wir die meiste Zeit zusammen. Wir haben beide etwas Arbeit, die wir von zu Hause machen können; ich habe das meiste. Wir haben erkannt, dass es am besten funktioniert, wenn jeder von uns allein in seiner Wohnung arbeitet. Ansonsten lenken wir uns gegenseitig ab.

So leicht wie es für Ju-long war, einen Job zu finden, so schwer scheint es für ihn nun, ein Stipendium, das er möchte, zu bekommen. Ich kann fühlen, wie frustriert er über das Stipendium ist, deshalb habe ich mich entschlossen, Elfental einen Besuch abzustatten, etwas das ich nicht mehr getan habe, seit Ju-long angekommen ist. Ich lege mich auf mein Bett, wie beim ersten Mal, als ich mit Elfental in Kontakt trat und schaue hinauf zur Decke. Ich bin nicht müde, aber plötzlich fühle ich mich schläfrig und schließe meine Augen.

Zuerst kommt der Geruch nach Gras und Erde, und dann der unverwechselbare Duft von Josela's Parfum. Ich öffne meine Augen und stelle fest, dass ich näher an der Stadt bin als jemals zuvor, aber immer noch außerhalb auf den grasbedeckten Wiesen. Josela sitzt ganz in meiner Nähe auf einer wunderschönen Decke.

"Ich grüße dich, Luzi – wie wäre es mit einem Glas kalten Weißwein, um deine Gefühle abzulenken?"

"Hallo, Josela. Das wäre nett!"

Josela schenkt ein Glas prickelnden weißen Weins

ein und gibt es mir. Ich schnuppere den Duft, ein Hauch von Honig ...und ist das Zimt? Ich nehme einen Schluck; kalt, frisch und nicht zu süß.

"Er ist wunderbar, Josela!"

"Ich habe ihn selbst gemacht."

"Wie machst du das?"

"Ich stelle mir nur vor, wie es sich anfühlen und schmecken würde, und dann ist es da. Ich denke, der Zimt ist mein Parfüm, oder es könnte der Wein sein. Ich meine damit, ich habe ihn erschaffen, und es ist 'mein' Duft."

Ich nehme einen weiteren Schluck Wein.

"Ich wünschte, ich könnte die ganze Zeit hier sein!"

"Nun, auf gewisse Weise bist du dies; du bist dir dessen nur nicht gewahr. Du bist in dem Leben auf der Erde gefangen, und so sollte es auch sein. Wenn du WEISST, dass es an der Zeit ist, wirst du in beiden Reichen sein."

"Es scheint, dass wir, ich meine damit Ju-long und mich, in einer Endlosschleife gefangen sind."

"Du bist bekümmert, weil Ju-long sich so sehr bemüht, ein Stipendium zu bekommen. Keiner von euch beiden kann das ganze Bild sehen; deshalb bist du besorgt. Dies hat mit Synchronizität zu tun oder dem Timing, wie du sagen würdest. Sprich mit ihm nochmal über Synchronizität, und wie es mit seinem Job funktioniert hat. Ihr müsst beide in eure kreativen Fähigkeiten vertrauen und in euer Wissen, dass alles gut wird, hinein entspannen."

"Also müssen wir warten bis die Synchronizität stimmt?"

"Nein; du musst der Synchronizität vertrauen, aber ohne, dass du deinen Fokus auf das WARTEN legst, sonst wirst du wahrscheinlich ewig warten, da deine kreative Energie dorthin gehen wird."

"Oh, ja natürlich, wie dumm von mir!"

Ich schaue auf die Stadt in der Ferne, die stufenweise auf einem niedrigen Berggipfel errichtet wurde, zu dem eine lange, von Steinpfeilern gestützte Brücke von der Grasebene über das Tal und den Fluss führt.

"Ich habe noch nie die Stadt besucht; können wir dorthin gehen?"

"Es wird einfacher sein, einfach dort zu SEIN, denn hier in Elfental zu gehen, ist sehr viel schneller als auf deinem physischen Planeten, also komm!"

Wir gleiten zum Anfang der Brücke, als ob wir auf einem dieser Laufbänder, die meist in Flughäfen zu finden sind, laufen würden. Es ist ohne jegliche Anstrengung. Als wir am ersten Tor, das auf die Brücke zur Stadt führt, ankommen, sehe ich Loong daneben, scheinbar schlafend. Jetzt hebt er seinen Kopf.

"Oh, ich habe den Drachen aufgeweckt!"

Ich fühle, dass Loong lächelt.

"Wir schlafen nie in Elfental. Nun, wir haben nicht das BEDÜRFNIS, zu schlafen oder uns auszuruhen. Ich habe mich einfach hingelegt und genieße die Wärme unseres Sterns, der auf mein Fell scheint."

Josela und ich umarmen den großen, flauschigen Drachen, und er fängt an, wie eine Katze zu schnurren.

"Ich war noch nie in Elfental Stadt, deshalb führt Josela mich herum."

Loong streckt seine Flügel und faltet sie wieder eng an den Körper.

"Dann schlage ich dir vor, dass du einen Blick von oben darauf nimmst, bevor du in die Straßen eintauchst. Kommt alle beide auf meinen Rücken und haltet euch an meinem Fell fest. Es ist absolut sicher – niemand stürzt oder stirbt hier, wenn er es nicht wählt."

Ich sitze vorne und Josela hinter mir. Loong startet im Gleitflug; er muss nicht mit seinen Flügeln schlagen. Als wir nach unten kreisen, um eine bessere Sicht zu haben, bemerke ich den Rauch, der aus einem Vulkan in einer Bergkette, nahe bei den Bergen, die die Stadt umgeben, aufsteigt.

"Ist die Stadt wegen des Vulkans in Gefahr?"

"Oh nein," sagt Josela lächelnd, "Dies ist nur ein theatralischer Effekt, oder du kannst sagen, wir lassen etwas Dampf ab!"

Loong kreist höher, und bald habe ich einen Blick über eine ausgedehnte Landschaft mit Bergen, Feldern, Wäldern, Tälern und weit entfernt auch ein Meer. Bäche fließen in einen Fluss, welcher in einen See unterhalb der Berge der Stadt fließt. Dort gibt es einen Hafen mit allen Arten von Schiffen und Booten. Keines von ihnen hat stinkende oder rauchende Maschinen. Auf der anderen Seite des Sees fließt ein Fluss in das Meer.

Nun kreisen wir direkt über der Stadt. Die Mauern der Häuser leuchten weiß im Sonnenlicht. Einige der Dächer erinnern mich an traditionelle chinesische Häuser, andere sind wie Dome, von denen einige aus Glas zu sein scheinen. Alles sieht wunderschön und sauber aus. Loong steigt ab, und ich kann einen runden Platz unter uns sehen. Er ist weiß, wie die Stadt, und mit Platten in unterschiedlichen Farben verziert. Als wir landen, schrumpft sich Loong auf die Größe einer Katze, und bald läuft eine süße Birmakatze vor uns, die uns mit ihrem hochaufgerichteten Schwanz den Weg zeigt.

Wir sind in dem unteren Teil der Stadt gelandet, und laufen nun in Richtung der Peripherie des runden Platzes, von welchem eine Straße in den höheren Teil führt. Hier gibt es einige Geschäfte und Ateliers.

"Wieso arbeiten die Leute, um Dinge herzustellen, wenn sie sie einfach in einem Augenblick erschaffen könnten?"

"Es ist ihre Leidenschaft. Etwas in einem Augenblick zu erschaffen, ist wie, wenn du etwas kaufst, anstatt es selbst zu machen. Wenn du diese Leidenschaft hast, etwas selbst herzustellen, gibt es dir so viel Freude in dem Prozess und so viel Befriedigung, wenn du vor dem fertigen Gegenstand stehst. Es ist eine ganz andere Erfahrung."

"Dann hast du deine Kleider selbst gemacht?"

"Ja. Liebes, sogar die Schuhe!"

"Mit einem Fell ist es leichter; da musst du nichts machen," kommentiert Loong.

"Etwas anderes, Loong – isst jemand Fleisch?"

"Nun, einige können dies, indem sie ein Steak erschaffen, aber ein Tier wegen des Fleisches zu töten, wäre undenkbar. Deshalb denke ich, dass niemand Fleisch isst; es würde dir einfach nicht guttun, in den Energien, in denen wir leben."

"Was ist mit Abfall?"

"Es gibt keinen Abfall. Wir haben noch nicht einmal Toiletten! Dinge, die nicht mehr länger in Gebrauch sind, kehren in ihre ursprüngliche oder schlafende Energie zurück."

"Ich könnte einfach ewig weiterfragen, aber wie bereiten sich die Sidhe auf das physische Leben auf der Erde vor?"

Loong hält an, dreht sich um und blickt mir direkt in die Augen. Ich spüre, dass er etwas im Schilde führt und, dass es ihm Spaß macht.

"Es gibt viele nicht-physische Trainingslager wie die Erde. Ein Teil deines Bewusstseins lehrt sogar dort!"

"Was?!"

"Oh, ja! Denkst du, dass du die ganze Zeit vergeudest, während dein Mensch schläft?"

Es gibt tatsächlich so viel mehr zu leben, als ich noch vor einigen Monaten gedacht habe; sogar noch vor einigen Stunden. Nun sehe ich vor uns viele Stufen und drehe mich zu Josela um.

"Wäre es nicht besser gewesen, die Stadt unten auf den Ebenen zu bauen? Dann würdet ihr all diese Treppen nicht brauchen."

"Wir GLEITEN über die Stufen, wir gehen nicht, genauso wie wir zu der Brücke geglitten sind. Eine Stadt in der Ebene ist nicht so charmant wie diese, die den Berg hinaufwächst, so dass die Stadt und der Berg eins werden."

Wir steigen durch die verschiedenen Ebenen von schönen Häusern hinauf mit allen möglichen Funktionen und Erscheinungsformen, vielen verschiedenen Farben und Merkmalen. Ich lerne, dass die Treppen sich um den Berg winden und, zur gleichen Zeit, andere Treppen Abkürzungen bilden und geradewegs zum Gipfel führen. Wir nehmen die Spirale, um die größtmöglichste Erfahrung zu machen, und ich muss sagen, dass es eine sehr eindrucksvolle Reise zum Berggipfel ist. Hier steht ein großer Turm, der als ‚Große Halle' zu Treffen aller Art dient. Ich drehe mich von Turm weg und schaue über die Stadt. Auf der obersten Ebene der Stadt bin ich näher am Boden als bei unserem Überflug mit Loong. Ich sehe deutlich Felder und Obstgärten und einige Bauernhöfe. Zwischen den Feldern gibt es unberührte Flecken Natur, sowie Teiche und kleine Bäche mit Brücken. Alles ist üppig. Es sieht aus wie ein Patchwork.

Wieder drehe ich mich zu Josela. "Warum solltet ihr wählen, euch auf der Erde zu inkarnieren, da es doch in jeder Hinsicht so viel schwieriger ist, dort zu leben?"

"Das physische Leben ist die letzte Erfahrung. Es geht nicht darum, ob es leicht oder schwer ist; es geht um die volle Erfahrung von Leben."

Ich habe eine sehr gute Zeit mit Loong und Josela und jetzt, da ich meinen Fokus wieder meinem menschlichen Leben zuwende, fühle ich mich sehr viel leichter und in dem Vertrauen, dass alles in seiner besten Ordnung ist.

Ein neues Zuhause

An diesem Wochenende haben Ju-long und ich es eingerichtet, Mum und Dad in ihrem schönen Haus zu besuchen.

Wir kommen ungefähr um zehn Uhr an, früh genug, um noch einige Zeit in ihrem wundervollen Garten zu verbringen, bevor wir alle mithelfen, das Mittagessen zuzubereiten. In unserer Familie ist es Tradition, dass wir sowohl die Zubereitung als auch das Mahl an sich miteinander teilen, damit wir uns gegenseitig näherkommen.

Während ich in der Küche arbeite, meldet sich Loong, und ich kann ihn in seiner Katzenform auf der Küchenbank sitzen sehen.

"Es ist so ähnlich, wie wenn du die Schlüsselpunkte mit den Schlüsselpersonen vorbereitest "

"Ich dachte nicht, dass das Leben vorbestimmt wäre?"

"Es gibt keinen vorbestimmten Plan, aber eine Richtlinie, der du folgen kannst, um die Ziele zu erreichen, die du dir gesetzt hast. Du kannst immer die Richtung wechseln und andere Wahlen treffen. Das ist der freie Wille. Erinnere dich daran, dass es viele Wege zum selben Ziel gibt!"

"Warum sehe ich, dass Menschen so viele armselige Wahlen in ihrem Leben treffen?"

"Viele, oder besser gesagt, die meisten Menschen machen nicht diese Vorbereitungssessions, sondern kehren einfach in dieselben Energien, Blutlinien und Karma zurück, die sie verlassen haben, als sie starben."

"Kann es sein, dass ich einige dieser Punkte in meinem Leben gespürt habe? Es ist, als ob man sich einer Situation mehr gewahr ist, man fühlt, dass etwas Besonderes geschieht."

"Oh, ja. Und auch gerade kürzlich, stimmt's? Deshalb muss dein Verstand so still sein, so dass du fühlen oder spüren kannst, welche Richtung du einschlagen musst, um zu dem nächsten Punkt zu gelangen, der „da draußen" als Leuchtfeuer sitzt, um dich anzuziehen. Wenn es mit anderen Menschen zu tun hat, muss es auch da Synchronizität geben."

Während wir essen, unterhalten wir uns darüber, was in Hong Kong vor sich geht. Es scheint, als ob es beiden, sowohl Ju-long's Großeltern als auch meinen, gut geht, und sie begonnen haben, mehr Zeit miteinander zu verbringen. Und gewissermaßen sind wir alle glücklich darüber, denn meine Großeltern sind nicht mehr in der Lage, sich selbst zu versorgen. Hoffentlich sind sie zufrieden, in das Pflegeheim umzuziehen. Dad hat es so arrangiert, dass es dort für sie einen Platz geben wird, wenn die Zeit gekommen ist. Ju-long's Mutter ist viel glücklicher und hat einige alte Kontakte wieder aufgenommen und sogar einige neue Freunde hinzugewonnen.

Meine Schwester Anna sehen wir nicht sehr oft. Entweder studiert sie oder reist, aber wir sind in enger Verbindung.

Nach dem Mittagessen, sind wir im Garten. Ich bringe ein Thema auf den Tisch, das Ju-long und ich seit einiger Zeit diskutieren.

"Wir haben darüber gesprochen, auf das Land zu ziehen. Auch wenn wir beide unsere Jobs und andere Aktivitäten hier in London, in der Stadt, haben, sollte es möglich sei, diese aufrechtzuerhalten. Ich fühle mich in letzter Zeit mehr zur Natur hingezogen, und die Verbindung gibt mir so viel Harmonie zum hektischen Arbeitsleben auf der anderen Seite."

Mum sieht sehr aufgeregt aus, was sie immer tut, wenn sich etwas Neues zeigt. "Dies klingt nach einer großartigen Idee. Hast du irgendwelche Gegenden im Kopf?"

"Nein, ich denke, wir müssen warten, bis Ju-long sein Stipendium bekommt, so haben wir nicht zu viele Joker im Spiel."

"Oder es kann anderes herum sein. Dass ihr einen Ort zum Leben findet, und dann wird sich das Stipendium von selbst zeigen."

Dad, der immer der rettende Engel ist, bietet sich an, uns zu helfen. "Ich werde mal nach der Stipendium- Sache schauen. Ich verstehe nicht, warum das so ein großes Problem sein sollte."

"Danke Dad; das wäre großartig."

Loong, der in der Ecke des Rasens unter blühenden Büschen sitzt, zieht meine Aufmerksamkeit auf ein weiteres Spektrum: „Kannst du fühlen, wie sich die Energien auflockern?"

"Ja, ich fühle mich schon ganz aufgeregt; wie seltsam."

"Deine Mutter hat es genau getroffen: Es geht um Synchronizität, wo alle Teile zur gleichen Zeit in Bewegung sein müssen – wirf alle Joker in das Spiel!"

Zurück in Ju-long's Wohnung, schauen wir im Internet nach geeigneten Orten, an denen wir gerne leben würden. Ju-long ist abgedriftet, während ich am Computer beschäftigt war. Nun stellt er mir eine Frage, die versucht, unsere Suche einzugrenzen. "Warum nicht am Meer, wie in Hong Kong, oder ist das zu weit von London entfernt?"

"Nun, ich denke nicht. Die Ost-Küste ist nicht so weit entfernt, wenn die Zugverbindung handhabbar ist."

Mein Telefon klingelt; es ist Dad

"Hi, Luzi; ich habe mir die Stipendium-Sache für Ju-long angeschaut, und aus einem seltsamen Grund ist Brighton aufgetaucht. Es ist nicht so nah bei London, sondern tatsächlich am Ärmelkanal. Ich werde dir den Link senden, dann kannst du es dir anschauen. Mum sendet liebste Grüße."

"Du wirst es nicht glauben, Dad. Gerade hat mich Ju-long gefragt, warum unser neues Zuhause nicht am Meer sein kann, wie in Hong Kong!"

"Gut, prüft es und lass uns wissen, was ihr herausgefunden habt."

"Das werden wir. Danke, Dad. Sag Mum ein Hallo. Ich liebe euch!"

Danach entwickeln sich die Dinge wirklich schnell. Die Universität von Brighton liegt, wie Dad gesagt hat, an der Südküste von England. Wir haben ein hübsches Haus zur Miete etwas außerhalb der Stadt gefunden. Als Ju-long nach England gezogen ist, dachten wir, dass ER reisen muss, um studieren zu können, und jetzt bin ICH es, die nach London fahren muss. Glücklicherweise kann ich viel Arbeit über das Internet machen.

Am nächsten Morgen, als Ju-long zur Arbeit gegangen ist, mache ich mich auf den Weg nach Elfental und treffe Josela auf dem runden Stadtplatz, wo wir im Schatten unter einem großen Baum sitzen und Kirschsaft aus großen Gläsern trinken.

"Ich verstehe nicht, warum es für Ju-long kein Stipendium in London gab. Da sollte es doch viele geben."

Josela bringt ihre Weisheit zum Vorschein. "Oh, aber es gibt viele Möglichkeiten für Stipendien in und um London. Es stimmt einfach nicht mit euren Plänen überein, aufs Land zu ziehen. Es gibt keinen Grund auf einen Wunsch zu WARTEN, wenn du alle in einem haben kannst. Du kannst jetzt sehen, dass Synchronizität viel besser funktioniert, als dein Verstand dies planen kann!"

"Aber er hat zuerst das Stipendium bekommen, und dann haben wir uns nach einem Platz zum Leben umgeschaut; oder war es andersherum?"

"Das ist nur der Weg, wie du es siehst, weil du es gewohnt bist, auf lineare Weise zu funktionieren. Dinge werden sehr viel einfacher, wenn du aus dem linearen Denken aussteigst, außerhalb deines Verstandes. Als du begonnen hast, dich auf einen neuen Ort zum Leben zu fokussieren, wurden alle Joker auf den Tisch gebracht und die Synchronizität konnte anfangen, in Aktion zu treten."

Am Tag vor unserem Umzug in unser neues Haus in Brighton geraten wir in ein emotionales und praktisches Chaos, weil Ju-long's Grandma stirbt. Ju-long muss nach Hongkong fahren, um sich um alles zu kümmern und seine Mutter und seinen Grandpa zu trösten, während ich mich um den Umzug nach Brighton kümmern muss.

Die Umzugshelfer kommen früh am nächsten Morgen, um unsere Wohnungen zu räumen, wo die Dinge schon verpackt sind und zum Laden bereitstehen. Ju-long ist sogar schon früher aufgestanden, damit er seinen Flug nach Hong Kong erreicht. Weder Ju-long noch ich haben während der kurzen Nacht geschlafen, und ich fühle mich benommen und unkonzentriert.

Ich sehne mich so sehr nach einer guten, starken Tasse Kaffee, aber Loong rät mir davon ab und sagt, dass die Frische, die ich am Anfang verspüren würde, sich später gegen mich wenden würde, und ich mit sehr wenig Energie Auto fahren würde. Er rät mir sehr viel Wasser zu trinken, sowohl jetzt als auch während der Fahrt. Dies wird mein System wachhalten und meine Sinne aufmerksam.

"Setz dich für einige Augenblicke hin und besuche Elfental. Hier kannst du entspannen und vielleicht ein kurzes Nickerchen nehmen."

Ich setze mich hin und schließe die Augen. Für kurze Zeit höre ich die Männer in der Wohnung herumlaufen, aber dann übertönt der Gesang der Vögel in Elfental ihren Lärm. Ich kann Loongs pelzigen Körper spüren und mache mir nicht einmal die Mühe, die Augen zu öffnen. Ich kuschle mich einfach an ihn und falle in einen glückseligen Schlaf.

Gefühlte Stunden später wache ich auf und danke Loong dafür, dass er mein Kuscheltier war, bevor ich mich wieder meiner Wohnung in London zuwende. Ich schaue auf meine Uhr und stelle fest, dass nur wenige Augenblicke vergangen sind. Jetzt fühle ich mich völlig ausgeruht und gehe zu Julong's Wohnung, um diese zu überprüfen.

Kurz vor Mittag sind wir soweit, um nach Brighton aufzubrechen, aber ich lade die Männer noch zu einem zwanglosen Mittagessen in einem meiner Lieblingscafés in der Nähe ein, bevor wir nach Süden starten.

Etwa drei Stunden später kommen wir in Brighton an. Ich habe bereits die Schlüssel für das Haus, aber die Besitzerin taucht trotzdem auf, um mich zu begrüßen. Sie hatte mit Ju-long und mir gerechnet, also erkläre ich ihr kurz die Situation.

Sie ist eine kleine, etwas mollige Frau mit lockigem, grauem Haar. Sie trägt ein blaues Hemd und einen Rock, mit einem weißen Seidenschal um den Hals. Sie trägt schwarze Schuhe mit etwas Absätzen. Sie fährt ein kleines, aber teures Auto.

Ich habe einige unserer Sachen in unserer neuen Wohnung geordnet, will aber warten, bis Ju-long zurückkommt, damit wir das gemeinsam tun können. In der Zeit, in der Ju-long weg ist, habe ich mich auch nach neuen Arbeitsmöglichkeiten in der Nähe von Brighton umgesehen. Jetzt habe ich eine Stelle an der University of Kent, Tonbridge

Centre, etwas mehr als eine Stunde mit dem Zug entfernt. Dort werde ich hauptsächlich Literatur und Schreiben unterrichten. Meine Arbeitsplätze in London werde ich behalten. Ich habe mich mit den Freunden in Verbindung gesetzt, die mir geholfen haben, die Informationen für das Buch zu sammeln, und wir haben uns gegenseitig über die letzten Neuigkeiten in unserem Leben informiert. Ling in Peking, die mich mit den chinesischen Sidhe bekannt gemacht hat, hat sehr viel Zeit mit ihren Studenten bei den Ausgrabungen in Xinjiang verbracht. In letzter Zeit hat sie sich im Rahmen der Prüfungsanforderungen intensiv mit den Arbeiten der Schüler beschäftigt. Jetzt gibt sie ihrem eigenen wissenschaftlichen Bericht den letzten Schliff. Josephine, die mich dazu gebracht hat, Drachen zu jagen, und ihr Mann Ping genießen sich in Shanghai immer noch gegenseitig und ihre jeweilige Arbeit im Verlag und im Zoo.

Ju-long kehrt nach Brighton zurück, und wir genießen es ebenso, das Haus zu unserem zu machen, wie wir uns gegenseitig genießen. Ju-long arbeitet immer noch für die British Library, aber die meiste Zeit verbringt er an der örtlichen Universität, wo er lehrt und unterrichtet wird. Mama, Papa und Anna haben uns besucht, und sie sind alle sehr begeistert von unserem neuen Zuhause, sowohl vom Inneren des Hauses als auch vom Garten und der Umgebung, insbesondere der Natur. Das Haus selbst besteht aus ungleichmäßigen Sandsteinen, die sich sowohl in der Größe als auch in der Farbe unterscheiden. Es hat zwei Stockwerke und ist zum Teil unterkellert. Das Dach ist 45 Grad geneigt und mit Schieferziegeln gedeckt. Der Garten ist halbwild gehalten, mit vielen Stauden und Sträuchern, während die offenen Flächen aus Rasen bestehen. In den Rasenflächen sind meist große, flache Steine als Trittsteine ausgelegt. Ein Teil des Gartens hat eine flache Mauer und einen Bogen zu den Feldern hinter dem Haus. Es gibt auch einen kleinen Gemüsegarten, in dem Ju-long einige Zeit verbringt. Hier entspannt er sich wirklich.

Ju-long in Elfental

Einen Monat später, als Ju-long und ich schon angefangen haben, uns in unserem neuen Leben zurechtzufinden, stirbt Ju-long's Grandpa. Wir gehen beide nach Hong Kong, um uns um alles zu kümmern. Wir bekommen ein Drei-Monats-Visum für Ju-long's Mutter, deren Name Ting ist, und sie kehrt mit uns zurück für eine Art Urlaub, um etwas Abstand zu den kürzlich geschehenen Ereignissen, der Weggang ihres Sohnes nach London und der Verlust ihrer Eltern, zu bekommen. Wir führen einige tiefgehende Gespräche, sie und ich. Manchmal fühlt sich sehr allein und traurig, aber wir schaffen es, etwas Klarheit und Zuversicht in ihr Leben zu bringen. Als sie nach Hong Kong in ihre Wohnung und ihren Job im Einkaufszentrum zurückkehrt, bin ich zuversichtlich, dass sie es schafft, mit ihrem Leben weiter zu machen.

Eines Nachmittags sitzen Ting und ich im Garten unter einem alten Baum und trinken heißen Tee aus zwei großen Bechern. Ich kann plötzlich fühlen, wie eine große Anzahl an Besuchern zu dem Platz kommen. Sie können die Verzweiflung fühlen und zugleich die Hoffnung, und einige von ihnen können in die Möglichkeiten im Leben hineintreten, das vor Ting liegt. Loong ruft mich nach Elfental, so dehnt sich mein Bewusstsein aus, um auch dort zu sein, und aus ein bisschen Distanz kann ich Ting und mich auf den Holzstühlen unter dem Baum sitzen sehen. Das Tablett steht auf dem Holztisch zwischen uns. Von diesem Ort der Wahrnehmung kann ich all die Wesenheiten sehen, die um uns herumsitzen, und alles ist so schön und voller Mitgefühl. Ich bin so bewegt, dass ich Tränen in den Augen habe, sowohl physisch als auch nicht-physisch, wenn man das so sagen kann.

Loong spricht zu mir mit seiner leisen Stimme. "Ihr Name, Ting, bedeutet ausdauernd. Das bedeutet nicht, dass sie ihr ganzes Leben, Schmerz und Leiden aushalten sollte, sondern es zeigt an, dass sie durch harte Zeiten hindurchkommen wird. Genau jetzt empfindet sie das Leben gegen sich arbeiten, aber alles arbeitet daran, sie von dem Leiden zu befreien, in dem sie sich gerade befindet und seit einer langen Zeit befunden hat."

Meine Unterhaltung mit Loong ist augenblicklich, das bedeutet, dass es keine Zeit braucht, um sie zu vollenden. Es ist, als ob ein Paket von Wissen in mein Gewahrsein hineingepumpt wird. Ich weiß sofort, was er sagt. Das heißt auch, dass Loong und ich eine Unterhaltung führen können, während ich mit Ting spreche. Wenn ich es in meinem Gehirn hätte durchdenken müssen, hätte es sowohl Fokussierung als auch Zeit gebraucht, denn so funktioniert das Gehirn.

"Du weinst, liebe Luzi!"

"Oh nein, Ting, ich habe Tränen in meinen Augen, weil ich all die Wesenheiten um uns herum fühlen kann, die voller Mitgefühl bei uns sitzen und Heilung zur Verfügung stellen."

Auch Ting stehen jetzt Tränen in den Augen. "Wahrscheinlich ist es gut, jetzt ein bisschen zu weinen."

"Oder ganz viel," wendet sich Loong zu mir.

"Denkst du, dass ich sie auch fühlen kann?"

"Oh ja, ganz gewiss; sag einfach in deinen Gedanken ‚Hallo' und gib ihnen eine imaginäre Umarmung, und dann wirst du fühlen, wie sie dich zurückumarmen."

Ting beginnt unkontrolliert zu weinen, und ihr Körper schüttelt sich. Nach einiger Zeit kann sie wieder sprechen.

"Ich habe wirklich die Umarmung gefühlt, und es war so schön. Kannst du die Wesen auch sehen?"

"Ja, aber nicht wie du sie in dieser Welt sehen würdest; meistens sehe ich ihre Seelen, sozusagen, ihre Farben."

"Oh, ihre Aura!"

"Nun, nicht ganz. Wenn Menschen die Aura wahrnehmen, sehen sie normalerweise eine Ausdehnung des Körperenergiefeldes und der Gedankenmuster, welche auch Emotionen beinhalten und das, was unbewusst ist. Ich sehe das, was sie im Moment sind – ihr Bewusstsein, wenn du so magst."

"In China glauben wir an Drachen, wie du weißt. Ich denke nicht, dass ihr in England Drachen habt.

"Doch, das haben wir. Drachen sind nicht an einen physischen Platz gebunden. Mein Freund Loong befindet sich genau neben uns. Er ist ein riesiger, weißer Drachen, überwiegend mit Fell bedeckt. Ich traf ihn in Shanghai, wo er in der physischen Realität als eine weiße Birma Katze lebt."

Während ich das schreibe, fügt Loong einen Kommentar dazu.

"Man muss nicht an Drachen glauben, um die Umarmung zu spüren. Man muss sein Herz öffnen, um die Liebe auszusenden, die in der Umarmung steckt. Das offene Herz wird dann die Umarmung spüren, die zurückkommt. Dies ist die Macht der Umarmung; sie öffnet das Herz."

"Loong sagt mir, dass er immer da sein wird, wenn du eine Umarmung brauchst oder jemanden zum Reden."

"Sag ihm, dass ich sehr dankbar bin!"

"Du hast es ihm selbst gesagt. Du brauchst mich nicht als Vermittler. Und er wird dich IMMER hören. Das ist das Großartige daran, keine physischen Ohren zu haben, sagt er mit einem breiten Lächeln in seinem pelzigen Gesicht."

Ting beginnt zu lachen. Sie sieht Loong's grinsendes Gesicht vor ihren inneren Augen, und ich kann ihn unverschämt laut lachen hören, so dass wahrscheinlich jeder in Elfental ihn hören kann.

"Freude, mein Freund, ist SO wichtig," sagt er. In diesem Moment, fühle ich, wie ein Lachen aus meinem Bauch emporsteigt, und jetzt lachen Ting, ich und der Rest um uns herum herzlich.

"Schau, es reinigt die Dinge," sagt Loong und, aus meiner Elfentalsicht, sehe ich, dass die Energien um Ting herum sich in helle Farben verwandeln. Er streichelt mein Gesicht mit seinem Fell, und während ich neben Ting sitze, fange ich laut an zu niesen. Ich fange wieder an zu lachen, und der Rest der Gruppe fällt mit ein.

Es ist ein schöner Nachmittag und, am Abend, bei Tisch, sehe ich wieder Leben in ihren Augen blitzen. Ihre Seele ist in ihr Leben zurückkehrt, weil ihr Herz sie eingeladen hat.

Als ich später mit Ju-long allein bin, fragt er mich, was mit seiner Mutter während des Gesprächs passiert sei. Ich antworte ihm, dass sie es ihm selbst erzählen soll. Auf diesem Weg ist sie gezwungen, ihre Gefühle in Worte zu fassen, zudem gibt es beiden, Mutter und Sohn die Gelegenheit, über ihre Gefühle auf einer tieferen Ebene zu sprechen, als sie es gewohnt sind.

Jetzt im Bett erzählt mir Ju-long von seiner Unterhaltung mit seiner Mutter.

"Mum war sehr aufgeregt über das, was heute Nachmittag im Garten geschehen ist. Sie sagte, dass sie sich zuerst etwas dumm vorkam, über Feen und Drachen zu sprechen, aber kurz danach fühlte sie sich entspannt und friedvoll. Mum hat sich sehr verändert. Sie ist nun wieder mehr wie sie war, als ich ein Kind war. Es ist, als wäre eine schwere Decke über ihrem Kopf weggezogen worden."

"Das Tuch ist ein gutes Bild für die Gefühle, das ihre Lebensenergie in Schach gehalten hat, gewoben aus all ihren Gefühlen und Bewertungen."

"Ich dachte, Feen und Drachen kommen nur in deinem Buch vor?"

"Es scheint, dass deine Frau sogar noch verrückter ist als du. Es ist jetzt an der Zeit, dass du die tiefere Wahrheit dessen kennenlernst, was gerade in meinem Leben geschieht."

Ich beginne Ju-long die verkürzte Geschichte zu erzählen, die ich ihm auch schon so viele Male früher erzählt hätte, aber nie den richtigen Zeitpunkt dafür gefunden habe.

Kurz bevor ich mit meiner Geschichte fertig bin, driftet Ju-long weg, und wir liegen, Hand in Hand auf dem Rücken auf dem kleinen Hügel, wie ich es auch schon beim ersten Mal tat, als ich Elfental besucht habe. Josela ist da, um uns zu begrüßen.

"Seid beide herzlich willkommen in Elfental. Ich bin Josela, die ‚Willkommensüberbringerin' von Elfental. Das hört sich besser an als Torwächter. Endlich treffen wir uns, Ju-long."

"Ist dies einer von Luzi's Träumen?"

"Träume sind vielleicht gar nicht das, was du dachtest. Unser Bewusstsein trifft sich einfach außerhalb eures normalen Wachzustandes. Daran ist nichts Mysteriöses. In diesen Treffen wirst du volle Kontrolle haben, nicht wie in den meisten Träumen, in denen der Traum dich kontrolliert."

Wir setzen uns auf. Ich halte weiterhin Ju-long's Hand, damit er sich sicher fühlt.

"Alles ist guter, Lieber. Ich war auch ganz schön durcheinander, als ich das erste Mal hierherkam. Ich hoffe, dass Loong sich zeigen wird."

„Du meinst den weißen Drachen, von dem du mir erzählt hast?"

"Er erscheint als Drachen oder als Katze. Er ist noch nicht einmal ein Er oder eine Sie, aber ich denke, diesen Teil sollten wir uns für ein anderes Mal aufheben."

Ich höre Loong aus dem Wald rufen.

„Halloooo?"

"Hier kommt er, es gibt nicht zu fürchten."

Ju-long schaut zum Waldrand, wo nun eine große Kreatur durch die Vegetation bricht.

Loong kommt nun langsam auf die Lichtung hinaus, und Josela läuft auf ihn zu, um Ju-long zu zeigen, dass er nichts zu befürchten hat.

"Komm her und lass dich umarmen, du dickes Fell-Bündel.

Sie kommen auf uns zu, und Loong sendet uns ein inneres Lächeln

"Willkommen in Elfental, Ju-long. Ich habe mich schon darauf gefreut, dich zu treffen. Ich schüttle nicht so oft Hände, aber ich bin ganz gut in Umarmungen, besonders darin, sie zu empfangen."

Er schenkt zugleich ein weiteres Lächeln, und jetzt gehen Ju-long und ich langsam auf ihn zu. Ich berühre ihn am Hals und führe Ju-long's Hand an dieselbe Stelle.

"Hallo, Loong. Es ist schön, dich zu treffen, obwohl es sich sehr seltsam und so real anfühlt."

Loong lacht.

"Es IST real. Leben ist real, Träume sind real, und das Bewusstsein, das sich in der Schöpfung trifft, ist ganz sicher real."

Ich kann fühlen, wie Ju-long kämpft, während sein menschlicher Verstand versucht, die Wahrheit dieser Erfahrung zu bestätigen. Ich lasse uns noch eine kurze Weile bleiben, bevor wir uns verabschieden und in die menschliche Welt zurückziehen. Ich wecke Ju-long nicht auf, sondern lasse ihn in seine normale Traumwelt gleiten. Wir werden morgen über dieses Erlebnis sprechen.

Während wir am nächsten Morgen noch im Bett liegen, sprechen Ju-long und ich über seinen ersten Besuch in Elfental. Ich beginne damit, ihn zu fragen, ob er sich daran erinnere, in Elfental gewesen zu sein.

"Also IST es real! Ich habe wirklich mit einem Drachen gesprochen!"

"Das Aufregendste ist, das er ein Drachen IST, er IST eine Katze UND er IST, was auch immer er wählt zu sein!"

"Also kann ich auch wählen, ein Drache zu sein? Ich denke nicht, egal wie hart ich es versuche!"

"Du hast recht. Der MENSCHLICHE Teil von dir kann dies nicht, aber DU als Bewusstsein kannst es wählen. Genau jetzt hast du gewählt, in zahlreichen Leben als ein Mensch zu leben."

"Du stellst mich hier auf die ultimative Probe!"

"Lass deinen Verstand nicht zwischen uns kommen. Ich fühle, dass wir jetzt nicht so tief da hinein gehen sollten. Lass es auf dich wirken, und dann werden wir zu einem späteren Zeitpunkt fortfahren."

"Du hast recht. Lass uns aufstehen und frühstücken; ich könnte einen Drachen mit Fell und allem verspeisen!"

Wir frühstücken mit Ting, Ju-long's Mutter, während wir einen losen Plan für den Tag machen.

Synchronizität

Wie hoch ist die Chance, den ‚richtigen' chinesischen Mann, der auf Hong Kong Island lebt, in einer mittelgroßen Stadt im südlichen Teil von England zu treffen? Nun ziemlich gering, würde ich sagen, aber genau das passierte Ting! Falls überhaupt, sollte ihr dies etwas über Synchronizität erzählen!

Ting hat gefragt, ob sie für uns das Abendessen vorbereiten könne, als ihren Beitrag zu unserem Haushalt. Da wir die meisten Einkaufsmöglichkeiten in Brighton noch nicht kennen, beschließen wir, einen der chinesischen Lebensmittelläden auszuprobieren, da Ting etwas Chinesisches kochen möchte.

Wir fahren um das Geschäft herum und ich sehe, wie Ting mit einem asiatisch aussehenden Gentleman spricht, der mit einem Notepad umherläuft und die Regale überprüft. Nun lachen sie, und Ting schaut ein wenig verlegen aus. Sie fahren fort, miteinander zu sprechen, als würden sie einander kennen. Nach einer Weile winkt Ting uns zu sich hinüber.

"Das ist Mr Fan. Er lebt auf Hong Kong Island. Könnt ihr das glauben?"

Ju-long und ich sagen Hallo. Ich glaube, wir sind beide etwas verwundert, warum Ting und Mr Fan sowohl in dem, was sie reden, als auch in ihrer Körpersprache so ungezwungen sind. Er hat eine durchschnittliche Figur, freundliche Augen und ein einladendes Lächeln.

Ting lacht ein bisschen.

"Ich dachte, er wäre der Eigentümer, da er die Regale überprüft hat, aber er ist ein Handelsvertreter."

"Ja, ich habe viele Kunden in Großbritannien, allein in Brighton ungefähr dreißig."

Ich wundere mich, warum ein Mann, der in China lebt, Regale in England überprüft.

"Mr Fan, müssen sie wirklich nach Großbritannien reisen, um chinesische Produkte zu verkaufen?"

"Es ist nicht notwendig, aber ich mag es, mit meinen Kunden persönlich zu sprechen, deshalb mache ich ein paar Mal im Jahr die ‚Große Tour', wie ich sie nenne, um die Kunden zu treffen und neue Waren vorzustellen."

"Genau wie mein Vater. Er sagt, dass die persönlichen Treffen den Unterschied machen. Er ist übrigens Engländer, meine Mum Chinesin."

Ich kann sehen, wie Mr. Fan einen Augenblick nachdenkt. Dann unterbreitet er uns einen Vorschlag.

"Ich würde sehr gerne, falls Sie Zeit haben natürlich, Ihnen ein paar meiner feinsten Dinge zeigen. Der Chefkoch bereitet im Restaurant im Obergeschoss Proben zu."

Ting antwortet umgehend.

"Das wäre wunderbar. Wir haben doch die Zeit dafür, richtig?"

"Ja, natürlich," antworte ich. Ju-long und ich verständigen uns über die Augen.

Ein paar Minuten später verschwinden Ting und Mr. Fan miteinander, und Ju-long und ich beobachten sie mit ein klein wenig Abstand. Jetzt stoppt ihre Unterhaltung, und es ist leicht zu sehen, dass sie sich ganz tief in die Augen sehen. Es ist eine tiefe Verbindung, eine Wiederanbindung jenseits von Zeit und Alter. Es ist die alterslose Seele. Ich flüstere Ju-long zu.

"Es ist eine Wiedervereinigung. Sie haben sich schon aus einem anderen Leben gekannt, und nun rufen sie sich einige dieser tiefen Gefühle füreinander aus diesem Leben, oder sogar vielen Leben, wieder hervor."

"Sie benehmen sich ziemlich merkwürdig. Ja, du hast recht, wie alte Freunde. Wie du weißt, ist dies kein normales Verhalten in China."

Ich gehe langsam auf die zwei zu und wende mich Mr. Fan zu.

"Mr Fan, falls Sie nicht anderweitig beschäftigt sind, würden Ju-long und ich Sie gerne zum Abendessen heute Abend einladen."

"Ich würde mich freuen, mit euch den Abend zu verbringen. Ich habe viel zu tun, daher wäre es mir recht, wenn ich gegen acht Uhr kommen könnte?"

"Acht Uhr wäre fein, denkst du nicht auch, Ting?"

"Oh ja! Aber wir müssen uns beeilen, zurückzukehren. Ich habe viel zu tun!"

Ju-long lächelt; Ich kann sehen, wie es ihm gefällt, dass seine Mum so voller Energie ist.

"Keine Sorge, Mum. Luzi und ich werden deine willigen Diener sein."

Nach Abschluss der Einkäufe hinterlassen wir Mr Fan die Adresse, eine Wegbeschreibung und eine Telefonnummer. Das Leben hat eine ganz neue und unerwartete Wendung für Ting genommen.

Den Rest des Tages verbringen wir mit Kochen, das nur durch einen schnellen Imbiss unterbrochen wird und dann brechen Ju-long und ich zu einem Spaziergang auf, um Ting etwas Zeit für sich zu

“Mum sieht so glücklich aus, aber wir wissen gar nichts über Mr. Fan, ich würde es hassen, sie enttäuscht zu sehen.”

“Du musst der Synchronizität darin vertrauen. Sie ist schon an der Arbeit, sonst hätten die zwei sich nicht getroffen. Du musst dich entspannen und es genießen, deine Mutter so lebendig zu sehen. Lege keine Befürchtungen in diese Situation.”

Mr Fan kommt kurz vor acht, herausgeputzt und in bester Laune. Ting und ich machen die letzten Vorbereitungen, deshalb öffnet Ju-long die Tür.

“Willkommen Mr Fan. Treten sie ein, hier können Sie ihre Jacke aufhängen.”

“Hallo, Mr Wang; ich freue mich, hier zu sein.”

Vom Esszimmer aus kann ich sehen, dass Mr Fan die Hände voll hat, mit Blumen und Schokolade, deshalb geselle ich mich zu den beiden im Vorraum.

“Willkommen, Mr Fan.”

“Hallo, Ms Cane. Die Schokolade ist für Sie und Mr Wang und die Blumen für die Köchin.”

"Vielen Dank. Lassen Sie mich auch die Blumen nehmen, damit Sie Ihre Jacke ablegen können."

"Danke, Ms Cane. Was für eine schöne Wohnung."

Ting kommt dazu und ich reiche Mr Fan die Blumen.

"Für diejenige, die diese Wohnung mit solch einem wundervollen Duft erfüllt hat!"

"Oh, vielen Dank. Sie sind so schön."

Ich entscheide mich, die Formalitäten zu unterbrechen.

"In meiner Familie sind wir nicht so formal. Ich bin Luzi, die Kurzform von Lucia. Das ist Ju-long und seine Mutter, Ting."

"Oh ja, das passt mir perfekt. Ich bin Cheng."

"Bedeutet dies 'reisen'?"

"Ich würde sagen ‚Reise'. Es passt zu meinem jetzigen Job als Handelsvertreter!"

Ting fügt mit einem Lachen hinzu, "und dein Nachname, Fan, bedeutet, Biene, so schätze ich, dass du sehr beschäftigt bist."

Cheng lacht auch. "Ich bin wirklich ein vielbeschäftigter Reisender."

Ju-long führt uns in das Esszimmer und ich finde eine passende Vase für die Blumen, welche dann ihren Platz an einem Ende des Tisches bekommen. Die Schokolade lege ich auf den Kaffeetisch.

Cheng schaut sich um. "Ich würde später wirklich gerne einen Rundgang in diesem bemerkenswerten Haus machen. Es erscheint sehr alt – historisch, meine ich."

"Es kann bis in 16. Jahrhundert zurückdatiert werden. Es ist ein gemietetes Haus und Joan, die Eigentümerin, ist sehr hilfsbereit."

Der Abend verläuft sehr gut, und es ist schon recht spät, als wir Cheng gute Nacht sagen. Er entpuppt sich als ein sehr netter Mann. Er hat seine Frau verloren und verbringt nun seine ganze Zeit mit seiner Arbeit, die er beharrlich ausübt. Als er und Ting wieder in Hongkong sind, beschließen sie, zusammenzuleben. Ting ist nun Miteigentümerin in Chengs Geschäft und hat dadurch neue Zufriedenheit in ihr Leben gebracht. Gleichzeitig hat sie neue Freunde gewonnen, und wir können jedes Mal, wenn wir mit den beiden sprechen, hören, wie glücklich sie sind.

Ich habe mich gerade mit meinen Großeltern unterhalten, und Grandma hat mir erzählt, dass „unser" Hotel in der Wah Fu Road geschlossen ist, also empfiehlt sie The T Hotel in der Pok Fu Lam Road. Dort werden Ju-long und ich übernachten, wenn wir das nächste Mal Hongkong besuchen.

Kuthumi

Es ist später Nachmittag, und die Sonnenscheibe berührt schon fast die Hügel im Norden. Ich sitze am Deich, der die Grenze zwischen unserem Garten und den Feldern auf der anderen Seite markiert und schaue auf die grasenden Rinder, während zwei junge Kälber in der Nähe spielen. Ich höre einige Schwalben in der Luft, die um die Tiere herumfliegen und Insekten verfolgen, damit sie ihre Jungen füttern können. Eine Stimme, die von links zu kommen scheint, stiehlt meine Aufmerksamkeit.

"Namaste! Ich bin es, Kuthumi!"

"Namaste?"

Ich fühle, dass Kuthumi den Kopf schüttelt.

"Nein; NAMASTE!!!"

Er sagt es laut, sehr freudvoll und mit einer Stimme, die mich anspornt, es ihm gleichzutun.

Er sagt es noch einmal und immer mit der gleichen Stimme, um mir zu zeigen, dass ich noch nicht wirklich freudig klinge, so versuche ich es noch einmal, indem ich mehr Gefühl hineinlege.

"Namaste!"

"Es bedeutet, dass ich das Göttliche in dir ehre. Es ist ein Gruß aus dem Hindu."

"Oh!"

"Ich stelle mich dir förmlich vor, als Kuthumi lal Singh von Ah-Kir-Rah."

"Ich grüße dich, Kuthumi lal Singh von Ah-Kir-

Rah."

"Kuthumi lal Singh ist der menschliche Name, unter dem ich in einem Leben geboren wurde. Ah-Kir-Rah ist MEIN Name; mein Seelenname, wenn du so magst. Es war in diesem Leben, als Kuthumi in seine Realisation kam oder wie du es nennst, aufgestiegen ist und ein Meister wurde. Es passierte hier in England, oder genauer gesagt, in Cambridge; an der Universität."

"Darüber musst du mir mehr erzählen. Ich habe noch nie zuvor einen aufgestiegenen Meister getroffen!"

"Ich bin nicht hier, um über mich zu sprechen, sondern über Ju-long's Großeltern, um dir ein besseres Verständnis darüber zu geben, was in deinem Leben geschieht."

"Ich wäre sehr dankbar, über ihre Rolle in meinem Leben aufgeklärt zu werden, aber könntest du mir später mehr über dich erzählen?"

Kuthumi übergeht meine Frage und fängt an, mir die Situation zu erklären.

"Als Ju-long's Großeltern zustimmten, in das Seniorenheim zu ziehen, ließen sie Veränderungen in ihrem Leben zu und diese Veränderungen bestanden darin, das Festhalten an einigen alten Gewohnheiten loszulassen und durch den Tod hindurch in ein neues menschliches Leben überzugehen. Zur gleichen Zeit gaben sie Ting und Ju-long den Ansporn, sich in ihr eigenes Leben hineinzubewegen, als auch deinen Großeltern, die Möglichkeit zu zeigen, in ein Seniorenheim zu ziehen, wenn sie ihr Leben nicht mehr selbst organisiert bekommen."

"Du sagt also, dass eine Wahl auf der menschlichen Ebene auch immer Dinge auf ganz vielen anderen Ebenen geschehen lässt?"

"Was ich sage ist, dass eine kleine Öffnung oder Veränderung auf einer Ebene, große Veränderungen in Bewegung setzen kann. Das ist etwas Gutes. Bildlich ausgedrückt, musst du nur einen Finger heben, um zu neuen Höhen zu fliegen."

"Es geht um den Mut, eine Entscheidung zu treffen und sie im Leben umzusetzen, indem man nach dieser Entscheidung handelt, denke ich."

"Ja, aber abhängig von der Wahl, die du triffst, musst du nicht notwendigerweise etwas unternehmen, um die Möglichkeiten ins Sein zu bringen, du musst nur handeln, wenn du das Potential siehst oder fühlst."

"Kuthumi, Menschen wünschen sich die ganze Zeit irgendetwas, aber meistens passiert nichts."

"Es gibt einen großen Unterschied zwischen einem Wunsch und einer bewussten Wahl. Du kannst dir ein besseres Leben wünschen, aber du musst bewusst wählen, dein jetziges Leben zu verändern, mit all seinen Gewohnheiten, um diese Veränderungen herein-zubringen. Wenn du nicht anders als gestern handelst, wird dein Morgen genauso sein wie heute, und heute wird genauso sein wie gestern."

"Die bewusste Wahl geht viel tiefer als ein menschlicher Wunsch, richtig?"

"Ja! Menschen haben Wünsche, aber Bewusstsein wählt!"

"Das muss so sein, weil Menschen glauben, dass die Lösung von außerhalb von ihnen selbst kommt, durch eine äußere Kraft gegeben wird, während Bewusstsein die volle Verantwortung für sein Leben übernimmt."

"Du hast wieder recht, liebe Luzi! Nun lass uns das bewusste Leben feiern und zugleich Mitgefühl für das menschliche Leben aufbringen."

Ich fühle, dass Kuthumi nach meinen Händen greift, und wir beginnen einen wirbelnden Tanz in den großartigen Hallen der Menschheit. Überall sind Farben und Feuerwerk, und ich sehe Millionen anderer Wesen, die mit uns feiern. Der Tanz hebt die schweren mentalen Energien an, die sich während unseres Gesprächs, um mich gebildet haben.

Irgendwann sind wir weit draußen im All, und die Erde ist nur noch ein winziger, blauer Punkt, ganz weit entfernt. Ich kann nicht SEHEN, dass der blaue Punkt die Erde ist, ich WEISS es einfach. Ich fühle mich leicht und freudvoll, und Kuthumi kommentiert dies.

"Die 'erste' weibliche Eigenschaft ist der Ausdruck von Freude, tanzen und singen. Die 'erste' männliche Eigenschaft ist Mitgefühl oder das, was du Liebe nennst. Ziemlich das Gegenteil von dem, was heute erzählt wird, wo das Männliche der Ausdruck und das Weibliche sowohl Liebe als auch Mitgefühl ist. Ein Ausdruck wurde jedoch beibehalten, nämlich die Erschaffung neuen Lebens, die Geburt. Wenn du in den Farben bist, ist die weibliche Kernfarbe Indigo oder blau und das Männliche ist karmesinrot oder rot."

"Warum haben die Eigenschaften und die Farben gewechselt?"

"Nun, das ist eine lange Geschichte. Ich werde es kurz machen, auch wenn dann die meisten Details ausgelassen werden. Bevor das physische Universum existierte, erfuhr sich das ausgedehnte Bewusstsein, was ihr die Seele nennt, das Leben als kreatives Bewusstsein. Irgendwann geriet es außer Kontrolle, und die Aktivität kam fast zu einem Stillstand. Das Weibliche, welches die treibende Kraft war, fühlte sich, als ob sie versagt hätte, die Lebenserfahrung anzuführen und bat das Männliche, zu übernehmen. In Ehre und Mitgefühl für das Weibliche, übernahm das Männliche und ein physisches Universum wurde erschaffen, mit dem Ziel, den Stillstand zu durchbrechen. Das Männliche handelte mit den weiblichen Eigenschaften des Ausdrucks und der Schöpfung, aber wie du heute siehst, wurde das Männliche abhängig von Macht und hat nicht die Stärke, die erste der weiblichen Eigenschaften gehen zu lassen. Ein anderer Aspekt, es zu betrachten, ist, dass das Männliche sich nicht aus dieser Verpflichtung dem Weiblichen gegenüber entlassen kann. Man muss das Versprechen halten, um den weiblichen Aspekt zu ehren!"

"Es scheint mir, als ob wir in einer Sackgasse gelandet sind. Wie können wir das Männliche und auch das Weibliche im Keim ersticken, um alles wieder in Fluss zu bringen? Können du, Saint Germain und all die anderen Meister nicht irgendetwas tun?"

"Wir arbeiten auf vielen Ebenen, aber es kommt immer zurück zum Menschen, der den Job machen muss, etwas anderes zu wählen, damit Dinge sich verändern. Wir arbeiten gerade jetzt mit dir, sowie mit zahlreichen anderen auf so vielen Wegen. Zum Beispiel arbeiten wir mit Menschen bei der Entstehung von fast jedem Lied und Film zusammen, um Informationen auf eine andere Art in die menschliche Welt und ins Bewusstsein zu bringen. Die Songs und Filme, auf die du gerade eingestimmt bist, sind höchst machtvoll, um den Leuten Gewahrsein zu bringen. Du gehst in Übereinstimmung mit der Wahrheit, die in diesen Werken auf vielen Ebenen installiert ist. Wir lieben es zu spielen und etwas darzustellen. Vielleicht erkennst du mich sogar in dem Star Wars Charakter, C3PO, dem goldenen Roboter. Auf einer unbewussten Ebene hast du ebenso zu dieser Arbeit beigetragen!"

"Habe ich? Wirklich?"

"Oh, ja. Es gibt einige Texte, Melodien und Charaktere, denen du dich sehr nahe fühlst, einfach weil sie Teil deiner Arbeit sind. Du magst mit Teilen deiner Arbeit vielleicht nicht ganz zufrieden sein, aber Menschen können sehr stur sein und nicht zuhören. Die Rubinpantoffeln in dem Film Oz hätten eigentlich karmesinrot sein sollen, aber der Schwerpunkt lag auf Edelsteinen wie dem Smaragd, daher die Smaragdstadt im selben Film. Das Lied Over the Rainbow, ebenfalls aus diesem Film, wurde durch die Darbietung von Eva Cassidy mit besonderen Qualitäten versehen."

"Also manipulieren wir die Welt?"

"Wir arbeiten in der Welt wie jeder andere, indem wir unsere Kreationen der gesamten Menschheit hinzufügen, meisten durch Menschen, so wie es sein sollte."

Kuthumi macht eine Pause und ich kann fühlen,

dass jetzt ein Abschluss kommt.

"Wir werden diese Unterhaltung für dieses Mal beenden, aber wir sollten uns wieder treffen, liebe Luzi. Namaste!"

"Namaste!"

Als ich meinen Blick wieder auf den Sonnenuntergang richte, ist die Sonne noch nicht näher an die Hügel gerückt. Es ist keine Zeit vergangen, während mein Dialog und meine Reise in den Weltraum mit Kuthumi stattgefunden haben. In mir taucht der Gedanke auf, dass wir ‚alle Zeit der Welt haben', um das Bewusstsein der Welt zu heben; es ist nur die Frage, wie schnell die Menschheit dafür offen sein wird und die Wahrnehmung von Leben erweitert. Je offener eine Person ist, desto mehr kann sie empfangen und dann öffnet dies die Augen noch mehr. Die Bibel hat recht mit ihrer Aussage „Wer hat, dem wird auch noch dazugegeben' oder irgend so etwas. Ich habe in der Neuen Lebendigen Übersetzung nachgeschlagen und dies gefunden: ‚Denen, die auf meine Lehre hören, wird mehr Verständnis gegeben werden, und sie werden eine Fülle von Wissen haben. Denen aber, die nicht zuhören, wird auch das wenige Wissen, das sie haben, weggenommen werden.' Wenn das Wissen keinen Sinn ergibt, wird derjenige das Wissen gehen lassen.

Die Spirale des Lebens

Ju-long und ich haben einen langen Weg zurückgelegt, um unser Verständnis von Leben zu erweitern. Für die meisten Menschen gibt es nur ihre täglichen Kämpfe. Sie verstehen nicht, dass es nur ein Spiel auf der Bühne des Lebens ist. Sie müssen sehen, dass sie der Autor und der Regisseur ihres Spieles sind und das Bühnenbild zu jeder Zeit ändern können. Sie müssen „SCHNITT" oder „PAUSE" sagen, eine andere bewusste Wahl treffen und dann fortfahren zu spielen. Wenn jemand denkt, dass Selbstmord ein Weg aus dem Szenario heraus ist, dann ist er auf dem falschen Weg. Es wird zwar sofort die Dinge ändern, aber er wird mit denselben Mustern wiedergeboren und alles wird sogar noch verworrener sein, da derjenige nicht weiß, warum er so einen Drang hat, sein Leben zu beenden.

Glück ist etwas, was du wählst. Nicht das Glück, wie in der Lotterie zu gewinnen, sondern das Glück, sich glücklich zu fühlen. Es ist das Gefühl des Glücks und der Liebe für das Leben und zu der großartigen Kreation seines Lebens. Menschen fürchten sich vor dem Tag, wenn das Glück verloren geht, und die Angst wird ganz sicher das Glück töten.

Es gibt kein Ende, nur neue Anfänge. Es geht um das ewige Leben überall in der Schöpfung, nicht nur auf der Erde. Es gibt keinen ‚Kreis des Lebens', wenn du wählst, aus dem Schreckenskarussell auszutreten, sondern nur die Spirale des Lebens, eine sich immer fortbewegende Reise von Möglichkeit zu Möglichkeit, von einer bewussten Wahl zur nächsten.

Mein Buch über Elfen und andere volkstümliche Wesen muss immer noch vollendet werden. Es hat eine komplett andere Wendung genommen, als das, was ich zu Anfang erwartet hatte, und so muss ich mich ihm aus einer anderen Ecke nähern. Glücklicherweise habe ich viel Unterstützung von meinen geliebten Quellen, mit welchen ich mich freue, meine Arbeit fortzusetzen.

Ich sitze nun hier auf diesen grasbedeckten Hügeln mit blühendem Klee, neben mir Ju-long und hinter uns liegt Loong. Vor uns liegen die Wiesen, der See, die Brücke zu Elfental Stadt und die Stadt selbst auf dem Hügel. Ganz weit draußen sehen wir das Meer, das sich bis zum Horizont erstreckt, wo die Sonne den Himmel mit roten Farben bemalt und bald untergeht, um dann einen indigoblauen Himmel hervorzubringen, der in ein samtiges Schwarz übergeht, übersät mit funkelnden Sternen in vielen Farben.

Ende

Ich hoffe, dir hat das Buch gefallen und möchte dich bitten, dir einen Moment Zeit zu nehmen, um einen kurzen Kommentar auf der Seite deines bevorzugten Buchhändlers zu hinterlassen.

Danke im Voraus, Eriqa Queen.

Auf der nächsten Seite findest du meine kurzen Anmerkungen zu diesem Buch.

Anmerkungen des Autors

Die lebenden Personen in dieser Erzählung sind meist fiktiv, Luzi eingeschlossen. Mir wurde klar, dass Luzi's Vater auf meinem Verleger basiert, Erik Istrup. Die Schriftzeichen sind echt und können im Internet oder anderweitig gefunden werden. Die Seelen der Drachen sind real, ebenso wie die Sidhe. Mindestens ein „Drachen" und zwei Sidhe sind während des Schreibens bei mir, genauso wie all die anderen Entitäten, wie Sekhmet und Imhotep, und ich hätte dies alles nicht ohne sie tun können. Danke, Freunde. Die Gespräche und Erlebnisse, die Luzi mit diesen Wesenheiten hat, sind ebenfalls real, da sie mir widerfahren sind, ebenso wie der Oktaeder-Kristall, den ich in Ägypten gefunden habe.

Du kannst dich nicht mit anderen Welten verbinden, wenn du nur GLAUBST, dass du es kannst; du musst es WISSEN. Höre auf die Musik, oder ist der Geruch dein stärkster Sinn? Oder du fühlst einfach, dass du vor Freude tanzen musst. Wenn du dich verbindest, weißt du es; du wirst spüren, wie die Liebe hereinströmt!

Ich werde nicht versuchen zu verbergen, dass der Name Eriqa Queen ein Pseudonym ist. Wenn man verschiedene Genres schreibt, kann das die Leser verwirren, weil sie einen bestimmten Inhalt von einem bestimmten Autor erwarten. Eriqa IST ein Teil von mir, und ich bin diesem Teil, den man hinter den Worten oder zwischen den Zeilen spüren kann, treu. Die Aspekte anderer Leben spielen ebenfalls eine Rolle und sprechen und handeln oft durch die Figuren im Buch, und das ALLES bin ich. Bei etwa 1.470 Inkarnationen auf der Erde, ist die Lebensspanne dieses Lebens von sehr geringer Bedeutung.

EQ

Zusätzliches Material

Es gibt so viel Material, das auf unterschiedliche Weise deine Tiefen auslösen und dich zum Erinnern bringen kann, daher hier nur einige kleine Beispiele.

Bücher

David Spangler. Ich habe dieses Buch nicht gelesen, aber es wird gesagt, dass er an der Spitze der Sidhe steht. Der Haupttitel des Buches ist *"Conversations with the Sidhe"*. www.davidspangler.com

"Act of Consciousness", 2015, Adamus Saint-Germain, www.crimsoncircle.com.

"Live Your Divinity", 2012, Adamus Saint-Germain, www.redwheelweiser.com.

"Masters in the New Energy", Adamus Saint-Germain, 2007, www.crimsoncircle.com.

"There's No Such Place as Far Away", Richard Back, HaperCollins, 1993, (Erste Auflage 1979).

"The Red Lion - The Elixir of Eternal Life", 1997, Maria Szepes, Horus Publishing, Inc., (Zuerst 1946 in Ungarn veröffentlicht).

"The Findhorn Garden by the Findhorn Community" www.findhorn.org

"The Wild Alliance", Søren Hauge, www.wiseheart.com and www.sorenhauge.dk

"Out on a limb", Sherley MacLaine

"Camino", Sherley MacLaine

"Jonathan Livingston Seagull", Richard Bach.

"The Lord of the Rings", J. R. R. Tolkien.

Lieder

In den Liedern geht es meist um die Beziehung zwischen Mensch und Seele, um die Erkenntnis, dass man der Mensch UND das Bewusstsein ist. In einigen spricht die Seele zum Menschen, und in einigen geht es um die menschliche Reise. Vielleicht musst du dich in sie hineinfühlen, um die Botschaft zu erkennen. Denke daran, dass der Darsteller/Autor diese Verbindung vielleicht nicht kennt.

"Aloha, E Komo Mai", Jump5 (Lilo and Stitch song).

"Let it go", Demi Lovato (aus "Frozen").

"Lost", Anouk.

"Release Me", 2007, Text: Nils Johan Carlsson Westfelt & Erik Olof Althoff, Darsteller: "Oh Laura".

"Over the Rainbow", gesungen von Eva Cassidy.

"Everybody Hurts", REM, gesungen von The Corrs (unplugged)

"No Frontiers" REM, gesungen von The Corrs (unplugged)

"Would you be happier", The Corrs.

"Guardian Angel", Terry Oldfield.

"When can I see you again", Owl City.

"Just give me a reason", Pink feature Nate Ruess.

"I will follow you into the dark", Death Cab for Cutie (Plans), interpretiert von Daniela Andrade.

"We belong to the sea", Aqua.

"Aquarius", Aqua.

"Cuba Libre", Aqua.

"Goodbye to the circus", Aqua.

"Landslide", Fleetwood Mac.

"Take me walking in the rain", Janis Ian.

"Sometimes when I'm dreaming", gesungen von Katie Melua.

"Go your own way", Nanna (Rocking Horse)

"Leather and Lace", Stevie Nicks (Bella Donna)

"I sing for the things", Stevie Nicks (Rock a little)

"Have anyone ever written anything for you?", Stevie Nicks (Rock a little).

"Soak up the Sun", Sheryl Crow.

"Dream Operator", Talking Heads.

"Tokyo", Nena (German lyrics). Die meisten der 18 Lieder aus *"Definitive Collection"* könnten hier genannt werden..

Filme

Es gibt so viele Filme, die Informationen über die Ausdehnung deines Lebens liefern. Einige geben nur kleine Hinweise, Samen für dein weiteres Wachstum. Wie du sehen kannst, haben sogar ‚alte' Filme diese Botschaften.

"The Connected Universe", 2016, Regisseur: Malcolm Carter, www.theconnecteduniversefilm.com.

"Celestine Prophecy" 2007.

"What the bleep? Down the rabbit hole" (5 set DVD) 2006. (Die Kinoversion ist limitiert)

"The Lord of the Rings", series.

"Battlestar Galactica", series.

"Jerry Maguire", 1996.

"Jonathan Livingston Seagull", 1973, basiert auf einer Erzählung.

Quellen

Book: N. B. Denny, *The Folklore of China and Its Affinities with that of the Aryan and Semitic Races*, London/Hongkong 1876, www.archive.org/details/cu31924023266293

Book: Li Leyi, *Tracing the roots of Chinese characters: 500 cases*, Beijing Language and Culture University Press 1994, second edition, ISBN 7-5619-0204-2

Book: Masaru Emoto, *The Hidden Messages in Water*, Original in Japanisch 2001.

Internet link: (Online-Bibelstudienprogramm): biblehub.com/

Internet Link über die Wasserstände (NASA): www.giss.nasa.gov/research/briefs/gornitz_09/

Internet Link über Genomik (US National Library of Medicine) The Origin of Amerindians and the Peopling of the Americas According to HLA Genes: Admixture with Asian and Pacific People: www.ncbi.nlm.nih.gov/pmc/articles/PMC2874220/

CPSIA information can be obtained
at www.ICGtesting.com
Printed in the USA
LVHW032027050422
715401LV00005B/92

9 788794 110235